KB175614

천년의 우리소설

12

구운몽

천년의
우리
소설

千년의 우리소설 12

구운몽

김만중 지음 | 정길수 옮김

2017년 11월 27일 초판 1쇄 발행
2024년 8월 26일 초판 3쇄 발행

펴낸이 한철희 | 펴낸곳 돌베개 | 등록 1979년 8월 25일 제406-2003-000018호
주소 (10881) 경기도 파주시 회동길 77-20 (문발동)
전화 (031) 955-5020 | 팩스 (031) 955-5050
홈페이지 www.dolbegae.co.kr | 전자우편 book@dolbegae.co.kr
블로그 blog.naver.com/imdol79 | 트위터 @Dolbegae79 | 페이스북 /dolbegae

주간 김수한 | 편집 이경아
표지디자인 민진기 | 본문디자인 이은정·이연경
마케팅 심찬식·고운성·조원형 | 제작·관리 윤국중·이수민
인쇄 한영문화사 | 제본 경일제책사

ISBN 978-89-7199-835-9 (04810)
        978-89-7199-282-1 (세트)

책값은 뒤표지에 있습니다.

※ 이 책은 2014년도 정부(교육부)의 재원으로 한국연구재단의 지원을 받아 연구되었음
(NRF-2014S1A6A4A02027551)

※ 이 책에 사용된 8폭의 〈구운몽도〉는 영월 조선민화박물관 소장본이다.
(**구운몽도** 19세기, 종이에 채색, 각 58×28cm, 영월 조선민화박물관)

千년의 우리 소설

천년의 우리 소설

12

구운몽

정길수 옮김

돌베개

간행사

이 총서는 위로는 신라 말기인 9세기경의 소설을, 아래로는 조선
말기인 19세기 말의 소설을 수록하고 있다. 즉, 이 총서가 포괄하
고 있는 시간은 무려 천 년에 이른다. 이 총서의 제목을 '千년의
우리소설'이라 한 이유가 여기에 있다.

　근대 이전에 창작된 우리나라 소설은 한글로 쓰인 것이 있는가
하면 한문으로 쓰인 것도 있다. 중요한 것은 한글로 쓰였는가 한
문으로 쓰였는가 하는 점이 아니다. 오늘날의 관점에서 볼 때 그
런 것은 그다지 중요하지 않다. 정말 중요한 것은 문예적으로 얼
마나 탁월한가, 사상적으로 얼마나 깊이가 있는가, 그리하여 오
늘날의 독자가 시대를 뛰어넘어 얼마나 진한 감동을 받을 수 있
는가 하는 점일 터이다. 이 총서는 이런 점에 특히 유의하여 기획
되었다.

　외국의 빼어난 소설이나 한국의 흥미로운 근현대소설을 이미
접한 오늘날의 독자가 한국 고전소설에서 감동을 받기란 쉬운 일

이 아니다. 우리 것이니 무조건 읽어야 한다는 애국주의적 논리는 이제 더 이상 통하지 않는다. 과연 오늘날의 독자가 『유충렬전』이나 『조웅전』 같은 작품을 읽고 무슨 감동을 받을 것인가. 어린 학생이든 혹은 성인이든, 이런 작품을 읽은 뒤 자기대로 생각에 잠기든가, 비통함을 느끼든가, 깊은 슬픔을 맛보든가, 심미적 감흥에 이르든가, 어떤 문제의식을 환기받든가, 역사나 인간에 대한 이해를 증진시키든가, 꿈과 이상을 품든가, 대체 그럴 수 있겠는가? 아마 그렇지 못할 것이다. 그럼에도 이런 종류의 작품은 대부분의 한국 고전소설 선집 속에 포함되어 있으며, 중고등학교에서도 '고전'으로 가르치고 있다. 그러니 한국 고전소설은 별 재미도 없고 별 감동도 없다는 말을 들어도 그닥 이상할 게 없다. 실로 학계든, 국어 교육이나 문학 교육의 현장이든, 지금껏 관습적으로 통용되어 온 고전소설에 대한 인식을 전면적으로 재검토해야 할 시점에 이르렀다. 이 총서는 이런 문제의식에서 출발한다.

이 총서가 지금까지 일반인들에게 그리 알려지지 않은 작품들을 많이 수록하고 있음도 이 점과 무관치 않다. 즉, 이는 21세기의 한국인들에게 어필할 수 있는 새로운 한국 고전소설의 레퍼토리를 재구축하려는 시도인 것이다. 이 점에서 이 총서는 그렇고 그런 기존의 어떤 한국 고전소설 선집과도 다르며, 아주 새롭다. 하지만 이 총서는 맹목적으로 새로움을 위한 새로움을 추구하지는 않았으며, 비평적 견지에서 문예적 의의나 사상적·역사적 의의가 있는 작품을 엄별해 수록하였다. 그리하여 우리는 이 총서를 통해, 흔히 한국 고전소설의 병폐로 거론되어 온, 천편일률적이라든가, 상투적 구성을 보인다든가, 권선징악적 결말로 끝난다든가, 선인과 악인의 판에 박힌 이분법적 대립으로 일관한다든가, 역사적·현실적 감각이 부족하다든가, 시공간적 배경이 중국으로 설정된 탓에 현실감이 확 떨어진다든가 하는 지적으로부터 퍽 자유로운 작품들을 가능한 한 많이 독자들에게 소개하고자 한다.

그러나 수록된 작품들의 면모가 새롭고 다양하다고 해서 그것으로 충분한 것은 아닐 터이다. 한국 고전소설, 특히 한문으로 쓰인 한국 고전소설은 원문을 얼마나 정확하면서도 쉽고 유려한 현대 한국어로 옮길 수 있는가의 여부에 따라 작품의 가독성은 물론이려니와 감동과 흥미가 배가될 수도 있고 반감될 수도 있다. 이 총서는 이런 점에 십분 유의하여 최대한 쉽게 번역하기 위해 많은 고심을 하였다. 하지만 쉽게 번역해야 한다는 요청이, 결코 원문을 왜곡하거나 원문의 정확성을 다소간 손상시켜도 좋음을 의미하지는 않는다. 이런 견지에서 이 총서는 쉬운 말로 번역해야 한다는 하나의 대전제와 정확히 번역해야 한다는 또 다른 대전제—이 두 전제는 종종 상충할 수도 있지만—를 통일시키기 위해 많은 노력을 기울였다.

한국 고전소설에는 이본異本이 많으며, 같은 작품이라 할지라도 이본에 따라 작품의 뉘앙스와 풍부함이 달라지는 경우가 비일비 재하다. 그뿐 아니라 개개의 이본들은 자체 내에 다소의 오류를 포함하고 있다. 따라서 하나하나의 작품마다 주요한 이본들을 찾아 꼼꼼히 서로 대비해 가며 시시비비를 가려 하나의 올바른 텍스트, 즉 정본定本을 만들어 내는 일이 대단히 긴요하다. 이 작업은 매우 힘들고, 많은 공력功力을 요구하며, 시간도 엄청나게 소요된다. 이런 이유 때문이겠지만, 지금까지 고전소설을 번역하거나 현대 한국어로 바꾸는 일은 거의 대부분 이 정본을 만드는 작업을 생략한 채 이루어져 왔다. 하지만 정본 없이 이루어진 이 결과물들은 신뢰하기 어렵다. 정본이 있어야 제대로 된 한글 번역이 가능하고, 제대로 된 한글 번역이 있고서야 오디오 북, 만화, 애니메이션, 드라마, 영화 등 다른 문화 장르에서의 제대로 된 활용도 가능해진다. 뿐만 아니라 정본에 의거한 현대 한국어 역譯이 나와야 비로소 영어나 기타 외국어로의 제대로 된 번역이 가능해진다. 이런 점에서 본다면 작금의 한국 고전소설 번역이나 현대화는 대강 특정 이본 하나를 현대어로 옮겨 놓은 수준에 머무는 것이라는 한계를 대부분 갖고 있는바, 이제 이 한계를 넘어서야 할 시점에 이르렀다. 이 총서에 실린 대부분의 작품들은 2년 전에 내가 펴낸 책인 『한국한문소설 교합구해校合句解』에서 이루어진 정본화定本化 작업을 토대로 하고 있는바, 이 점에서 기존의 한국 고전소설 번역서들과는 전적으로 그 성격을 달리한다.

나는 『한국한문소설 교합구해』의 서문에서, "가능하다면 차후 후학들과 힘을 합해 이 책을 토대로 새로운 버전version의 한문소설 국역을 시도했으면 한다. 만일 이 국역이 이루어진다면 이를 저본으로 삼아 외국어로의 번역 또한 생각해 볼 수 있을 것이다"라고 말한 바 있다. 바야흐로, 한국 고전소설을 전공한 정길수 교수와의 공동 작업으로 이 총서를 간행함으로써 이런 생각을 실현할 수 있게 되어 대단히 기쁘게 생각한다.

이제 이 총서의 작업 방식에 대해 간단히 언급해 두고자 한다. 이 총서의 초벌 번역은 정교수가 맡았으며 나는 그것을 수정하는 작업을 하였다. 정교수의 노고야 말할 나위도 없지만, 수정을 맡은 나도 공동 작업의 취지에 어긋나지 않게 최선을 다했음을 밝혀 둔다. 한편 각권의 말미에 첨부한 간단한 작품 해설은, 정교수가 작성한 초고를 내가 수정하며 보완하는 방식으로 작업하였다. 원래는 작품마다 그 끝에다 해제를 붙이려고 했는데, 너무 교과서적으로 비칠 염려가 있는 데다가 혹 독자의 상상력을 제약할지도 모르겠다는 생각이 들어 이런 방식으로 바꾸었다.

이 총서는 총 16권을 계획하고 있다. 단편이나 중편 분량의 한문소설이 다수지만, 총서의 뒷부분에는 한국 고전소설을 대표하는 몇 종류의 장편소설과 한글소설도 수록할 생각이다.

이 총서는, 비록 총서라고는 하나, 한국 고전소설을 두루 망라

하는 데 목적이 있지 않다. 그야말로 '千년의 우리소설' 가운데 21세기 한국인 독자의 흥미를 끌 만한, 그리하여 우리의 삶과 역사와 문화를 주체적으로 돌아보고 성찰하는 데 도움이 될 만한, 그럼으로써 독자들의 심미적審美的 이성理性을 충족시키고 계발하는 데 보탬이 될 만한 작품들을 가려 뽑아, 한국 고전소설에 대한 인식을 바꾸고 확충하고자 하는 것이 본 총서의 목적이다. 만일 이 총서가 이런 목적을 어느 정도 달성했다는 평가를 받게 된다면 영어 등 외국어로 번역하여 비단 한국인만이 아니라 세계 각지의 사람들에게 읽혀도 좋지 않을까 생각한다.

2007년 9월
박희병

차례

일러두기

1. 원작 계열 한문본인 노존B본을 저본으로 삼았다.
2. 노존B본 중 서두·중간·결말부에서 한문개작본(노존A본)을 그대로 옮긴 부분은 한문 원작을 충실히 직역한 원작 계열 한글본(규장각본)을 대본으로 삼았다.*

* 노존B본은 두 가지 한문본을 합해 놓은 것이다. 작품의 대부분을 차지하는 내용은 현재 전하는 『구운몽』 여러 본 중 가장 원작에 가까운 면모를 지녔다. 그러나 서두·중간·결말의 일부는 후대의 '한역개작본'漢譯改作本(노존A본)과 동일한바, 그 대본은 '원작계열본'이 아니라 한역개작본인 것으로 판단된다. 다시 말해 노존B본의 대본이 된 '원작 계열 한문본'은 세 곳이 누락된 불완전한 것이었고, 노존B본은 불완전한 원작 계열 한문본을 필사하는 한편 누락된 부분은 후대 한역개작본의 해당 내용으로 보충하여 필사한 것이다. 한역개작본은 한글본을 다시 한문으로 번역하며 일부 내용을 부연 확대한 것이어서, 『구운몽』 원작과는 상당한 거리가 있다. 온전한 『구운몽』 원작 계열본은 현재 존재하지 않는 셈이며, 따라서 현재로서는 『구운몽』 원작에 가장 가까운 모습을 재구성하기 위해 한글본의 도움을 일부 받을 수밖에 없다. 규장각본(서울대본)은 원작 계열 한문본을 한글로 직역直譯한 것이어서 원작 계열 한문본에 결락된 원작의 면모를 짐작해 보는 데 중요한 역할을 한다.

노스님은 남악에서 오묘한 불법을 강론하고
젊은 승려는 돌다리에서 선녀를 만나다

천하에 이름난 산이 다섯 있으니, 동쪽은 동악東岳 태산[1]이요, 서쪽은 서악西岳 화산[2]이요, 가운데는 중악中岳 숭산[3]이요, 북쪽은 북악北岳 항산[4]이요, 남쪽은 남악南岳 형산[5]이다. 이것이 이른바 오악五岳이다.

오악 중에 형산이 중원中原에서 가장 먼데, 구의산[6]이 그 남녘에 있고, 동정호[7]가 그 북녘에 있으며, 상강[8] 물이 산의 삼면을 둘렀다. 일흔두 봉우리 가운데 가장 높은 다섯 봉우리는 축융봉·자개

1. **태산泰山** 중국 산동성 중부에 있는 산. 오악五岳(중국의 5대 명산) 중에서도 으뜸으로 꼽혀 중국의 역대 황제들이 이곳에서 천명을 받는 의식을 거행했다.
2. **화산華山** 섬서성 동부에 있는 산. 해발 2,437미터로, 오악 가운데 가장 높고 험준한 산이다.
3. **숭산嵩山** 하남성에 있는 산.
4. **항산恒山** 산서성에 있는 산.
5. **형산衡山** 호남성에 있는 산. 중국 불교와 도교의 중심지 역할을 했다.
6. **구의산九嶷山** 호남성 남부에 있는 산. 창오산蒼梧山이라고도 한다. 순임금이 죽어 묻혔다는 곳이다.
7. **동정호洞庭湖** 호남성 북부에 있는 큰 호수. 악양루岳陽樓 등 수많은 명승고적이 있다.
8. **상강湘江** 호남성에 있는 강. 주변의 명승지인 소상팔경瀟湘八景이 유명하다.

봉·천주봉·석름봉·연화봉[9]으로, 항상 구름 속에 들어 있어 청명한 날이 아니면 보지 못한다.

대우[10]가 홍수를 다스리고 형산에 올라 비碑를 세워 공덕을 기록하니 하늘글의 구름전자[11]가 뚜렷이 남아 다하지 않았고, 진晉나라 시절에는 여선女仙 위부인[12]이 도를 얻어 하늘의 벼슬을 받은 뒤 선관과 옥녀[13]를 거느리고 내려와 형산을 안정시켰으니 이른바 '남악 위부인'이다. 이처럼 예로부터 전하는 신령한 자취와 기이한 일을 이루 다 기록하지 못한다.

당나라 때 서역西域의 승려가 천축국天竺國(인도)으로부터 중국에 들어와 형산의 빼어남을 사랑하여 연화봉 아래 초가 암자를 짓고 대승법[14]을 강론하여 사람을 가르치고 귀신을 제도濟度했다. 교화

---

9. **축융봉祝融峰·자개봉紫盖峰·천주봉天柱峰·석름봉石廪峰·연화봉蓮花峰**　형산의 주봉主峰인 축융봉(해발 1,300미터)을 비롯하여 모두 '남악 72봉'의 하나. 다만 남악 72봉 중 가장 높은 다섯 봉우리로는 '연화봉'(해발 1,048미터) 대신 부용봉芙蓉峰(해발 1,114미터)을 꼽는다. 연꽃 모양의 연화봉 아래에는 육조六朝 시대 양梁나라 때 창건된 유명 사찰 방광사方廣寺가 있다.

10. **대우大禹**　하나라 우왕禹王을 말한다. 대홍수가 발생하자 순임금의 명을 받아 치수治水에 성공했다고 한다.

11. **하늘글의 구름전자**　임금의 글, 곧 우왕이 치수에 성공한 뒤 형산에 세웠다는 공덕비의 전서체篆書體 글자를 뜻하는 듯하다. 한문개작본에는 "天書雲篆"(천서운전)으로 되어 있다.

12. **위부인魏夫人**　진나라 때의 여도사女道士 위화존魏華存을 말한다. 진나라 사도司徒 위서魏舒의 딸로, 신선술을 추구하여 도교 상청파上淸派의 제1대 종사宗師가 되었다. 흔히 '남악부인'南岳夫人으로 불리며 여선女仙으로 일컬어진다.

13. **선관仙官과 옥녀玉女**　신선 세계의 벼슬아치와 선녀.

14. **대승법大乘法**　자신의 깨달음을 구함과 동시에 중생을 깨달음으로 인도하는 부처의 가르침.

가 크게 이루어지자 모두들 '산부처[生佛]가 세상에 났다'고 여겨 부유한 사람은 재물을 내고 가난한 사람은 힘을 들여 큰 절을 지으니, 그 모습은 다음과 같다.

절문은 높이 열려 동정洞庭(동정호) 들판을 향하고
법당 기둥은 적사호赤沙湖까지 뻗었네.
5월 찬바람에 부처의 유골은 차갑고
온종일[15] 하늘의 음악이 향로에 조회하네.[16]

연화봉 도량道場은 이처럼 거룩하여 남북의 으뜸이 되었다. 이 승려는 항상 『금강경』[17] 한 권을 지니고 있었는데, 모두들 부르기를 육여화상六如和尙이라고도 하고 육관대사六觀大師라고도 했다.

❧❧❧
15. **온종일** 원문은 "여섯 때"(六時)로, 낮과 밤을 각각 셋으로 쪼개어 하루를 네 시간씩 나눈 신조晨朝(오전 6시부터 10시까지), 일중日中(오전 10시부터 오후 2시까지), 일말日末(오후 2시부터 6시까지), 초야初夜(오후 6시부터 10시까지), 중야中夜(오후 10시부터 오전 2시까지), 후야後夜(오전 2시부터 6시까지)를 총칭하는 말이다. 본래 인도의 시간 단위로, 불교에서도 이에 따라 일과가 진행되었다.
16. **절문은 높이~향로에 조회朝會하네** 두보杜甫의 시 「악록산 도림이사행」岳麓山道林二寺行의 일부로, 원문은 다음과 같다. "寺門高開洞庭野, 殿脚揷入赤沙湖. 五月寒風冷佛骨, 六時天樂朝香爐." '적사호'赤沙湖는 동정호 서쪽 끝에 있는 호수이다. '악록산'은 '남악 72봉'의 하나인 악록봉岳麓峰을 말한다.
17. **『금강경』金剛經** 『금강반야바라밀경』金剛般若波羅蜜經 혹은 『금강반야경』金剛般若經이라고도 한다. 중국 선종禪宗의 제5조인 홍인弘忍 이래 특히 중시된 불경으로, 우리나라에서는 고려의 지눌知訥 이래로 가장 널리 유통된 대표적인 불경으로 꼽힌다. 일체의 상相은 꿈처럼 허망한 것인바 모든 상이 상이 아님을 보면 해탈에 이른다는 '공空 사상'을 담고 있다.

육관대사의 문하에 제자 수백 인이 있었는데, 계행[18]이 높고 신통神通을 얻은 자가 30여 인이었다. 그중에 가장 젊은 제자의 이름은 성진性眞으로, 얼굴은 백설白雪 같고 정신은 추수秋水 같으며, 나이 20세에 삼장[19] 경문經文 중에 통달하지 못한 것이 없고 총명과 지혜가 무리 중에 특출하니, 대사가 크게 중히 여겨 늘상 도를 전할 그릇으로 기대했다.

육관대사가 제자들과 더불어 큰 법을 강론할 때마다 동정洞庭 용왕龍王이 노인으로 변신하여 흰 옷을 입고 법석法席에 참예하여 경經을 들었다. 대사가 하루는 제자들에게 말했다.

"동정 용왕이 여러 번 와서 경을 들었으나 일찍이 답례를 하지 못했다. 내가 늙고 병들어 산문山門을 나가지 않은 지 10여 년이 되었으니, 내 몸을 산문 밖으로 가벼이 움직이지 못하겠구나. 너희 중에 누가 수부水府(용궁)에 들어가서 나를 대신해 용왕에게 답례 인사를 하겠느냐?"

성진이 가기를 청하자 육관대사가 기뻐하며 허락했다. 성진은 가사袈裟를 바르게 차려입고는 육환장[20]을 끌고 동정호를 향해 갔다.

꽃 꽃 꽃 꽃 꽃

18. **계행戒行** 불교 계율을 잘 지켜 실천하고 수행하는 일.
19. **삼장三藏** 불전佛典의 총칭. 즉 부처의 설법을 모은 경장經藏, 계율을 모은 율장律藏, 경經을 풀이한 논장論藏의 셋을 아울러 이르는 말.
20. **육환장六環杖** 수행승의 지팡이. 머리 부분에 주석朱錫으로 만든 큰 고리를 끼우고, 큰 고리에 여섯 개의 작은 고리를 끼워 만들었다.

성진이 나간 뒤에 문지기가 육관대사에게 아뢰었다.

"남악 위진군[21] 낭랑[22]이 시녀 여덟 사람을 보내 문 앞에 이르렀습니다."

육관대사가 들어오라 하니 팔선녀八仙女가 차례로 나아와 대사가 앉은 자리 주위를 세 바퀴 돌며 신선의 꽃을 뿌린 뒤에 위부인의 말을 전했다.

"상인上人은 산의 서녘에 계시고 나는 산의 동녘에 있어, 가까운 곳에 기거하며 같은 산에서 먹고살면서도 천조[23] 일이 나를 수고롭게 하여 나아가 맑은 말씀을 듣지 못했습니다. 이 때문에 시녀 여덟 사람을 삼가 보내어 대사의 안부를 여쭙고, 겸하여 하늘의 꽃과 신선의 과실과 칠보[24] · 문금[25]으로 구구한 정을 표합니다."

선녀들이 각각 가져온 꽃과 과실과 보배를 받들어 드리니, 육관대사가 손수 받아 시자侍者를 주어 부처께 공양하라 하고, 합장하며 사례하여 말했다.

"노승이 무슨 공덕이 있기에 상선上仙(높은 신선)의 기념하심을

꽃꽃꽃꽃

21. **위진군魏眞君** 위부인을 말한다. '진군'은 높은 신선의 존칭.
22. **낭랑娘娘** 모친, 황후, 여신 등에게 붙이는 존칭.
23. **천조天曹** 옥황상제의 관청.
24. **칠보七寶** 불교에서 이르는 일곱 가지 보배. 불경에 따라 다른데, 대략 금·은·유리·수정·산호·호박·진주를 꼽는다.
25. **문금文錦** 화려한 무늬를 넣은 비단.

입겠소이까?”

그러고는 팔선녀에게 두 번 절하고 대접해 보냈다.

팔선녀가 산문을 걸어 나와 서로 의논했다.

“남악 형산은 강 하나, 언덕 하나도 우리 집 땅 아닌 것이 없었지만, 이 스님이 도량을 연 뒤로 홍구의 나뉨[26]이 되어 연화봉 경치를 지척에 두고도 보지 못했어. 우리가 이제 다행히 낭랑의 명으로 이 땅에 왔거늘 아직 해가 저물지 않았으니, 연화봉 위에 옷을 떨치고 폭포천澤布泉에 갓끈을 씻으며 시를 읊고 돌아가 궁중의 자매들에게 이 즐거운 놀이를 자랑하면 유쾌하지 않겠니?”

모두들 “그 말이 참으로 옳다!”라고 말하고는 천천히 걸어 절정에 올라 폭포의 근원을 굽어본 뒤 물줄기를 좇아 도로 내려와 석교石橋에 다다랐다.

이때 춘삼월의 온갖 꽃이 골짜기에 가득하여 붉은 안개가 낀 듯하고 새들의 백 가지 울음소리가 생황笙簧을 연주하는 듯하여, 봄기운이 사람의 마음을 몹시 들뜨게 했다. 팔선녀가 다리 위에 앉아 물을 굽어보니, 여러 골짜기의 물이 다리 아래 모여 너른 징담澄潭(맑은 연못)이 되니 그 차고 맑음은 마치 새로 만든 광릉 거울[27] 같고, 푸른 눈썹과 붉은 단장이 물속에 떨어지니 마치 한 폭

꿈꿈꿈꿈

26. 홍구鴻溝의 나뉨 ‘홍구’는 하남성 정주鄭州에 있는 운하 이름. 항우項羽의 초楚나라와 유방劉邦의 한漢나라가 다투던 시절 홍구를 경계로 삼았기에 한 말.
27. 광릉廣陵 거울 ‘광릉’은 강소성 양주揚州의 옛 이름. 당나라 때 양주에서 만든 청동 거울을

주방²⁸의 미인도 같았다. 팔선녀가 그림자를 희롱하며 스스로 사랑하여 차마 떠나지 못하더니 산속의 해가 장차 저무는 줄도 깨닫지 못했다.

이때 성진이 물결을 열고 수정궁²⁹에 나아가니, 용왕이 크게 기뻐하여 친히 궁문宮門 밖에 나아가 맞아 상좌上座에 앉히고 진귀한 음식을 갖추어 잔치를 열어 대접하며 손수 잔을 잡아 권하자 성진이 말했다.

"술은 마음을 흐리게 하는 광약狂藥이라 불가佛家의 가장 큰 경계警戒이니, 감히 파계破戒하지 못하겠습니다."

용왕이 말했다.

"부처의 오계³⁰에서 술을 경계한 줄 내 어찌 모르겠습니까마는 궁중에서 쓰는 술은 인간세계의 광약과 달라 다만 사람의 기운을 화창하게 할 뿐 마음을 어지럽히지 않습니다."

성진은 용왕이 간절히 권하자 거역할 수 없어 연달아 세 잔을 먹고는 용왕께 하직한 뒤 바람을 타고 연화봉으로 돌아왔다. 산 아래에 이르러 술기운이 올라 얼굴이 달아오른 것을 깨닫고 생각

최고의 거울로 쳤기에 한 말.

28. **주방周昉** 당나라의 화가. 불화佛畵와 미인도美人圖에 뛰어났다.

29. **수정궁水晶宮** 용궁에 있다는, 수정으로 만든 궁궐.

30. **부처의 오계五戒** 불교의 다섯 가지 기본 계율. 즉, 살생하지 말 것(不殺生), 훔치지 말 것(不偸盜), 음행을 하지 말 것(不邪婬), 허망한 말을 하지 말 것(不妄語), 음주하지 말 것(不飮酒).

했다.

'만일 내 얼굴이 붉은 것을 보시면 사부께서 괴이하게 여겨 꾸짖지 않으시겠는가?'

즉시 냇물로 가서 웃옷을 벗고 두 손으로 물을 움켜 얼굴을 씻었다. 홀연 기이한 냄새가 코를 찌르는데 향로香爐에서 피어나는 향내도 아니요 화초 향기도 아니되 사람의 골수에 사무쳐 정신을 뒤흔드는, 형언할 수 없는 향기였다. 성진은 생각했다.

'이 냇물 상류에 무슨 꽃이 피었기에 이런 기이한 향기가 물에 품겼을까?'

다시 옷을 단정히 입고 냇물을 따라 올라갔다.

이때 팔선녀는 여전히 석교 위에서 이야기를 나누고 있다가 성진과 마주치게 되었다. 성진은 석장³¹을 내려놓고 예를 표한 뒤 말했다.

"여보살님! 빈승貧僧은 연화도량蓮花道場 육관대사의 제자로, 스승의 명을 받아 산 아래로 나갔다가 절로 돌아가는 길입니다. 석교가 몹시 좁은데 여보살님들이 다리 위에 앉아 계시니 유별한 남녀가 같은 길에 나란히 설 수 없는 노릇입니다. 잠깐 연보³²를 움직여 길을 빌려주시기 바랍니다."

෴෴

31. 석장錫杖 승려의 지팡이. 육환장.
32. 연보蓮步 미인의 발걸음.

팔선녀가 답례하고 말했다.

"저희는 위부인 낭랑의 시녀로, 부인의 명을 받아 대사께 문안하고 돌아가는 길입니다. 저희들은 '길에서 남자는 왼쪽으로 가고, 여자는 오른쪽으로 간다'[33]라고 들었습니다. 이 다리는 몹시 좁고 저희가 이미 벌여 앉아 있어 도사께서 이 다리를 건너시는 것은 매우 마땅치 않으니, 다른 길로 가실 것을 청합니다."

성진이 말했다.

"냇물이 깊고 다른 다리가 없으니 빈승더러 어느 길로 가라 하십니까?"

선녀가 말했다.

"옛날 달마 존자는 갈잎을 타고 바다를 건넜다[34] 하니, 스님이 육관대사께 도를 배우셨으면 반드시 신통력이 있을 터인데, 이런 작은 냇물을 건너지 못하여 아녀자와 길을 다투십니까?"

성진이 웃고 대답했다.

"낭자의 뜻을 보니 행인에게 통행료를 받고자 하시는군요. 가난한 중에게 무슨 돈이 있겠습니까? 마침 명주明珠 여덟 낱이 있

---

33. **길에서 남자는~오른쪽으로 간다** 『예기』禮記 「내칙」內則에 나오는 말. 『예기』에서는 본래 "길에서 남자는 오른쪽으로 가고, 여자는 왼쪽으로 간다"(道路, 男子由右, 女子由左)라고 했다.

34. **달마達磨 존자尊者는~바다를 건넜다** 육조 시대 양梁나라 때 인도에서 와서 중국 선종의 시조가 된 달마가 양나라 무제武帝를 만났으나 뜻이 부합하지 않자 갈댓잎 모양의 나뭇잎을 타고 강을 건넜다는, 이른바 '일위도강'一葦渡江 전설을 말한다.

으니 이제 낭자께 드려 길을 사고자 합니다."

손을 들어 도화桃花 한 가지를 꺾어 모든 선녀의 앞에 던지니 여덟 봉오리가 땅에 떨어져 명주로 변했다. 팔선녀는 저마다 명주를 하나씩 주워 손에 쥐고 성진을 돌아보며 찬연히 한번 웃더니 몸을 솟구쳐 바람을 타고 공중으로 올라갔다. 성진이 석교 위에 오랫동안 서서 선녀들이 가는 곳을 바라보고 있노라니 구름 그림자가 사라지고 향기로운 바람이 잦아들었다.

성진은 바야흐로 석교를 떠나 스승을 가 뵈었다. 육관대사가 늦게 온 이유를 묻자 이렇게 대답했다.

"용왕이 정성껏 대접하며 붙잡아 떨치고 일어날 수 없었습니다."

대사가 물러가 쉬라 하여 성진이 자신의 선방禪房으로 돌아오니 날이 이미 어두웠다. 성진은 팔선녀를 본 뒤 정신이 자못 황홀하여 속으로 생각했다.

'남아가 세상에 태어나 어려서는 공자孔子·맹자孟子의 글을 읽고 자라서는 요순堯舜 같은 임금을 만나, 나가면 장수가 되고 들면 정승이 되어 비단옷을 입고 옥대玉帶를 띠고 옥궐玉闕(궁궐)에 조회하고, 눈에 고운 빛을 보고 귀에 좋은 소리를 듣고, 은택이 백성에게 미치고 공명功名을 후세에 드리움이 또한 대장부의 일이다. 우리 부처의 법문法門은 한 바리 밥과 한 병 물과 두어 권 경문經文과 일백 여덟 낱 염주뿐이니, 도덕이 비록 높고 아름다우나

적막하기 심하구나!'

생각을 이리하고 저리하는 사이 밤이 이미 깊었는데, 문득 눈 앞에 팔선녀가 서 있거늘 놀라서 다시 보니 이미 간 곳이 없었다.

성진은 뉘우쳤다.

'불교 공부에서는 오직 뜻을 바르게 하는 것이 으뜸 행실이다. 내가 출가한 지 10년에 일찍이 반점半點도 잘못되거나 구차한 마음을 먹지 않았거늘, 지금 이렇게 그릇된 생각을 하면 어찌 나의 앞길에 해롭지 않겠는가?'

향로에 전단[35]을 다시 피우고 의연히 포단蒲團(부들방석)에 앉아 정신을 가다듬고 염주를 고르며 일천 부처의 공덕을 생각했다. 그때 문득 창밖에서 동자가 성진을 불렀다.

"사형師兄은 잠들었습니까? 사부께서 부르십니다."

성진이 놀라 생각했다.

'깊은 밤에 나를 부르시니 반드시 변고가 있구나!'

동자와 함께 방장[36]에 나아가니, 육관대사가 모든 제자를 모아 등불을 낮처럼 환히 켜고 큰소리로 꾸짖었다.

"성진아! 네 죄를 아느냐?"

성진이 꿇어앉아 말했다.

---

35. **전단栴檀** 전단향栴檀香. 인도에서 나는 향나무, 혹은 그 향나무로 만든 향.
36. **방장方丈** 고승高僧 혹은 주지 스님의 처소.

"소자가 사부를 섬긴 지 10년 동안 일찍이 한마디 말도 불순하게 한 적이 없으니, 진실로 어리석고 아득하여 지은 죄를 알지 못하겠습니다."

육관대사가 말했다.

"중의 공부에 세 가지 행실이 있으니 몸과 말씀과 뜻[37]이다. 너는 용궁에 가서 술에 취하고, 석교에서 여자를 만나 언어를 수작하고 꽃을 던져 희롱했으며, 돌아와서는 오히려 미색美色을 간절히 그리워하여 세상 부귀를 흠모하고 불가의 적막함에 염증을 느꼈으니, 이는 세 가지 행실을 일시에 무너뜨린 것이다. 죄가 참으로 크니, 이곳에 그대로 머물 수 없다!"

성진이 머리를 조아리고 울며 말했다.

"스승님! 제게 진실로 죄가 있사오나, 주계酒戒를 파破한 것은 주인이 간절히 권하기에 마지못해서 한 일이고, 선녀와 언어를 수작한 것은 길을 빌리기 위해서 한 일이되 특별히 부정한 말을 한 바 없으며, 선방에 돌아온 뒤에 일시 마음을 잡지 못했지만 마침내 스스로 뉘우쳐 뜻을 바르게 했습니다. 제자에게 죄가 있거든 사부께서 회초리를 쳐 꾸짖으실 일이지 어찌 차마 내치려 하십니까? 사부 우러르기를 부모 대하듯 하여 제가 열두 살에 부모

━━━━━━━━━━

37. **몸과 말씀과 뜻** 불교에서 말하는 삼업三業(몸과 말과 생각으로 짓는 세 가지 행위), 곧 신업身業·구업口業·의업意業을 이른다.

26

를 버리고 스승님을 좇아 머리를 깎은 뒤로는 연화도량이 곧 저의 집이거늘, 저를 어디로 가라 하십니까?"

육관대사가 말했다.

"네가 스스로 가고자 하므로 가라 하는 것이지, 네가 만일 있고자 하면 내가 가라 할 수 있겠느냐? 또 너는 '어디로 가라 하느냐?'라고 하는데, 네가 가고자 하는 곳이 네가 갈 곳이다."

육관대사가 소리쳤다.

"황건역사[38]는 어디 있는가?"

홀연 공중으로부터 신장神將이 내려와 대령하자 육관대사가 분부했다.

"너는 죄인을 데리고 풍도[39]에 가서 염왕[40]에게 인도하고 와라!"

성진은 이 말을 듣고 비 오듯 눈물을 흘리고 머리를 무수히 조아리며 말했다.

"사부님, 제 말씀을 들어봐 주십시오! 옛날 아난존자가 창녀의 집에 가서 한자리에서 몸을 섞었으나 석가세존께서는 벌하지 않고 다만 설법하여 가르치셨습니다.[41] 제가 비록 죄가 있으나 아난

❀❀❀❀

38. **황건역사黃巾力士**　도교 전설에 나오는 신장神將. 얼굴빛이 붉은 옥과 같고, 1천 근의 무게를 자유자재로 움직이는 괴력으로 세상의 마귀를 물리친다고 한다.
39. **풍도酆都**　풍도성酆都城. 염라대왕이 다스린다는 지옥.
40. **염왕閻王**　염라대왕. 불교에서 지옥을 주관하는 신.

존자에 비하면 중하지 않은 듯하거늘, 어찌 풍도에 가라 하십니까?"

육관대사가 말했다.

"아난존자는 요술을 제어하지 못해 창녀를 가까이하기는 했지만 그 마음은 어지럽히지 않았다. 그러나 너는 속세의 부귀를 흠모하는 마음을 먹었으니, 어찌 한번 윤회輪迴의 고통 겪는 일을 면할 수 있겠느냐?"

성진이 그저 목 놓아 울 뿐 떠날 뜻이 없자 육관대사가 위로하여 말했다.

"마음이 깨끗하지 못하면 산중에 있어도 도를 이루기 어렵고, 근본을 잊지 않으면 홍진紅塵(속세)에 가도 돌아올 길이 있다. 네가 돌아오고자 한다면 내가 손수 데려올 것이니 의심하지 말고 떠나라."

성진은 어쩔 수 없어 불상과 사부에게 공손히 절하고 동료 선후배들과 작별 인사를 한 뒤 황건역사와 함께 명사[42]를 향해 떠났다.

꽃꽃꽃

41. **아난존자阿難尊者가 창녀의~설법하여 가르치셨습니다** '아난존자'는 석가세존의 제자 가운데 한 사람으로, '아난다'阿難陀라고도 한다. 석가를 모시면서 석가의 말을 가장 많이 들었으므로 '다문제일'多聞第一이라 불린다. 아난존자가 여인의 유혹에 빠졌다가 부처와의 대화를 통해 자신이 신뢰하던 감각과 인식이 모두 허상임을 깨닫고 참된 앎에 이른다는 내용이 『능엄경』楞嚴經에 실려 있다.
42. **명사冥司** 명부冥府. 염라대왕이 다스리는 저승.

음혼관[43]으로 들어가 망향대[44]를 지나 풍도성에 이르렀다. 성문을 지키는 귀졸鬼卒이 무슨 일이냐 묻자 황건역사가 대답했다.

"육관대사의 법지法旨로 죄인을 데려왔다."

즉시 길을 열어 주어 곧바로 삼라전[45]에 이르렀다. 황건역사가 또 앞서와 같이 말하자 염왕閻王은 공문公文을 써서 황건역사에게 주어 돌려보냈다.

성진이 삼라전 아래에 나아가 꿇어앉자 염왕이 물었다.

"성진 스님! 스님의 몸은 남악에 있으나 이름은 이미 지장왕[46]의 향안[47] 위에 기록되어 있으니, 머지않아 큰 도를 얻어 연좌[48]에 높이 오르면 중생들이 모두 스님의 은덕을 입으리라 여겼거늘, 무슨 일로 이 땅에 이르렀소?"

성진이 매우 부끄러워하며 염왕에게 고했다.

"제가 무도無道하여 길에서 남악 선녀를 만난 뒤 한때 마음을 잡지 못했기에 스승께 죄를 얻어 대왕의 분부를 기다리게 되었습

❧ ❧ ❧

43. **음혼관陰魂關** 이승에서 저승으로 들어가는 관문. 한글본에는 "유혼관"幽魂關으로 되어 있다.
44. **망향대望鄕臺** 저승에 있다는 누대. 저승으로 들어가는 영혼이 여기에 올라 이승에서 살던 곳을 돌아본다고 한다.
45. **삼라전森羅殿** 염라대왕의 궁전.
46. **지장왕地藏王** 지장보살. 천상에서 지옥에 이르기까지 모든 세상의 중생을 구원하는 보살. 석가세존의 위촉을 받아 석가가 입멸한 뒤 미래불인 미륵불이 출현하기까지 중생을 구제하는 일을 맡았다.
47. **향안香案** 향로를 올려놓는 탁자.
48. **연좌蓮座** 부처 혹은 불상이 앉는 연꽃 모양의 자리.

니다.”

염왕이 좌우의 신하들로 하여금 지장왕에게 다음과 같이 말씀을 올리게 했다.

“남악 육관대사가 제자 성진을 보내 명사冥司의 처벌을 받게 했는데, 성진은 예사 죄인과 다르므로 여쭙니다.”

지장보살이 대답했다.

“수행하는 사람이 가고 오는 것은 자신이 원하는 대로 할 일이니, 굳이 내게 물을 이유가 있겠는가?”

염왕이 성진의 죄를 물으려 하는 순간, 귀졸이 들어와 아뢰었다.

“문밖에 황건역사가 또 육관대사의 명으로 여덟 죄인을 데려왔습니다.”

성진은 이 말을 듣고 깜짝 놀랐다. 염왕이 죄인을 불러들이라 하자 남악 선녀 여덟 사람이 들어와 대청 아래에 꿇어앉았다. 염왕이 물었다.

“남악 여선들이여! 선가仙家에 무궁한 경치가 있고 무궁한 쾌락이 있거늘 왜 이 땅에 이르렀는가?”

팔선녀가 부끄러움을 머금고 대답했다.

“저희들은 위부인의 분부를 받아 육관대사께 문안하고 돌아오는 길에 성진이라는 젊은 스님을 만나 언어로 수작한 일이 있었습니다. 대사께서는 저희가 불가의 정토淨土를 더럽혔다고 여기시어 우리 부중府中(관아)에 공문을 보내 저희들을 잡아 이곳에 보내셨습니다. 저희들의 부침浮沈과 고락苦樂이 오직 대왕의 손에 달려 있으니, 대자대비하사 좋은 땅에 환도[49]하게 하시기를 바라옵니다."

염왕이 사자使者 아홉 사람을 불러 각각 은밀한 분부를 내려 인간세계로 내보내기로 했다. 홀연 삼라전 앞에 큰 회오리바람이 일어나더니 모든 사람을 휘감아 공중으로 올라가 사면팔방으로 흩어졌다.

성진이 사자를 따라 바람에 날려 정처 없이 떠돌다가 한 곳에 이르자 바람이 그치며 발이 땅에 닿았다. 정신을 차리고 보니 산이 사방을 두르고 시냇물이 굽이져 흐르는데 숲 사이로 대나무 울타리와 초가집 10여 채가 있었다. 사자가 성진을 인도해 한 집에 이르더니 성진더러 문밖에 서 있으라 하고 혼자 안으로 들어갔다. 성진이 한참 동안 서 있자니 이웃집 사람들이 나누는 대화가 들렸다.

"양처사楊處士 부부가 쉰 살에 처음으로 임신한 것은 세상에 드문 일이야. 그런데 해산하러 들어간 지 오래되었거늘, 아기 울음소리가 없으니 참으로 걱정이군."

성진은 이 말을 듣고 자신이 양씨 집 아들로 태어나리라는 것을 분명히 알아차리고 문득 생각했다.

꿈꿈꿈

49. 환도還道 다시 태어남.

'내가 인간 세상에 환도하게 되었으니 여기 온 것은 정신뿐이요, 육신은 연화봉에서 불태워졌을 게다. 나는 나이가 젊어 제자를 거느리지 못했으니, 내 사리舍利는 누가 거뒀을까?'

마음이 자못 서글퍼졌다. 그때 사자가 나와 손짓해 부르며 말했다.

"여기는 당나라 회남도[50] 수주[51] 땅이고, 너의 부친은 양처사요, 모친은 류부인柳夫人이다. 전생의 인연 때문에 이 집에 태어나게 되었으니, 어서 들어가 길한 때를 놓치지 말라."

성진이 들어가 보니 처사가 갈건야복[52] 차림으로 마루에 앉아 있고 약 화로가 그 앞에 있어 약 달이는 냄새가 코에 풍겼으며, 방 안에서는 부인의 신음 소리가 났다. 사자가 방에 들어가라고 재촉하자 성진은 의심스런 마음에 머뭇거리며 걸음을 떼지 못했다. 사자가 뒤에서 밀치자 성진은 공중에 엎어졌다. 정신이 아득하며 천지가 뒤집히는 듯하여 "나를 구하라! 나를 구하라!"[53]라고 소리를 질렀지만 말이 이루어지지 못하고 그 소리가 목구멍에

---

50. **회남도**淮南道 당나라 때 회하淮河 남쪽의 강소성·안휘성·호북성·하남성에 걸쳐 있던 행정구역.
51. **수주**壽州 회남도에 속한 14개 주州의 하나. 지금의 안휘성 회남시 수현壽縣 일대.
52. **갈건야복**葛巾野服 '갈건'은 은자들이 머리에 쓰는 갈포로 만든 두건. '야복'은 평민이 입는 옷.
53. **나를 구하라! 나를 구하라!** 원문은 "救我! 救我!"인데, 그 우리말 음 '구아구아'는 아기 울음소리를 연상케 한다. '구아'救我는 '나를 구하라'는 뜻과 아기 울음소리의 의성어를 동시에 표현한 것이다.

서 나오면서 아기 울음소리가 되었다. 산파가 축하의 말을 했다.

"아기 울음소리가 크니 소낭군小郎君이십니다!"

처사가 약그릇을 가지고 들어오니 부부가 매우 기뻐했다.

성진이 그 뒤로 배고프면 울고 울면 젖을 먹었다. 처음에는 연화봉을 여전히 잊지 못했지만 점점 자라 부모의 은정을 알게 되면서 전생의 일은 완전히 잊어버렸다.

처사는 아들의 골격이 깨끗하고 빼어남을 보고 아들의 머리를 쓰다듬으며 말했다.

"이 아이는 천상계의 존재가 적강54한 게 틀림없어."

인간세계의 세월이 물 흐르듯 흘러 아이의 나이가 열두 살이 되자 이름을 소유55라 하고, 자字를 천리千里라 했다. 소유의 얼굴은 매끈한 옥과 같고 눈은 새벽별 같았으며, 문장이 매우 훌륭하고 지혜가 어른보다 뛰어났다.

하루는 처사가 류부인에게 말했다.

"나는 본래 세상 사람이 아닌데, 당신과 속세의 인연이 있었기에 이 땅에 오래 머물렀소. 봉래56의 신선들이 자주 편지를 하여 오라고 했지만 당신이 외로울까 염려해서 떠나지 못했소. 이제 아들이 이처럼 영특해서 당신이 의지할 곳을 얻어 만년에 부귀영

---

54. **적강謫降** 천상계의 신선이 죄를 짓고 인간세계로 유배 와 인간으로 태어나는 일.
55. **소유少遊** '(인간 세상에서) 잠깐 노닌다'는 뜻.
56. **봉래蓬萊** 봉래산蓬萊山. 신선이 산다는 바닷속 산.

화를 누릴 것이니 나를 생각지 마시오."

어느 날 도인들이 처사의 집에 모여 흰 사슴과 푸른 학을 타고 함께 깊은 산으로 들어갔다. 그 뒤로 처사는 가끔 하늘에서 집으로 편지를 보냈으나 끝내 집에 돌아오지 않았다.

제2회

화음현의 규수는 편지를 보내고
남전산의 도인은 거문고를 전하다

1. **화음현華陰縣** 지금의 섬서성 화음시華陰市 일
   대. 서안西安(장안)의 동쪽 120킬로미터, 낙양
   洛陽의 서쪽 230킬로미터 지점에 있는 교통의
   요지로, 주변에 화산華山이 있다.
2. **남전산藍田山** 섬서성 남전현藍田縣 동남쪽에
   있는 산.

양처사가 떠난 뒤 두 모자가 서로 의지하며 세월을 보냈다. 몇 년 뒤 양소유가 뛰어난 재주를 가졌다는 명성이 크게 일어나자 고을의 태수[3]가 신동神童이라 하여 양소유를 조정朝廷에 천거했으나 소유는 어머니와 헤어지는 것이 싫어 나아가지 않았다.

소유가 열네 살이 되자 얼굴은 반악[4] 같고, 기상은 청련[5] 같고, 문장은 연국공·허국공[6]과 같고, 시재詩才는 포조·사령운[7]과 같고, 필법은 종요·왕희지[8]와 같고, 제자백가諸子百家와 구류·삼교,[9] 천

─·─·─

3. **태수太守** 군수郡守.
4. **반악潘岳** 서진西晉의 문인인데, 미남자로 유명하다.
5. **청련靑蓮** 당나라의 시인 이백李白의 호.
6. **연국공燕國公·허국공許國公** 당나라의 문신 장열張說과 소정蘇頲의 봉호封號. 두 사람은 한 시대를 대표하는 문장가로 나란히 꼽혀, '연燕·허許' 혹은 '소蘇·장張'이라 일컬어졌다.
7. **포조鮑照·사령운謝靈運** 육조 시대의 대표적 시인.
8. **종요鍾繇·왕희지王羲之** 삼국시대三國時代 위魏나라와 동진東晉의 서예가.
9. **구류九流·삼교三敎** '구류'는 『한서』漢書 예문지藝文志에서 분류한 유가儒家, 도가道家, 음양가陰陽家, 법가法家, 명가名家, 묵가墨家, 종횡가縱橫家, 잡가雜家, 농가農家의 아홉 가지 학문 유파. '삼교'는 유교·불교·도교.

문·지리와 『육도』·『삼략』,[10] 검술의 비결과 활 쏘는 법에 이르기까지 정통하지 않은 것이 없으니, 진실로 전생에 수행한 사람이었기에 세속의 사람이 견줄 수 있는 경지가 아니었다.

어느 날 소유가 어머니께 아뢰었다.

"아버지가 하늘로 돌아가실 때 우리 가문을 제게 맡기셨거늘, 지금 집이 가난해서 어머니가 힘들게 일하고 계십니다. 제가 집 지키는 개가 되어 공명功名을 구하지 않는 것은 아버지가 기대하시던 뜻이 아닙니다. 지금 서울에서 과거를 베풀어 선비를 뽑는다고 하니, 제가 잠깐 어머니 슬하를 떠나 한번 서쪽에 가 보고 싶습니다."

류부인은 아들의 기상이 녹록지 않음을 보고 비록 먼 길을 떠나 이별하는 것이 아쉬웠지만 막지 않았다.

양소유가 서동[11] 한 사람과 나귀 한 필을 거느리고 어머니와 작별한 뒤 여러 날 길을 가서 화주[12] 화음현에 이르니, 장안[13]이 점점 가까워지며 산수와 풍물이 매우 화려했다. 과거 날짜가 아직 멀었으므로 하루에 수십 리씩 가며 산수를 찾고 고적古蹟을 방문

---

10. 『육도』六韜·『삼략』三略 중국 고대의 병법서. 『육도』는 주周나라의 태공망太公望이 지었다고 전하며, 『삼략』은 황석공黃石公이 지어 한나라의 개국공신 장량張良에게 전수했다고 전한다.
11. 서동書童 글공부 시중을 드는 아이종.
12. 화주華州 당나라 때 섬서성 화현華縣·화음현·동관현潼關縣 일대를 아우르던 행정구역.
13. 장안長安 당나라의 수도. 지금의 서안西安.

하다 보니 나그네길이 적막하지 않았다. 멀리 버드나무 숲이 푸르디푸른 곳을 바라보니 숲 사이로 어리비치는 작은 누각이 매우 그윽하고 고상해 보였다. 양소유는 채찍을 드리우고 말이 가자는 대로 천천히 나아갔다. 가늘고 긴 버들가지가 땅에 드리운 모습이 푸른 실이 풀려 느긋한 바람에 날리는 듯해서 참으로 감상할 만했다. 양소유는 생각했다.

'우리 초¹⁴ 땅에 비록 아름다운 나무가 많지만 이런 버들은 본 적이 없어!'

마침내 「양류사」楊柳詞(버들 노래)를 지어 읊었다.

　　비단을 펼친 듯 푸르른 버들이여
　　긴 가지가 화려한 누각에 떨쳤네.
　　그대는 부지런히 심어 주오
　　이 나무가 가장 멋스러우니.

　　푸르디푸른 버들이여
　　긴 가지가 아름다운 기둥에 떨쳤네.
　　그대는 함부로 꺾지 마오

---

14. **초楚** 전국시대 초나라가 있던 호남성·호북성 일대를 이르는 말. 하남성·안휘성·강소성· 절강성·강서성의 일부 지역까지 걸쳐 있다.

이 나무가 가장 정이 많으니.

시 읊는 소리가 맑고 시원해서 쇠나 옥돌로 만든 악기에서 나는 소리 같았다. 그 소리가 봄바람에 실려 누각으로 올라가니, 누각 위의 미인이 바야흐로 봄잠에 들었다가 시 읊는 소리를 듣고 놀라 깨어났다. 창을 열고 난간에 기대어 이리저리 바라보다가 양소유와 눈이 마주쳤다. 여인의 구름처럼 풍성한 머리카락은 귀밑에 드리웠고 옥비녀는 반쯤 기울었는데, 봄잠이 부족해서 나른해하는 모양이 꾸밈없이 수려해서, 그 모습을 말로도 표현하기 어렵고 그림으로도 그려 내기 어려웠다. 두 사람은 서로를 보며 아무 말도 하지 못했다. 그때 양소유의 서동이 와서 말했다.

"저녁 진지가 준비됐습니다!"

미인이 문득 창을 닫자 천연의 향기만 코에 쏘일 뿐이었다. 양소유는 서동을 몹시 한스러워하며 미인을 다시 보기 어렵겠다 생각하고 서동을 따라 객점[15]으로 돌아갔다.

이 미인의 성은 진씨秦氏이니 진어사秦御史의 딸로서 이름은 채봉彩鳳이다. 어머니를 일찍 여의고 다른 형제 없이 홀로 부친을 모시고 살며 아직 정혼한 곳이 없었다. 이때 진어사가 서울에서 벼슬살이를 하고 있어 소저가 홀로 집을 지키고 있다가 천만 뜻밖에

꽃꽃꽃꽃

15. 객점客店 오가는 길손이 음식을 사 먹거나 묵어가는 집.

양소유를 만나보고는 이렇게 생각했다.

'여자가 낭군을 만나는 것은 평생이 걸린 큰일이니, 일생의 영욕과 고락이 여기에 달렸다. 탁문군은 과부임에도 오히려 사마상여를 좇았거늘,[16] 지금 나는 처녀의 몸이니 비록 스스로 중매했다는 혐의는 피하지 못하지만 여성의 절행節行을 해치는 일은 아니다. 더구나 이 사람의 이름과 사는 곳을 모르니 아버지께 여쭈어 결정한 뒤 중매를 보내고자 한들 동서남북 어디에서 찾겠는가?'

급히 화전[17]을 펼치더니 몇 줄 편지를 써서 봉한 뒤 유모를 불러 편지를 주며 말했다.

"이것을 가지고 앞의 객점으로 가서, 나귀를 타고 우리 집 누각 아래에 와서 「양류사」를 읊었던 상공[18]을 찾아 인연을 맺어 일생을 의탁하고자 하는 내 뜻을 전하게. 나의 평생이 걸린 큰일이니 자네는 부디 허술히 말게. 이분은 얼굴이 옥처럼 아름다워 무리 중에 섞이지 않을 것이니, 자네가 꼭 직접 보고 편지를 전하게."

유모가 말했다.

꾳꾳꾳꾳

16. **탁문군卓文君은 과부임에도~사마상여司馬相如를 좇았거늘** 탁문군은 한나라 때의 부호富豪 탁왕손卓王孫의 딸로, 일찍이 과부가 되어 친정에 머물다가 그곳에 들른 사마상여가 거문고를 타며 유혹하자 그날 밤 함께 달아났다.

17. **화전花牋** 무늬를 넣어 아름답게 꾸민 종이.

18. **상공相公** 본래는 재상을 높여 부르는 호칭이었으나, 후대에는 젊은 선비에 이르기까지 두루 쓰인 존칭.

"삼가 소저의 분부대로 하겠습니다만 훗날 어르신께서 물으시면 어떻게 말씀드리지요?"

"그 일은 내가 감당할 테니 자네는 염려 말게."

유모가 나가다가 도로 들어와 말했다.

"그분이 만일 이미 아내가 있거나 혹시 정혼한 곳이 있으면 어찌합니까?"

진채봉이 한참 동안 고민하다가 말했다.

"불행히도 아내가 있다면 내가 그 부실副室(첩) 되기도 꺼리지 않을 거야. 하지만 이분은 나이가 매우 젊어서 아직 아내가 없을 듯하네."

유모가 객점에 가서 「양류사」 읊던 수재[19]를 찾았다. 양소유는 마침 객점 문밖에 나와 서 있다가 노파가 자신을 찾는 것을 보고 바삐 물었다.

"「양류사」 지은 수재가 바로 저입니다만 할머니는 왜 저를 찾으십니까?"

유모는 양소유의 얼굴을 본 뒤 더 의심할 것도 없다 여기고 말했다.

"여기는 말씀드리기에 적당한 곳이 아닙니다."

양소유가 유모를 객실로 맞아들인 다음 여기 온 이유를 묻자

꽃꽃꽃꽃꽃

19. **수재秀才** 젊은 선비를 높여 부르는 말. 본래는 향시鄕試에 급제한 사람을 일컫는 호칭.

42

유모가 물었다.

"낭군은 「양류사」를 어디에서 읊으셨습니까?"

양소유가 대답했다.

"저는 먼 고을에 사는 사람으로, 처음 서울에 오며 풍경을 구경하고 있었지요. 그러다가 큰길 북쪽의 누각 앞에 있는 수양버들이 지극히 아름답기에 우연히 시를 읊었던 것인데, 할머니는 왜 물으십니까?"

"낭군께선 그때 누구를 보셨습니까?"

"다행히도 선녀가 누각 위에 강림한 때를 만났지요. 아직도 그 고운 빛이 제 눈에 남았고 기이한 향내가 제 옷에 품겨 있습니다."

"낭군께 말씀드리겠습니다. 그 집은 우리 진어사 댁이고, 그 여인은 우리 집 소저입니다. 소저가 총명하고 지혜로워 사람을 잘 알아보는 눈을 가졌는데, 낭군을 한번 보고는 문득 일생을 의탁하고자 했습니다. 그러나 어사 어르신께서는 서울에 계시니 여쭈어 분부를 받는 사이에 낭군은 이미 이 땅을 떠나셨을 터, 그때 가면 큰 바다 위의 부평초를 어디서 찾겠습니까? 이 때문에 부끄러움을 무릅쓰고 평생의 큰일을 위해 늙은 저를 보내 낭군의 성씨와 관향貫鄕을 여쭈고 겸하여 혼인 여부를 알아 오라고 분부했습니다."

양소유가 이 말을 듣고 얼굴 가득 기쁜 빛을 띤 채 사례하여 말했다.

"제가 소저의 청안[20]으로 보아 주심을 얻으니 죽을 때까지 그은혜를 어찌 잊겠습니까? 저는 초楚 땅 사람으로, 집에 노모가 계시니 화촉華燭의 예는 양가 부모님께 아뢴 뒤에 정하되 혼인 약속은 지금 한마디 말로 정하겠습니다. 저 화산[21]이 영원히 푸르고 위수[22]가 끊어지지 않듯 이 약속은 변치 않을 겁니다."

유모가 매우 기뻐하며 소매에서 작은 봉투를 꺼내 주었다. 양소유가 뜯어보니 「양류사」 한 편이 적혀 있었다. 그 시는 다음과 같다.

누각 앞에 버들을 심은 건
낭군의 말을 매어 머물게 하려는 뜻.
낭군은 왜 그 가지 꺾어 채찍 삼고
장대[23] 길 재촉해 가시는지?

양소유는 시를 다 읽고 청신淸新하고도 함축적인 표현에 감복해서 칭찬의 말을 했다.

🦋🦋🦋🦋

20. **청안靑眼** 좋은 마음으로 남을 보는 눈.
21. **화산華山** 섬서성 동부에 있는 산.
22. **위수渭水** 섬서성 서안西安(장안)·함양咸陽 부근을 흐르는 강. 황하黃河의 최대 지류.
23. **장대章臺** 장안長安의 거리 이름. 기방妓房이 밀집해 있던 곳이었다.

"옛날의 뛰어난 시인 왕우승[24]과 최학사[25]라도 이보다 뛰어날
순 없어!"

즉시 화전을 펼치고 시 한 편을 지어 유모에게 주었다. 그 시는
다음과 같다.

> 버들가지 천만 가닥
> 실가지마다 내 마음 맺혔네.
> 월하노인의 실[26]로 만들어
> 봄소식을 정하고저.

유모가 시를 받아 몸에 간직하고 객점 문을 나서는데 양소유가
도로 유모를 불러 말했다.

"소저는 진[27] 땅 사람이고, 저는 초 땅에 있으니, 한번 돌아간
뒤로는 산천이 멀리 가로막혀서 소식을 통하기 어려울 겁니다.

꽃꽃꽃꽃

24. **왕우승王右丞** 성당盛唐의 시인 왕유王維를 말한다. 재상을 보좌하는 직책인 상서우승尙書
   右丞을 지냈기에 흔히 '왕우승'이라 불린다.
25. **최학사崔學士** 성당의 시인 최호崔顥를 말하는 듯하다. 이백李白이 황학루黃鶴樓에 올라 아
   름다운 풍경에 흥취가 일어 시를 지으려다 황학루에 걸린 최호의 시를 보고는 감탄하여 시
   를 짓지 못했다는 고사가 전한다.
26. **월하노인月下老人의 실** 월하노인이 주머니 속에 가지고 다닌다는 붉은 실. 월하노인이 붉
   은 실 두 가닥을 묶어 각각의 실에 해당하는 남녀에게 부부의 인연을 맺어 준다는 전설이
   있다.
27. **진秦** 전국시대 진나라가 있던 섬서성 일대.

더구나 오늘의 일에는 좋은 중매가 없어 제 마음을 끝내 의지할 곳이 없으니, 오늘밤 달빛을 타고 소저의 얼굴을 뵐 수 있을지요? 소저의 시에도 이런 뜻이 있으니 할머니가 소저께 여쭤봐 주세요."

유모가 갔다가 즉시 돌아와 회보했다.

"우리 소저가 낭군의 회답시回答詩를 보고 십분 감격하셨습니다. 낭군이 달빛 아래 만나자는 말씀을 전하니 소저는 이렇게 말씀을 전하라 하셨습니다.

'남녀가 혼인 전에 만나는 것이 예禮가 아닌 줄 알지만, 바야흐로 그 사람에게 의탁하고자 하면서 어찌 그 뜻에 순종하지 않을 수 있겠습니까? 다만 밤에 만나면 남들의 의심이 있을 듯하고, 아버지께서 아시면 또한 잘못된 일이라 여기실 듯하니, 내일 중당²⁸에서 잠깐 만나 언약을 정했으면 합니다.'"

양소유가 감탄하여 말했다.

"소저의 밝은 소견과 당당한 뜻은 내가 미칠 바 아니로군요."

거듭 잘 부탁한다고 말하며 유모를 전송했다. 이날 객점에서 묵으며 3월의 밤이 몹시도 긴 것을 한스러워했다.

새벽에 문득 서쪽으로부터 수천 수만 명의 떠들썩한 소리가 요란스레 들려왔다. 놀라 일어나 거리에 가 보니, 어지러운 군마軍

---

28. **중당中堂** 집 가운데 있는 건물. 의식을 치르거나 중요한 손님을 맞는 공간.

馬와 피난하는 사람들이 도로를 가득 메우고 곡소리가 진동했다. 사람들에게 물으니 이렇게 대답했다.

"서울에 변이 나서 신책장군 구사량[29]이 황제를 칭하자 천자天子께서 양주[30]로 거둥하셨고, 관중[31]이 어지러워 반란군이 사방에서 사람과 말을 약탈하고 있다오."

양소유는 깜짝 놀랐다. 이윽고 이런 말이 전해졌다.

"함곡관[32]을 닫아 사람이 나갈 수 없다. 신분을 막론하고 장정들을 군대에 충원하고 있다."

양소유는 매우 놀라 급히 서동을 데리고 남전산으로 향했다. 산 깊숙이 들어가니 산꼭대기에 초가집이 하나 있고 주위에 흰 구름이 자욱했으며 청아한 학 울음소리가 들렸다. 고귀한 사람이 있으리라 짐작하고 신선의 문 안으로 들어서니 도인 한 사람이 안석案席에 기대 누웠다가 양소유를 보고 일어나 앉아 말했다.

---

29. **신책장군神策將軍 구사량仇士良**　생몰년 781~843년. 당나라 헌종憲宗·문종文宗 때의 환관으로. 황제의 무능과 붕당의 혼란을 틈타 표기대장군驃騎大將軍·지내시성사知內侍省事 등의 요직을 지내며 병권兵權을 장악하고 초국공楚國公에 봉해졌다. 죽은 이듬해에 사사로이 많은 병기를 보유하고 있던 일이 드러나면서 대역죄인이 되어 관작을 삭탈당하고 가산이 적몰되었다. 구사량이 황제의 친위부대인 신책군神策軍의 중위中尉로서 신책군을 통솔한 바 있기에 '신책장군'이라 칭했다.

30. **양주梁州**　섬서성 서남부에 해당하는 한중漢中 일대를 가리키던 옛 지명.

31. **관중關中**　섬서성 중부의 지명. 동으로는 함곡관函谷關, 남으로는 무관武關, 서로는 산관散關, 북으로는 소관蕭關의 4관關 가운데 있었으므로 그렇게 불렸다.

32. **함곡관函谷關**　하남성 서부의 관문. 장안과 낙양의 사이에 있는 험준한 요새로, 장안에서 중원으로 나가는 길목에 해당하는 요충지였다.

"자네는 난리를 피해 온 사람이로군."

"그렇습니다."

도인이 또 말했다.

"회남淮南 양처사의 아드님이 아닌가? 쏙 빼닮았네."

양소유가 눈물을 머금고 사실대로 대답하자 도인이 웃으며 말했다.

"존공³³께서 석 달 전 자각봉³⁴에서 나와 함께 바둑을 두고 가셨네. 매우 평안하게 지내시니 자네는 슬퍼 말게. 이왕 여기까지 왔으니 머물렀다가 내일 길이 트이거든 돌아가도 늦지 않을 걸세."

양소유가 감사 인사를 하고는 모시고 앉았다. 도인이 벽 위에 놓인 거문고를 보며 물었다.

"자네는 이걸 다룰 줄 아나?"

"좋아합니다만 아직 좋은 스승을 만나지 못했습니다."

도인이 동자를 불러 양소유에게 거문고를 가져다주게 한 뒤 양소유더러 거문고를 연주해 보라고 했다. 양소유가 「풍입송」³⁵을 연주하자 도인이 웃으며 말했다.

"손놀림이 살아 있어 가르칠 만하겠구나."

꽃꽃꽃꽃

33. **존공尊公** 남의 아버지를 높여 이르는 말.
34. **자각봉紫閣峰** 자각산紫閣山. 장안 남쪽에 있는 종남산終南山에 속하는 산. 해발 2,150미터로, 정상의 자주색 석층石層과 산 양쪽 측면의 깎아지른 절벽이 절경으로 꼽힌다.
35. **「풍입송」風入松** 위진魏晉 시대의 혜강嵇康이 지었다고 전하는 악곡 이름.

도인은 거문고를 제 앞으로 가져다 놓고 세상에 전하지 않는 옛 곡조를 연주했다. 맑고 그윽한 것이 인간세계에서는 들어 보지 못한 음악이었다. 양소유는 본래 음악을 좋아했던 데다 총명함이 발군인지라 한 번 듣고 곡조를 그대로 재연해 보이니, 도인이 매우 기뻐했다. 도인은 또 벽옥^{碧玉} 퉁소를 꺼내더니 한 곡조를 불어 양소유에게 가르친 뒤 말했다.

"지음^{知音}을 만나는 건 옛사람도 어려운 일이었지. 이제 거문고와 퉁소를 자네에게 줄 테니, 훗날 필시 쓸 곳이 있을 게야."

양소유가 절하여 받고 말했다.

"제가 선생님을 만난 것은 분명 아버지께서 제게 길을 일러 주신 것입니다. 곁에서 모시며 제자가 되고 싶습니다."

도인이 웃으며 말했다.

"자네는 인간세계의 부귀를 피할 수 없네. 어찌 이 늙은이를 따라 산골짜기에 깃들여 살 수 있겠나? 더구나 자네는 종국에 돌아갈 곳이 있으니 우리 무리가 아닐세. 비록 그렇긴 하지만 야박하게 자네의 은근한 마음을 저버릴 수 없군."

도인은 팽조³⁶의 방서³⁷ 한 권을 내주며 말했다.

"이것을 익히면 비록 수명을 늘이지는 못해도 병이 없고 늙음

36. **팽조**彭祖 중국 고대의 신선. 요임금의 신하로, 상商나라 말까지 767세의 수를 누렸다는 전설이 있다.
37. **방서**方書 연단煉丹과 양생養生 등의 도교 비법을 기록한 책.

을 물리칠 수 있네."

양소유가 다시 절하고 받은 뒤 물었다.

"선생님께서 소자小子가 인간세계의 부귀를 누릴 것이라고 말씀하시기에 인간세계의 일을 여쭈고자 합니다. 소자가 화음현에서 진소저와 바야흐로 혼사를 의논하다가 반란군에 쫓겨 이곳에 왔습니다. 이 혼사가 이루어지겠습니까?"

도인이 껄껄 웃으며 말했다.

"혼인의 길이 밤처럼 어둡거늘, 천기天機를 어찌 미리 누설하겠나? 그렇긴 하나 자네의 아름다운 인연이 여러 곳에 있으니, 진소저 한 사람만 간절히 생각할 일은 아닐세."

이날 도인을 모시고 석실[38]에서 자는데, 하늘이 미처 밝기 전에 도인이 양소유를 불러일으키고는 말했다.

"길이 이미 트였고 과거는 내년으로 미루어졌네. 대부인[39]이 이문[40]에 기대 기다리고 계시니 어서 돌아가게."

그러고는 노자를 준비해 주었다. 양소유는 거듭 절하며 감사 인사를 하고 거문고와 퉁소를 챙겨 산을 내려왔다. 도중에 돌아보니 도인의 집이 간 곳 없이 사라졌다.

양소유가 어제 산에 들어올 때에는 버들꽃이 아직 지지 않았는

❧❧❧❧

38. 석실石室 돌로 이루어진 방.
39. 대부인大夫人 남의 어머니를 높여 부르는 말.
40. 이문里門 동네 어귀에 세운 문.

데, 하룻밤 사이에 만물의 빛이 변하여 바위 사이에 국화가 피어 있었다. 양소유가 괴이하게 여겨 길에서 만난 사람에게 물으니 벌써 8월이 되었다고 했다.

전에 묵던 객점을 찾아가 보았다. 난리를 겪은 뒤에 마을이 쓸쓸하니 옛날과 달랐다. 서울에 과거를 보기 위해 모였던 선비들이 어수선하게 내려오기에 물어보니, 황제가 여러 도道의 병마兵馬를 모아 다섯 달 만에 역적을 평정하고 과거는 내년 봄으로 연기했다고 했다.

양소유가 진어사의 집을 찾아가니 버들 숲은 그대로였지만 화려한 누각과 회칠한 담장이 모두 불타 무너졌고, 사방 이웃에는 닭 울음소리도 들리지 않았다. 한참 동안 버들가지를 붙잡고 진채봉의 「양류사」를 읊조리며 눈물을 흘리다가 하릴없이 객점으로 돌아와 주인에게 물었다.

"큰길 건너편의 진어사 댁 식구들은 지금 어디로 갔소?"

주인이 한숨을 쉬며 말했다.

"상공께선 모르시는군요! 진어사는 서울에 가시고 소저가 늙은 여종을 데리고 집에 있었지요. 그런데 진어사가 역적이 시킨 벼슬을 받았다고 해서 관군官軍이 경성京城을 회복한 뒤에 진어사는 사형당하고 소저는 서울로 잡혀갔습니다. 소저 역시 참화를 면치 못했다는 말도 있고, 적몰41하여 액정42에 들었다는 말도 있습니다. 오늘 아침에 죄를 입은 가속들이 영남43 땅 노비가 되어

이 앞으로 많이 지나갔으니, 진소저가 그중에 들어 있을 듯도 합니다."

양소유는 이 말을 듣고 비 오듯 눈물을 쏟으며 생각했다.

'남전산 도인께서 진소저와의 혼사를 밤처럼 어둡다고 하시더니, 소저가 이미 죽었기 쉽겠구나!'

종일토록 방황하다가 밤에 한 잠도 이루지 못하고 더 물을 곳이 없어 행장을 차려 수주壽州로 돌아갔다.

류부인은 집에서 서울에 난리가 났다는 소식을 듣고 아들이 이미 죽었으리라 생각하고 있었다. 그러다가 아들을 보고는 붙들고 울며 다시 살아난 사람처럼 여겼다.

해가 저물고 새봄이 되었다. 양소유가 다시 서울에 가서 공명을 구하고 싶어 하자 류부인이 말했다.

"작년에 서울에 갔다가 위태한 지경을 겪었고 네 나이가 어려서 공명은 급하지 않다만, 지금 네가 떠나는 것을 말리지 않는 것은 나 또한 생각이 있기 때문이야. 네 나이 열여섯에 정혼한 곳이 없거늘, 수주는 궁벽한 작은 고을이니 어찌 너의 배필이 될 현숙한 처녀가 있겠니? 내 사촌여동생 두씨杜氏가 서울의 자청관⁴⁴에

꾸꾸꾸

41. **적몰籍沒** 중죄인의 재산을 모두 몰수하고 가족까지 처벌하는 일.

42. **액정掖庭** 궁녀들의 거처. 죄를 범한 관료 집의 부녀자들을 가두는 감옥으로도 쓰였다.

43. **영남嶺南** 중국 오령五嶺(대유령大庾嶺, 기전령騎田嶺, 도방령都龐嶺, 맹저령萌渚嶺, 월성령越城嶺)의 남쪽 지방. 광동성·광서성 전역과 호남성·강서성의 일부 지역이 포함된다.

출가하여 도사가 되었는데, 나이를 헤아려 보건대 생존해 있을 듯하구나. 매우 사려 깊은 사람이고, 도성 안의 재상 댁 중 왕래하지 않는 곳이 없다더라. 내가 편지를 쓰면 정성을 다해 도와줄 테니 유의하도록 해라."

양소유가 화음현 진소저 이야기를 하며 몹시 슬픈 기색을 띠자 류부인이 한숨을 쉬며 말했다.

"진소저가 아름다운 사람이다만 인연이 없나 보구나. 죽었기가 쉽고 설령 살아 있다 한들 만날 길이 없으니, 걱정일랑 끊고 아름다운 인연을 맺어 내 소망하는 마음을 위로해 다오."

양소유가 절하며 분부를 받들었다.

길 떠난 지 여러 날 만에 낙양⁴⁵에 이르렀다. 소나기를 만나 남문_{南門} 밖 주점_{酒店}에 들어가니 주인이 물었다.

"상공께선 술을 드시겠습니까?"

양소유가 말했다.

"좋은 술을 가져오게."

주인이 술을 가져오자 양소유가 연거푸 여남은 잔을 마시고 말했다.

"자네 술도 좋긴 하나 상품_{上品}은 아니군."

꒜꒜꒜

44. **자청관紫淸觀**   도관道觀의 이름. '도관'은 도교道敎 사원.
45. **낙양洛陽**   하남성 서부의 도시. 후한後漢의 수도였다.

주인이 말했다.

"저희 가게 술로는 이보다 나은 것이 없습니다. 상공이 상품의 술을 찾으시거든 성 안의 천진교[46] 주루酒樓에서 파는 낙양춘[47] 한 말 값이 십천[48]입니다."

양소유는 생각했다.

'낙양은 예로부터 제왕의 도읍이요 천하의 번화한 땅이다. 내가 작년에는 다른 길로 오느라 이 땅 경치를 보지 못했거니와 이번에는 헛되이 지낼 수 없지.'

술값을 헤아려 주인을 주고는 나귀를 타고 천진교를 향해 갔다.

※※※※

46. **천진교天津橋** 낙양에 있던 다리 이름. 수당隋唐 때 낙수洛水의 남북을 잇던 중요한 다리로, 그 주변에 번화가가 형성되어 주루酒樓가 많았다.

47. **낙양춘洛陽春** 낙양의 명주名酒.

48. **한 말 값이 십천** '십천'은 1만, 곧 1만 문文을 말하는 것으로 보인다. 1만 문은 은화 100냥에 해당한다. 원문에는 "一斗之價, 十千矣"로 되어 있는데, 이는 이백의 악부시樂府詩 「행로난」行路難의 첫 구절 "金樽淸酒斗十千"(황금 술동이에 든 청주는 한 말 값이 십천)에서 따온 말이다.

제3회

양소유는 주루에서 인연을 맺고
계섬월은 원앙금침에서 어진 이를 천거하다

양소유가 낙양성 안으로 들어가니 번화하고 화려함이 듣던 그
대로였다. 낙수¹는 도성을 꿰뚫어 흰 비단을 펼친 듯하고, 천진교
는 강물 위에 가로놓여 무지개가 비낀 듯하며, 붉은 용마루 푸른
기와가 하늘에 솟아 있고, 그 그림자가 강물 속에 떨어져 있으니,
참으로 천하제일의 아름다운 곳이었다. 양소유는 그 화려한 누각
이 바로 주점 주인이 말한 주루임을 알아차리고 나귀를 채찍질
하여 누각 앞으로 나아갔다. 황금 안장을 얹은 준마들이 길을 가
득 메워 몹시 시끌벅적했고, 누각 위의 온갖 음악 소리가 하늘로
부터 내려왔다. 양소유는 하남河南 부윤²이 잔치를 열었나 싶어 서
동으로 하여금 물어보게 하니, 성안의 귀공자들이 이름난 기녀를
모아 봄 경치를 완상하고 있다고 했다.

　　1. **낙수洛水**　낙양 남쪽을 흐르는 강 이름.
　　2. **부윤府尹**　당나라 행정구역인 부府의 장관長官.

양소유는 취흥醉興을 타고 누각 앞에서 나귀에서 내린 뒤 곧장 누각으로 올라갔다. 여남은 명의 젊은이들이 여남은 명의 미녀들과 섞여 앉아 바야흐로 큰 잔을 기울이고 있는데, 옷차림이 멋들어지고 의기가 당당했다. 젊은이들은 양소유의 잘생긴 얼굴을 보고 모두 일어나 읍³했다. 자리를 정해 앉고 서로 통성명한 뒤 윗자리에 앉은 노생盧生이라는 이가 양소유에게 물었다.

"양형楊兄의 행색을 보아하니 분명 과거를 보러 가시는 게로군요."

양소유가 대답했다.

"말씀대롭니다."

그러자 왕생王生이라는 이가 말했다.

"양형이 과거를 보려 하신다면 비록 불청객이기는 하나 오늘 모임에 참여해도 무방하겠소이다."

양소유가 말했다.

"두 형의 말씀으로 보건대 여러 형들의 오늘 모임은 술자리를 즐기기 위한 게 아니라 시사⁴를 맺어 문장을 겨루는 자리인가 봅니다. 저는 초나라의 미천한 선비로 나이 어리고 식견이 얕으니,

꿍꿍꿍꿍

3. **읍揖** 두 손을 마주 잡아 얼굴 앞으로 들어 올린 후 허리를 구부렸다가 몸을 펴면서 손을 내리는 예.
4. **시사詩社** 시인들의 모임.

요행히 향공⁵에 들긴 했으나 여러 형들의 성대한 모임에 참여하는 것은 외람될 듯합니다."

귀공자들은 양소유의 말이 공손하고 나이도 어린 것을 업신여겨 웃으며 말했다.

"우리가 시사를 맺은 것은 아니지만, 문장을 겨룬다고 한 양형의 말은 실상과 거의 비슷하오. 형은 뒤늦게 온 사람이라 시를 지어도 좋고 짓지 않아도 좋으니, 우선 함께 술이나 드십시다."

차례로 술 마시기를 재촉하는데 뭇 악기들이 일제히 연주되었다. 양소유가 눈을 들어 보니 기녀 20여 명이 저마다 잡은 악기가 있되 한 사람만 홀로 단정히 앉아 연주도 하지 않고 말도 하지 않고 있었다. 얼굴이 곱디고와 진정한 국색⁶이었으니, 정말 요대⁷의 선녀가 하계下界(인간 세상)에 내려온 듯했다. 양소유가 정신이 어지러워 잔을 잡을 줄도 모르고 그 미인을 자주 돌아보니 미인도 양소유를 돌아보았다.

양소유는 미인의 앞에 시를 쓴 화전이 수북이 쌓인 것을 보고 귀공자들을 향해 말했다.

✿✿✿✿
5. **향공鄕貢**   당나라 때 학관學館(국립학교)에서 치르는 시험을 거치지 않고 고을에서 추천을 받아 과거에 응시할 자격을 얻은 선비. 성省 단위로 실시하는 과거 시험인 향시鄕試를 가리키기도 한다.
6. **국색國色**   나라 안에서 으뜸가는 미인.
7. **요대瑤臺**   신선이 사는 누각.

"저 화전들은 필시 형들의 아름다운 시일 텐데, 한번 봐도 되겠습니까?"

귀공자들이 미처 대답하기 전에 미인이 몸을 일으켜 화전을 가져다 양소유의 앞에 두었다. 양소유가 이리저리 10여 장의 시를 뒤적여보니, 그중에 우열이 있고 서툴거나 능숙한 것이 없지 않았으나 모두 평범하여 좋은 시구가 없었다. 양소유는 가만히 생각했다.

'낙양에 재주 있는 선비가 많다더니 이로 보자면 허튼 말이구나.'

시를 미인에게 도로 보내고는 귀공자들을 향해 두 손을 맞잡아 공경하는 예를 표한 뒤 말했다.

"누추한 땅의 천한 선비가 서울의 문풍文風을 보지 못하다가 여러 형들의 주옥같은 시를 보았으니 이처럼 통쾌하고 다행스러움을 어찌 다 말할 수 있겠습니까?"

이때 귀공자들이 다 취해서 만족스레 깔깔 웃으며 말했다.

"양형이 시구가 묘한 것만 알고 그 속에 더 묘한 일이 있는 줄은 모르는구려."

양소유가 말했다.

"제가 여러 형들의 사랑을 입어 술자리에서 격의 없는 벗이 되었거늘, 어찌 그 묘한 일을 제게 일러 주지 않으십니까?"

왕생이 깔깔 웃으며 말했다.

"말해도 무방하오. 우리 낙양은 인재가 모인 곳이어서 예전부터 과거를 보면 낙양 사람이 장원[8] 아니면 방안이나 탐화[9]를 차지해 왔소. 지금 우리들은 글 잘한다는 허명虛名을 잠깐 얻었으나 스스로 우열을 정하지 못하고 있던 터요. 저 낭자의 이름은 섬월蟾月이고 성은 계씨桂氏인데, 자색과 가무歌舞가 천하제일이라오. 그뿐 아니라 고금古今의 시문詩文 중에 모르는 것이 없고 글을 알아보는 눈이 귀신처럼 밝아서, 과거를 보려 하는 낙양 선비들이 지은 글을 보고 당락當落을 미리 정하되 틀린 적이 없소. 이 때문에 우리들이 각자 시를 지어 보이면 계랑桂娘(계섬월)이 그중 눈에 드는 시에 가락을 붙여 노래로 불러 우열을 정한다오. 더구나 계랑의 이름이 '달나라의 계수나무'라는 뜻이니, 이번 과거에 장원급제할 길한 조짐이 여기에 있지 않겠소?[10] 양형이 듣기에도 참으로 묘한 일 아니오?"

두생杜生이라는 이가 말했다.

"이밖에 또 한 가지 일이 있으니 일이 참 묘하오. 계랑이 노래 부르는 시의 주인을 우리들이 둘러싸 계랑의 집으로 보내서 오늘 밤 꽃다운 인연을 이루게 할 것이니, 참으로 묘한 일 아니겠소?

༄༄༄༄

8. **장원壯元** 과거의 최종 시험인 전시殿試의 수석 합격자.
9. **방안榜眼이나 탐화探花** '방안'은 전시의 2등, '탐화'는 3등 합격자.
10. **계랑의 이름이~있지 않겠소** '계'桂는 계수나무, '섬월'蟾月은 달을 뜻한다. 장원급제자에게 임금이 계수나무를 꽂아 주었기에 길한 조짐이라고 했다.

양형도 남자의 몸이니, 흥이 있거든 시 한 편을 지어 우리와 겨뤄 보는 게 어떻겠소?"

양소유가 말했다.

"형들의 아름다운 시가 이루어진 지 오래니, 계랑이 어느 시를 노래했는지요?"

왕생이 말했다.

"아직껏 맑은 소리를 아끼고 있으니, 아리따운 태도로 부끄러 워하는가 싶소."

양소유가 말했다.

"저는 본래 이 모임과 관계없는 사람이니, 설령 한두 편 시를 지어 본들 어찌 감히 형들과 재주를 겨룰 수 있겠습니까?"

왕생이 큰소리쳐 말했다.

"양형은 얼굴이 미녀처럼 고와서 그런가, 왜 이리 대장부의 뜻 이 없소? 성인聖人께서 '인仁을 행하는 일이라면 스승에게도 사양 하지 않는다'¹¹라 하셨고, '군자다운 겨룸이 있다'¹²라고 하지 않 으셨소? 양형이 시 짓는 재주가 없는 게 아닐까 싶소만, 진실로 재주가 있다면 겸양할 이유가 어디 있겠소?"

양소유는 사양하는 체했지만 섬랑蟾娘(계섬월)의 얼굴을 본 뒤

꾆꾆꾆꾆
11. **인仁을 행하는~사양하지 않는다** 『논어』論語「위령공」衛靈公에 나오는, 공자孔子의 말.
12. **군자다운 겨룸이 있다** 『논어』「팔일」八佾에 나오는, 공자의 말.

로 시흥詩興을 참지 못하고 있던 터였다. 눈을 들어 보니 자리 곁에 빈 화전이 많이 있었다. 한 폭을 빼내어 붓을 달려 세 편의 시를 썼다. 모두들 그 착상이 민첩하고 필세筆勢가 날듯이 생동하는 것을 보고는 몹시 경이로이 여겼다. 양소유는 붓을 던지고 귀공자들을 돌아보며 말했다.

"여러 형들께 가르침을 청해야 마땅하나 오늘 일은 바로 계경桂卿(계섬월)이 시관試官(시험관)이니 시권試券(시험 답안) 바칠 시각이 지나지 않았을까 걱정이군요."

섬월에게 시를 보였다. 섬월이 추파13를 흘려 한번 보더니 단판14을 한 번 치며 청아한 노래를 시작했다. 소리가 하늘 끝까지 올라 메아리가 공중에 남으니 진쟁15과 조슬16도 소리를 빼앗겼고 자리의 모든 사람들은 숙연히 안색을 고쳤다. 시는 다음과 같다.

향기로운 티끌이 일려 하고 저녁 구름 많은데
미희美姬의 노래 함께 기다리네.
열두 거리17에 봄날 저무는데

꾸꾸꾸꾸

13. **추파秋波** 미녀의 눈빛.
14. **단판檀板** 박자를 치는 데 쓰는, 작은 널빤지 모양의 악기. 박달나무로 만든다.
15. **진쟁秦箏** 전국시대 진秦나라 몽염蒙恬이 만들었다고 전하는 현악기. 슬瑟과 비슷한 모양으로, 본래 열두 줄이었으나 후대에 열여섯 줄까지 늘어났다.
16. **조슬趙瑟** 25줄의 현악기인 슬瑟을 말한다. 전국시대 조趙나라에서 유행한 악기이므로 '조슬'이라 불렀다.

버들꽃이 눈처럼 흩날리니 시름을 어이할까?

아름다운 그대 앞에 꽃가지도 부끄러워하거늘

가녀린 노래 시작하지도 않았는데 기운이 벌써 향기롭네.

하채와 양성의 귀공자[18]는 안중에도 없으니

무쇠처럼 굳은 그 마음 얻지 못할까 하는 걱정뿐.

눈 내리는 저물녘 술집에 「양주사」가 노래 불리니[19]

---

17. **열두 거리** 당나라의 수도 장안의 거리. 장안 도성의 거리가 남북으로 일곱 개, 동서로 다섯 개 있다고 해서 붙인 말.

18. **하채下蔡와 양성襄城의 귀공자** 송옥宋玉의 「등도자호색부」登徒子好色賦에서 따온 말로, 여기서는 낙양의 귀공자들을 가리킨다. 「등도자호색부」에 송옥의 동쪽 이웃에 사는 절세미인에게 양성襄城과 하채下蔡의 귀공자들이 모두 반했다는 구절이 있다. '하채'는 지금의 안휘성 봉대현鳳臺縣 일대로, 춘추시대 주래국州來國이라는 나라가 있던 곳이다. '양성'은 하남성의 지명으로, 전국시대 진秦·초楚·한韓·위魏의 열강이 번갈아 점령하던 곳이다.

19. **눈 내리는~노래 불리니** 당나라 현종玄宗 때의 시인 왕지환王之渙, 왕창령王昌齡, 고적高適이 눈 내리는 밤 술집에 모여 술을 마시다가 우연히 궁궐의 기녀 일행을 보고 이들이 누구의 시를 노래로 부르는가에 따라 시의 고하高下를 가리기로 했는데, 이때 가장 아름다운 기녀가 왕지환의 「양주사」를 불렀다는 고사를 말한다. 「양주사」(양주의 노래)는 성당盛唐 때 유행한 악곡으로, 수많은 시인들이 새로운 노랫말을 연이어 지었는데, 그중 가장 유명한 것이 왕지환의 「양주사」였다. 그 내용은 다음과 같다. "흰 구름 사이로 멀리 황하의 원류 바라보니/한 조각 외로운 성이 만 길 산 위에 있네./북방의 피리 소리 왜 하필 버들을 원망하는 이별 노래인가/봄바람은 옥문관을 넘지 못하거늘."(黃河遠上白雲間, 一片孤城萬仞山, 羌笛何須怨楊柳, 春風不渡玉門關.) '양주'는 지금의 감숙성 무위시武威市 일대. '버들을 원망하는 이별 노래'란 버드나무 가지를 꺾어 만든 채찍으로 말을 재촉해 떠나는 등 옛 시가에서 버드나무가 이별의 정한을 비유하는 말로 쓰였기에 한 말. '옥문관'은 감숙성 돈황敦煌 서쪽에 있는 관문.

64

왕랑[20]이 가장 득의한 시절이었지.

아득한 옛적부터 문예는 하나로 이어지니

이전 사람만 풍류를 즐기게 하지 마소.

귀공자들이 처음에는 양소유가 나이 어려 시를 잘 짓지 못하리라 여기고 시를 지어 보라 권했다가 이제 양소유의 시가 청신淸新하고 빼어나 섬월의 눈에 들기에 이르자 완전히 흥이 깨졌다. 양소유에게 사양하기도 어렵고 신의를 잃기도 어려워 서로 돌아보며 아무 말도 하지 못했다. 양소유가 귀공자들의 거동을 보고 몸을 일으켜 작별 인사를 했다.

"제가 우연히 여러 형들의 사랑을 입어 성대한 모임에 끼었으니 이 행운을 어찌 말로 다할 수 있겠습니까? 갈 길이 매우 바빠 종일토록 곁에서 모시지 못하니, 훗날 곡강 잔치[21]에서 남은 정을 다하겠습니다."

양소유가 천연스레 누각을 내려가니 귀공자들이 붙잡지 않았다. 양소유가 나귀를 타는데 섬월이 따라와 양소유에게 말했다.

"다리 남쪽 회칠한 누각 밖에 앵두꽃이 활짝 핀 집이 바로 제 집입니다. 낭군이 먼저 가서 저를 기다려 주십시오."

꽃꽃꽃꽃

20. **왕랑王郎** 왕지환을 말한다.

21. **곡강曲江 잔치** 당나라 때 장안 동남부에 있는 곡강에서 새로 과거에 급제한 선비들에게 베풀던 축하 잔치. 황제와 조정 대신들도 참석했다.

섬월은 곧장 누각으로 다시 올라가 귀공자들에게 물었다.

"모든 상공들께서 저를 비천하다 여기지 않으시고 노래 곡조로 오늘 밤 인연을 정하기로 하셨는데, 이제 어찌하면 좋겠습니까?"

귀공자들이 의논하여 말했다.

"양가楊哥는 모임과 무관한 사람이니 구애될 게 뭐 있겠나?"

이렇게 말하기는 했지만 모두 저마다 섬월을 사모하는 마음이 있었기에 결론이 나지 않았다. 그러자 섬월이 말했다.

"사람이 신의가 없으면 아무 소용이 없습니다.[22] 자리에 기녀와 음악이 부족하지 않으니, 여러 상공들께서는 남은 흥을 다하십시오. 저는 마침 병이 있어 모시고 즐기지 못하겠습니다."

귀공자들은 이미 앞에 한 약속이 있었던지라 섬월을 붙잡지 못했다.

양소유는 성 남쪽의 주점으로 돌아가서 짐을 챙기고 저녁이 되자 섬월의 집으로 갔다. 섬월은 이미 돌아와 마루에 등불을 밝혀 두고 양소유를 기다리고 있었다. 두 사람이 만나니 그 기쁨이 얼마나 컸을지 알 만하다.

섬월이 옥 술잔에 향기로운 술을 가득 붓고 「금루의」[23]를 부르

✿✿✿✿

22. **사람이 신의가~ 소용이 없습니다** 『논어』「위정」爲政에 나오는, 공자의 말.

23. **「금루의」金縷衣** 당나라 때의 악부시로. 노랫말은 다음과 같다. "그대는 금루의를 아끼지 말고/청춘을 아끼세요./꽃이 펴서 꺾을 만하거든 주저 없이 꺾어야지/꽃이 진 뒤에는 아무

며 술을 권하니 아리따운 태도와 부드러운 정이 사람의 애간장을 끊었다. 서로 손잡고 잠자리에 나아가니 무산의 꿈[24]과 낙수의 만남[25]도 이보다 더 아름다울 수 없었다.

한밤중에 섬월이 말했다.

"제 평생을 서방님께 의탁하니, 서방님은 제 사정을 들어주십시오. 저는 본래 소주[26] 사람입니다. 아버지께서 이곳 역참驛站의 관리로 계시다가 불행히도 타향에서 객사하셨는데, 집이 가난하고 고향의 선산은 멀어 고향으로 돌아가 장례를 치를 힘이 없었어요. 그러자 계모는 백 냥을 받고 저를 창가娼家에 팔았지요. 제가 치욕을 견디며 지금에 이른 것은 하늘이 저를 가엾게 여기시어 하루아침에 훌륭한 군자를 만나 하늘의 해를 볼 수 있지 않을까 해서였습니다. 제가 사는 누각 앞은 장안으로 가는 큰길이라 거마車馬 소리가 밤낮으로 끊이지 않으니, 제가 사는 곳 문밖에 누군들 채찍을 내리고 쉬어 가지 않았겠습니까? 3년 동안 지나가는

소용없답니다."(勸君莫惜金縷衣, 勸君須惜少年時. 花開堪折直須折, 莫待無花空折枝.) '금루의'는 금실로 짠 옷이라는 뜻으로, 부귀영화를 비유하는 말.

24. **무산巫山의 꿈**　춘추시대 초楚나라의 회왕懷王이 양대陽臺(중국 중경시重慶市 무산현巫山縣 고도산高都山에 있던 누대)에서 낮잠을 자다가 꿈에 무산 신녀神女를 만나 운우지정雲雨之情을 나누었다는 전설을 말한다. '무산'은 호북성 서부에 있는 산 이름.

25. **낙수洛水의 만남**　위진魏晉 시대의 대표적 시인인 조식曹植이 「낙신부」洛神賦에서 자신이 낙수를 지나가다 낙수의 여신 복비宓妃를 만났다고 한 일을 말한다. 복비는 복희씨伏羲氏의 딸로, 낙수에 빠져 죽어 낙수의 여신이 되었다는 전설이 있다.

26. **소주蘇州**　강소성의 도시 이름.

사람이 구름처럼 많았으되 서방님과 방불한 이는 보지 못했답니다. 서방님이 저를 천하게 여기지 않으신다면 비록 서방님을 위해 물을 긷고 밥을 짓는 종이 된다 한들 반드시 따르겠어요. 서방님의 뜻은 어떠신가요?"

양소유가 말했다.

"내 뜻이 어찌 계경桂卿과 다르겠는가. 다만 나는 가난한 수재이고 집에 노친이 계시니, 계경을 아내로 맞아 해로偕老하는 것은 어머니의 뜻에 어긋날 듯하고, 처첩을 모두 두는 것은 계경이 좋아할 일이 아니거니와, 또한 천하에 구해 본들 계경의 여군女君(정실부인)으로 삼을 만한 여자는 얻기 어려울까 싶네."

섬월이 말했다.

"서방님, 이 무슨 말씀이십니까? 지금 천하의 재주 많은 사람 중에 서방님보다 나은 이가 없을 것이니 이번 과거 시험의 장원은 말할 것도 없거니와 승상丞相의 인수[27]와 대장의 절월[28]이 오래지 않아 이를 것이거늘, 천하의 미인 중에 누가 서방님을 따르고자 하지 않겠습니까? 제가 서방님의 사랑을 독차지할 마음을 털끝만큼이라도 품겠습니까? 서방님께서는 높은 가문에서 어진 부

<hr>

27. **인수印綬**　관인官印의 끈. 관인은 관리의 관직이나 작위爵位를 표시하는 도장으로, 관인의 고리에 끈을 달아 관리가 항상 몸에 차고 다녔다.
28. **절월節鉞**　임금이 높은 벼슬아치나 장수에게 권력을 위임하는 증표로 주던 부절符節과 의 장용儀仗用 도끼.

인을 맞아들이신 뒤에 천첩賤妾을 버리지 말아 주시기를 바랍니다. 저는 오늘부터 몸을 깨끗이 하고 분부를 기다리겠습니다."

양소유가 말했다.

"작년에 내가 화주에 들른 적이 있네. 그때 우연히 진씨 댁 따님을 만나 보니 용모와 재기才氣가 마땅히 계경과 더불어 형제가 되겠던데, 그 사람이 이미 죽었으니 나더러 어디에서 숙녀를 구하라는 것인가?"

섬월이 말했다.

"서방님이 말씀하신 이는 진어사의 따님이군요. 진어사께서 예전에 이곳에서 벼슬하실 때 진낭자와 제가 서로 아끼는 사이였습니다. 진낭자는 탁문군의 재주와 용모를 가졌으니 서방님이 정을 두시는 것도 지나친 일이 아니지요. 하지만 이미 허사가 되었으니 다른 댁에서 부인을 찾으십시오."

양소유가 말했다.

"예로부터 절세가인은 세대마다 나오지 않는 법이니, 진소저와 계경 두 사람이 동시에 있으니 천지의 정밀하고 빼어난 기운이 이미 다했을 것 같네."

섬월이 호호 웃으며 말했다.

"서방님의 말씀은 우물 안 개구리 같군요. 제가 우선 우리 기녀들의 공론公論을 서방님께 알려 드릴게요. 지금 천하에 '청루삼절'青樓三絶(3대 기녀)이란 말이 있으니, 강남江南의 만옥연萬玉燕, 하북[29]의 적경홍狄驚鴻, 낙양의 계섬월을 말합니다. 섬월은 곧 저이니 저는 요행히 허튼 명성을 얻은 것이지만, 경홍과 옥연은 당대當代의 절세미인이거늘, 천하에 어찌 미인이 없겠습니까?"

양소유가 말했다.

"내 생각에는 저 두 사람이 외람되이 계경과 이름을 나란히 하는가 싶네."

섬월이 말했다.

"옥연은 사는 곳이 멀어 서로 보지 못했지만 남쪽에서 오는 사람 중에 칭찬하지 않는 이가 없으니 결코 허튼 명성이 아닙니다. 경홍은 저와 형제 같은 벗이니 경홍의 일생을 대강 서방님께 알려 드릴 게요. 경홍은 패주[30]의 양갓집 딸로, 부모가 일찍 돌아가시고 숙모에게 의지해 살았습니다. 열네 살에 용모가 아름답기로 하북에서 유명하여 근처 사람들이 처첩을 삼고 싶어 그 집 문에 중매쟁이들이 가득했습니다. 경홍이 숙모에게 모두 물리쳐 달라고 하자 매파들이 경홍에게 물었습니다.

'낭자가 동쪽으로 물리치고 서쪽으로 물리쳐 허락하는 곳이 하나도 없으니, 어떻게 하면 낭자의 마음에 맞겠나? 재상의 첩이 되고 싶은가, 절도사[31]의 첩이 되고 싶은? 그것도 아니면 명사

꾼꾼꾼꾼

29. **하북河北** 지금의 하북성 일대.
30. **패주貝州** 하북성 동남부, 지금의 형대시邢台市 일대의 옛 지명.
31. **절도사節度使** 당나라 요충지에 두어서 해당 지역의 정치·군사·재정 등의 권한을 총괄하

名士를 따르려 하는가, 수재秀才를 따르려 하는가?'

경홍이 대답했습니다.

'진晉나라 때 기녀를 거느리던 사안³² 같은 이라면 재상의 첩이 될 것이요, 삼국시대에 음악을 돌아보던 주유³³ 같은 이라면 장수의 첩이 될 것이요, 현종³⁴ 때 술에 취해 「청평사」³⁵를 바치던 이태백李太白(이백) 같은 이라면 명사를 따를 것이요, 한漢나라 때 녹기금³⁶으로 「봉황곡」³⁷을 연주하던 사마상여 같은 이라면 선비를 따를 것이니, 어찌 미리 정하겠소?'

그러자 매파들이 깔깔 웃으며 물러났습니다.

경홍은 이렇게 생각했습니다.

'궁벽한 고을의 여자는 훌륭한 사람을 찾기 어렵다. 오직 기녀

게 한 지방 장관.

32. **사안謝安** 동진東晉 때 재상을 지냈던 인물로, 자字는 '안석'安石이다. 술과 풍류를 즐겼던 것으로 유명하다.

33. **주유周瑜** 삼국시대 오나라의 명장으로, 자는 공근公瑾이다. 음악에 정통해서 술에 취한 뒤에도 연주의 미세한 착오까지 반드시 알아차려 연주자를 돌아보았다는 고사가 전한다.

34. **현종玄宗** 당나라의 제6대 황제. 재위 712~756년. 장열張說, 장구령張九齡 등 명재상을 등용하여 민생을 안정시키고 국방을 강화함으로써 수십 년 동안 태평성세를 이루었으나 재위 말에 안록산安祿山의 난으로 큰 위기를 겪었다. 다재다능하여 문학, 서예, 음악에 두루 뛰어났다.

35. **「청평사」淸平詞** 이백의 악부시 「청평조사」淸平調詞를 말한다. 이백이 한림학사翰林學士를 지내던 시절 침향정沈香亭에서 양귀비楊貴妃와 노닐던 현종 황제에게 바친 3수의 시로, 양귀비의 아름다운 모습을 찬미했다.

36. **녹기금綠綺琴** 사마상여가 연주했다는, 초록빛이 감도는 검은색의 거문고 이름.

37. **「봉황곡」鳳凰曲** 사마상여가 탁문군의 마음을 빼앗기 위해 지은 악곡 「봉구황」鳳求凰을 말한다.

만이 영웅호걸을 많이 볼 수 있으니 내 마음대로 선택할 수 있을 게다.'

제 몸을 스스로 창가娼家에 팔더니 한두 해도 지나지 않아 명성이 크게 일어났습니다. 작년 가을 산동山東과 하북河北 12주州의 자사[38]가 업도[39]에 모여 큰 잔치를 벌일 때 경홍이 「예상우의곡」[40]에 맞추어 춤을 추자 자리에 있던 수백 명의 미인이 빛을 잃었지요. 잔치가 끝난 뒤 홀로 동작대[41]에 올라 달빛을 띤 채 배회하며 옛 사람을 조문하니, 그 모습을 본 이들 모두 경홍이 선녀가 아닐까 의심할 지경이었습니다. 그러니 규합閨閤(규방)이라고 어찌 또 이런 사람이 없겠습니까?

경홍이 변주[42] 상국사[43]에서 저와 만나 마음을 토로하던 중에 우리 두 사람은 둘 중에 누구든 원하던 바로 그 남자를 만나면 서로 천거해서 같이 살자고 말했습니다. 저는 이제 서방님을 만나 소망이 충족되었습니다만, 경홍은 불행히도 산동 제후의 궁중에 들어가 있으니, 비록 부귀할지라도 경홍의 소원과는 전혀 다릅니

38. 자사刺史　주州의 지방 장관.
39. 업도鄴都　업성鄴城. 삼국시대 위魏나라의 수도로, 지금의 하북성 임장현臨漳縣과 하남성 안양시安陽市 일대.
40. 「예상우의곡」霓裳羽衣曲　당나라 현종이 만들어 도교 의식에 연주한 곡. 후반부는 하서절도사河西節度使 양경충楊敬忠이 바친 인도 음악을 수용한 것이라고도 한다.
41. 동작대銅雀臺　삼국시대 위나라의 조조曹操가 업성에 세운 누대.
42. 변주汴州　하남성 개봉시開封市의 옛 이름.
43. 상국사相國寺　대상국사大相國寺. 하남성 개봉에 있는 절 이름.

다."

양소유가 말했다.

"청루靑樓(기방妓房)에는 많은 미인이 있겠지만 규방閨房에는 없을 듯하네."

섬월이 말했다.

"제 눈으로 직접 본 사람 중에는 진낭자秦娘子(진채봉)만한 이가 없으니 감히 서방님께 그 이상의 미인을 천거하지 못합니다만, 장안 사람들의 말을 들어 보면 항상 정사도[44] 따님의 용모와 재주와 덕이 지금 여자 중 제일이라 하더군요. 서방님은 서울에 가시거든 유념해서 수소문해 보셔요."

이렇게 문답하다 보니 날이 이미 밝았다. 두 사람이 일어나 세수하고 머리 빗기를 마친 뒤 섬월이 말했다.

"여기는 서방님이 오래 머물 곳이 아닙니다. 어제 여러 귀공자들의 마음이 자못 앙앙불락해서 좋지 않은 일이 있을까 염려되니 일찍 떠나시는 게 좋겠습니다. 앞으로 모실 날이 많으니 제가 정 많은 아녀자의 태도를 보여서야 되겠습니까?"

양소유가 고마워하며 말했다.

"훌륭한 가르침을 마음에 새기겠네."

두 사람이 눈물을 뿌리며 이별했다.

꽃꽃꽃꽃

44. 정사도鄭司徒 '사도'는 당나라 때 국가 재정과 민정民政을 총괄하던 정1품 최고위 관직.

가짜 여도사는 정부鄭府에서 지음을 만나고
늙은 사도는 과거 급제자 중에서 멋진 사위를 고르다

양소유가 길 떠난 지 여러 날 만에 서울에 이르러 머물 곳을 정했다. 과거 날짜는 아직 멀어서 자청관紫淸觀이 어디 있는지 사람들에게 물어보니 춘명문[1] 밖이라고 했다. 예단禮緞을 갖추어 어머니의 사촌여동생 두연사[2]를 찾아가 보니, 나이는 예순 살쯤이었고 계율을 훌륭히 지켜 자청관의 으뜸 여관[3]이 되어 있었다. 양소유가 인사하고 어머니의 서찰을 전하자 연사는 어머니의 안부를 물은 뒤 한편 기뻐하고 한편 슬퍼하며 말했다.

　"내가 언니와 헤어진 지 20년인데, 그 뒤에 태어난 사람이 이처럼 늠름하니 인간 세월이 참으로 흐르는 물 같구나. 나는 늙어서 번잡한 게 싫어 요사이 공동산[4]에 들어가 신선을 찾으려던 참

🦋🦋

1. **춘명문**春明門　장안성長安城의 동문.
2. **두연사**杜鍊師　'연사'鍊師, 곧 연사鍊師는 도교에서 연단법鍊丹法을 익혀 높은 경지에 도달한 도사를 일컫는 말.
3. **여관**女冠　여도사女道士.

이었어. 하지만 언니가 편지로 부탁한 말이 있으니 양랑楊郎(양소
유)을 위해 잠시 더 머물러야겠네. 양랑의 풍채가 신선 세계 사람
처럼 아름다우니 지금 세상의 여자 중에 배필 될 사람이 없을 듯
해. 그러나 내가 조용히 생각해 볼 테니 겨를이 있거든 다시 오도
록 하게."

양소유는 과거 날짜가 다가왔지만 과거 공부에 마음이 없어 며
칠 뒤 또 연사를 찾아갔다. 그러자 연사가 웃으며 말했다.

"처녀 하나가 재주와 용모를 따져 보자면 참으로 양랑의 배필
감이기는 해. 다만 가문이 너무 높아서, 5대가 공후5를 지내고 대
대로 승상에 오른 집안이야. 양랑이 만일 이번 과거에 급제를 하
면 이 혼사를 의논해 보겠지만, 그 전에는 말해 봐야 부질없으니
나를 만나러 자주 오지 말고 과거 공부에만 힘쓰게."

양소유가 말했다.

"뉘 댁입니까?"

연사가 대답했다.

"춘명문 안에 있는 정사도 댁이야. 도로변에 있는 주문6 위에
계극7을 걸어 놓은 집이 바로 그 댁일세."

꽃꽃꽃꽃

4. **공동산崆峒山** 감숙성 평량시平凉市에 있는 산. 고대 전설 속의 제왕인 황제黃帝가 신선이
되어 승천한 곳이라고 해서 도교의 성지聖地로 꼽는다.
5. **공후公侯** 작위를 가진 귀족이나 최고위 관료.
6. **주문朱門** 붉은 칠을 한 대문. 귀족의 집을 뜻한다.

양소유는 섬월이 일컫던 여자임을 알아차리고 속으로 생각했다.

'대체 어떤 여자기에 두 서울[8] 사이에 이처럼 명성을 얻었을까?'

양소유가 물었다.

"선생님은 정소저(정경패)를 보신 적이 있습니까?"

연사가 말했다.

"왜 못 봤겠나? 정소저는 천상에 사는 사람 같아서 그 모습을 말로 표현할 수 없지."

양소유가 말했다.

"제 자랑이 아니라, 올봄의 과거는 제 주머니 안에 들어 있습니다. 제게는 평생의 어리석은 소원이 한 가지 있으니, 처녀의 얼굴을 보지 않고는 구혼하지 않겠다는 겁니다. 선생님께선 자비를 베푸셔서 제가 한번 볼 수 있게 해 주십시오."

연사가 큰소리로 웃으며 말했다.

"재상 댁 처녀를 어찌 볼 수 있겠어? 양랑은 내 말이 미덥지 않다고 의심하는 겐가?"

양소유가 말했다.

"소자가 어찌 감히 의심하겠습니까? 다만 사람마다 좋아하는

7. **계극棨戟** 적흑색의 비단으로 감싼 나무 창. 고관이 사용하던 의장儀仗으로, 외출할 때 행렬의 앞에 들려 고관의 행차임을 알리고, 집에 돌아와서는 문 앞에 걸어 두었다.
8. **두 서울** 장안과 낙양을 말한다.

제4회 _ 79

것이 다르기 때문이니, 선생님의 눈이 어찌 저와 같겠습니까?"

연사가 말했다.

"그럴 리 없어. 봉황과 기린은 사람들이 모두 상서^{祥瑞}임을 알고, 맑은 하늘에 뜬 해는 모든 사람이 청명함을 우러르니, 눈 없는 사람이 아니라면 어찌 자도⁹가 아름다운 줄을 모르겠나?"

양소유는 유쾌하지 못한 마음으로 돌아왔다.

이튿날 양소유가 일찍 일어나 또 자청관에 가니 연사가 웃으며 말했다.

"양랑이 이렇게 일찍 온 데에는 필시 까닭이 있겠군."

양소유가 말했다.

"정소저를 보기 전에는 제가 끝내 의심을 풀 수 없습니다. 선생님께서는 제 어머니의 정성스런 부탁을 생각하셔서, 계교를 베풀어 아무 일로든 잠깐 보게 해 주십시오."

연사가 머리를 흔들며 말했다.

"쉽지 않아, 쉽지 않아!"

한참 동안 생각하더니 말했다.

"양랑은 총명함이 특출하니, 혹시 공부하는 여가에 음악도 익혔는가?"

양소유가 대답했다.

---

9. 자도子都 춘추시대 정鄭나라의 미남자 공손자도公孫子都를 말한다.

"이인[10]을 만나 잠깐 연주를 배운 적이 있습니다."

연사가 말했다.

"재상 댁 높은 문이 다섯 층이요 화원花園의 담장 높이가 두어 길(丈)이니 엿볼 길이 없네. 게다가 정소저는 책을 읽고 예禮를 익혀서 일거일동이 구차하지 않으니, 도관道觀과 절에 분향하지 않고, 상원일[11]에 관등[12]하지 않으며, 삼월삼짇날 곡강[13]에서 노닐지 않거늘, 외간 사람이 어찌 만나볼 길이 있겠나? 오직 한 가지 일을 바라볼 수 있긴 하나, 양랑이 듣기에 즐겁지 않을까 싶네."

양소유가 말했다.

"정소저를 볼 수만 있다면 제가 왜 따르지 않겠습니까?"

연사가 말했다.

"정사도는 요사이 병 때문에 벼슬을 쉬면서 정원과 음악에 흥을 부쳤고, 사도의 부인 최씨는 본래부터 음악을 매우 좋아하시지. 정소저는 천성이 총명해서 천하의 일 중에 모르는 것이 없는데, 특히 음악에 정통해서 그 옛날 사양[14]과 종자기[15]라도 소저보

꽃꽃꽃꽃

10. **이인異人** 기이한 재주를 가진 사람, 혹은 신선.
11. **상원일上元日** 정월 대보름.
12. **관등觀燈** 정월 대보름에 등을 밝혀 부처에게 복을 빌던 불교 행사.
13. **곡강曲江** 서안西安 동남부에 있는 강 이름.
14. **사양師襄** 춘추시대 노魯나라에서 음악을 담당하던 관리. 거문고의 명인으로 공자孔子에게 거문고를 가르쳤다는 전설이 있다.
15. **종자기鍾子期** 춘추시대 초나라 사람으로, 거문고의 명인 백아伯牙의 연주를 정확히 이해했다. 백아는 종자기가 죽은 뒤 세상에 자신의 음악을 이해해 줄 지음知音이 없다고 여겨 더

다 뛰어나다 할 수 없을 것이요, 채문희가 끊어진 거문고 줄을 알아맞힌 일[16]은 기특하다고 하기에 부족할 정도일세. 최부인이 아무 곳이든 새로운 곡을 연주하는 사람이 있다는 말을 들으면 반드시 초대해서 소저로 하여금 그 곡조의 높고 낮음, 공교하고 서투름, 좋고 나쁨을 일일이 평론하라 하고는 안석에 기대 앉아 들으며 이로써 노년을 즐긴다네.

내 생각에는 양랑이 참으로 음악에 정통하다면 거문고 한 곡조를 익혀 두는 게 좋겠어. 사흘 뒤 2월 그믐날은 영보도군[17]의 탄일誕日인데, 정부[18]에서 해마다 나이든 여종을 시켜 우리 도관에 향과 초를 보내지. 양랑이 이때 잠깐 여관女冠의 옷을 입고 거문고를 타서 듣게 하면 반드시 돌아가 부인께 아뢸 것이고, 부인이 그 말을 들으면 초청할 듯해. 정부鄭府에 들어간 뒤 소저를 보고 못 보고는 인연에 달린 것이니 미리 알 수 없겠지만, 이밖에는 다른 계교가 없네. 더구나 양랑은 얼굴이 아름답고 입 주위에 아직 수염이 나지 않았으며, 우리 출가한 사람은 전족纏足을 하지 않고 귀를 뚫지 않으니, 여장女裝하기 어렵지 않을 듯해.”

이상 거문고를 연주하지 않았다고 한다.
16. **채문희蔡文姬가 끊어진~알아맞힌 일** 채문희는 후한後漢의 문인 채옹蔡邕의 딸로, 문학·음악·서예에 두루 뛰어났다. 음악에 천부적인 재능이 있어 아홉 살 때 아버지 채옹이 거문고를 타던 중에 줄 하나가 끊어지자 몇 번째 줄이 끊어졌는지 알아맞혔다는 고사가 전한다.
17. **영보도군靈寶道君** 영보천존靈寶天尊, 혹은 상청대제上淸大帝로 불리는 도교 제2의 신.
18. **정부鄭府** 정사도의 집. 여기서 ‘부’府는 높은 벼슬아치의 집을 뜻한다.

양소유가 매우 기뻐하며 사례하여 말했다.

"삼가 분부대로 하겠습니다."

정사도는 다른 자녀 없이 오직 정경패 한 사람을 길렀다. 최부인이 해산하면서 정신이 혼미할 때 선녀가 명주明珠 한 낱을 가지고 방으로 들어오는 것을 보고 소저를 낳았기에 이름을 경패[19]라고 지었다. 용모와 재주와 덕이 세상 사람과 같지 않아서 걸맞은 이를 찾기 어려웠기에 비녀 꽂을 나이[20]가 되었지만 정혼한 곳이 없었다.

하루는 최부인이 정경패의 유모 전파[21]를 불러 말했다.

"오늘은 영보도군 탄일이니 향촉을 가지고 자청관에 다녀오게. 두연사께는 옷과 다과를 갖다 드리도록 하고."

전파가 가마에 올라 많은 물건을 가지고 자청관으로 갔다. 두연사는 향촉을 받아 삼청전[22]에 공양하고, 또 옷과 다과를 받은 뒤 재齋를 베풀고 전파를 대접하여 산문山門 밖까지 나가 전송했다. 전파가 가마를 타려 할 때 문득 삼청전 서쪽 월랑[23] 안에서 맑

꽃꽃꽃꽃

19. **경패瓊貝** '보배로운 옥'이라는 뜻. '패'는 열대나무인 패다라수貝多羅樹의 약칭으로 쓰여 고대 인도에서 패다라 잎에 불경佛經을 필사했던 데서 불경을 뜻하기도 한다.
20. **비녀 꽂을 나이** 15세.
21. **전파錢婆** 전씨錢氏 성을 가진 노파.
22. **삼청전三淸殿** 도교에서 최고의 신인 삼청조사三淸祖師를 모신 전당. 삼청조사는 옥청원시천존玉淸元始天尊, 상청영보천존上淸靈寶天尊, 태청도덕천존太淸道德天尊(태상노군太上老君 곧 노자老子)을 합쳐서 부르는 말.
23. **월랑月廊** 집의 좌우 끝에 줄지어 만든 건물. 기둥과 지붕으로 구성된 복도 형태의 월랑도

은 거문고 소리가 들렸다. 서성이며 차마 떠나지 못하고 귀를 기울여 오랫동안 들어 보니 들을수록 더욱 좋았다. 전파는 연사에게 말했다.

"제가 부인을 모시고 유명한 거문고 곡조를 많이 들었지만, 이 곡조는 들어 보지 못했습니다. 어떤 사람의 연주입니까?"

연사가 대답했다.

"며칠 전에 초 땅으로부터 나이 어린 여관女冠이 서울을 구경하러 여기에 와 머물며 이따금 거문고를 탑니다. 연주가 뛰어난 건지 서툰 건지 모르겠던데, 마마²⁴가 칭찬하는 걸 보니 분명 잘하는 솜씨인가 봅니다."

전파가 말했다.

"우리 부인이 들으시면 필시 부르실 것이니, 저 사람 떠나지 못하게 붙잡아 주세요."

거듭 부탁하고 떠났다.

연사가 전파를 보내고 양소유에게 사정을 말해 주자 양소유는 좋은 소식을 고대했다.

이튿날 정부에서 작은 가마 하나와 여종 한 사람을 보내 거문고 타는 여자를 초청했다. 양소유가 여도사女道士의 옷차림으로

있고, 행랑채처럼 집 형태의 월랑도 있다.
24. **마마媽媽** 높은 사람에게 붙이는 존칭.

거문고를 안고 나와 서니 초탈한 모습이 마치 마고선자[25]와 사자연[26] 같아서, 정부에서 온 사람 중에 칭찬하지 않는 이가 없었다.

양소유가 가마를 타고 정부에 가니 시중드는 여종이 중문[27]으로 인도해 들여 중당中堂에 나아갔다. 최부인이 대청 위에 앉아 있는데, 위엄 있는 태도가 단정하고도 엄숙했다. 양녀[28]가 거문고를 내려놓고 대청 아래에서 머리를 조아려 인사하자 최부인은 대청 위로 올라오라 하여 자리를 주고 말했다.

"어제 집안의 여종이 도관에 갔다가 신선의 음악을 듣고 돌아와 이야기를 하기에 한번 보고 싶다고 생각했는데, 지금 연사鍊師의 우아한 자태를 접하니 문득 더러운 마음이 사라지는군요."

양소유가 자리에서 일어나 공경을 표하고 대답했다.

"빈도[29]는 본래 오초[30] 사람이라 구름 같은 자취로 정처 없이 다니다가 천한 자취가 인연이 되어 뜻밖에 부인을 뵙게 되었습니다."

최부인이 말했다.

"선생이 연주하는 곡조는 무엇입니까?"

❧❧❧

25. **마고선자**麻姑仙子 도교 신화에 나오는 아름다운 여신.
26. **사자연**謝自然 당나라 덕종德宗 때의 여도사로, 신선의 경지에 이르렀다는 전설이 있다.
27. **중문**重門 중문中門. 안채와 사랑채 사이에 있는 문.
28. **양녀**楊女 양씨 여인. 여장한 양소유를 여자인 양 표현한 말.
29. **빈도**貧道 승려나 도사가 자기를 겸손하게 이르는 말.
30. **오초**吳楚 중국 강남의 강소성과 호남성, 호북성 일대.

양녀가 대답했다.

"빈도가 남전산에서 이인異人을 만나 많은 곡조를 전수했는데, 모두 옛사람의 음악이라 오늘날 사람의 귀에는 맞지 않을 듯합니다."

최부인이 시중드는 여종더러 양소유의 거문고를 가져오게 해서 살펴보고는 찬탄했다.

"참으로 좋은 재목이군요!"

양소유가 말했다.

"이것은 용문산[31] 아래 벼락에 꺾인 백 년 묵은 오동나무입니다. 나무의 성질이 다 사라져 군세기가 무쇠나 바위와 같으니, 천금千金으로도 바꿀 수 없는 귀한 것입니다."

이렇게 문답하는 동안에도 정경패가 나오지 않자 양소유는 마음이 조급해져 최부인에게 말했다.

"빈도가 옛 음악을 전수하기는 했으나 옛 음악과 어긋남이 없는지 자신하지 못하고 있습니다. 자청관에 와서 들건대 소저가 총명하고 지혜로워 음악을 아는 것이 채문희를 능가한다고 하니, 천한 재주를 보여 소저의 가르침 얻기를 바랍니다."

최부인이 여종을 돌아보아 소저를 나오게 하니, 향기로운 바람

꽃꽃꽃꽃

31. 용문산龍門山 산서성 평순현平順縣 동북쪽에 있는 산. 혹은 하남성 낙양 남쪽에 있는 산. 용문산의 오동나무가 거문고 재목으로 좋다는 말이 한나라 매승枚乘의 「칠발」七發에 보인다.

에 일어나는 패옥[32] 소리와 함께 정경패가 나와 부인 곁에 옆으로 비껴 앉았다. 양소유가 인사하고 눈길을 모아 바라보니 태양이 아침에 솟는 듯 연꽃이 물 위에 뜬 듯하여 눈이 부시고 정신이 어지러워 아득하기만 했다.

양소유는 멀리 떨어져 앉은 게 불만스러워 가까이서 보고 싶어 부인에게 청했다.

"빈도가 소저의 가르침을 청하고자 하는데, 대청이 넓어 자세히 듣지 못하실까 염려됩니다."

최부인이 여종에게 명하여 연사의 자리를 앞으로 다가오게 하자 여종이 자리를 옮겨 부인 가까이로 옮겼다. 이렇게 되고 보니 정경패의 자리에서 멀지 않되 도리어 정경패의 옆모습을 보게 되어 오히려 멀리서 바라볼 때만 못했다. 양소유는 몹시 한스러웠지만 감히 다시 청하지 못했다.

양소유의 앞에 상을 놓고 금향로에 향을 피우니 양소유가 거문고를 끌어당겨 「예상우의곡」을 연주했다. 그러자 정경패가 칭찬하여 말했다.

"아름답군요, 이 음악! 천보[33] 때의 태평한 기상이 완연히 보입니다. 이 곡조를 사람들마다 연주하지만 이처럼 진선진미[34]한 것

---

32. 패옥佩玉　허리에 차는 옥 장식.
33. 천보天寶　당나라 현종의 연호. 742~756년.
34. 진선진미盡善盡美　더할 나위 없이 선하고 아름다워 완전무결함.

은 들어 보지 못했습니다. 그렇긴 하지만 이것은 세속의 음악이니 옛 음악을 들어 보고 싶습니다."

양소유가 또 한 곡조를 타니 정경패가 말했다.

"참으로 아름답습니다! 즐겁되 음란하고 슬픔이 지나치니 진陳나라 후주[35]의 「옥수후정화」[36]로군요. 이 곡은 망국亡國의 음악이니 다른 것을 듣고 싶습니다."

양소유가 또 한 곡조를 타니 정경패가 말했다.

"아름답습니다, 이 음악! 기뻐하는 듯, 슬퍼하는 듯, 누군가를 그리워하는 듯합니다. 옛날 채문희가 오랑캐에게 사로잡혀 아들을 낳은 뒤 조조曹操가 몸값을 치르고 고향으로 돌아가게 하자 아들과 이별하며 「호가십팔박」[37]이란 곡조를 지었으니, 이게 바로 그 곡조로군요. 음악이 비록 들을 만하지만 절개 잃은 부인의 노

꽃꽃꽃꽃

35. 후주後主 육조 시대 진陳나라의 마지막 황제. 재위 582~589년. 사치를 일삼으며 여색에 빠져 정사를 돌보지 않다가 수隋나라의 포로가 되어 나라를 빼앗겼다.
36. 「옥수후정화」玉樹後庭花 진나라 후주가 지은 시. 이 시를 민가 곡조에 노랫말로 붙인 것이 궁중에서 성행해서 진나라가 멸망하던 때에도 이 음악이 연주되었다고 전한다. '후정화'는 중국 강남의 정원에 많이 피던 꽃 이름으로, 흰색 꽃이 옥처럼 아름답다고 해서 '옥수후정화'라는 별칭이 생겼다.
37. 「호가십팔박」胡笳十八拍 채문희가 지은 시이자 악곡 이름. 채문희는 후한 말의 혼란기에 흉노의 포로가 되어 흉노의 왕족과 결혼해서 두 아들을 낳고 살다가 조조가 중원을 평정한 뒤 흉노와 우호 관계를 맺으면서 12년 만에 중국으로 돌아왔다. 이때 「호가십팔박」을 지어 자신의 기구한 일생을 서술하고 18장으로 이루어진 거문고 곡조를 지어 노래했다고 한다. '호가'胡笳는 북방의 피리이고, '박'拍은 북방의 돌궐突厥 말로 시를 세는 단위인 수씁를 뜻한다.

래라 부끄러우니, 다른 곡을 연주해 주시기 바랍니다."

양소유가 또 한 곡조를 타니 정경패가 말했다.

"이건 왕소군의 「출새곡」[38]이군요. 임금을 그리고 고향을 그리워하며 신세를 슬퍼하고 화공畵工의 불공정함을 원망하는 온갖 불평의 뜻이 이 곡조에 모였으니, 비록 아름답지만 오랑캐 여자의 변방 음악은 바른 음악이 아닌 듯합니다."

양소유가 또 한 곡조를 타니 정경패가 낯빛을 고치고 말했다.

"저는 이 음악을 들어 본 적이 없으니, 선생은 정말 범인凡人이 아니시군요! 이 곡조는 영웅이 때를 만나지 못해 마음을 세상 밖에 붙이고 방탕하게 지내는 가운데 충의忠義의 기운을 머금었으니, 혜강의 「광릉산」[39]이 아닙니까? 혜강이 재앙을 당해 동쪽 저자에서 죽을 때 햇빛을 돌아보고 한 곡조를 타며 이렇게 말했다지요.

'원효니[40]가 내게 「광릉산」을 가르쳐 달라 했지만 아끼고 전수

❧❧❧❧

38. 왕소군王昭君의 「출새곡」出塞曲 왕소군은 한나라 원제元帝 때의 궁녀였다. 흉노의 군주가 한나라에 미인을 요구하자 원제는 화공畵工 모연수毛延壽가 박색으로 초상을 그린 왕소군을 보내기로 했는데, 흉노로 보내던 날에야 왕소군의 실물을 보고 절세미녀임을 알게 되었다. 왕소군은 한나라를 떠나면서 「출새곡」을 비파로 타 자신의 한을 드러냈다고 한다.

39. 혜강嵇康의 「광릉산」廣陵散 혜강은 위진魏晉 시대의 문인으로, 죽림칠현竹林七賢의 한 사람이었다. 중산대부中散大夫 벼슬을 지낸 바 있어 '혜중산'嵇中散이라 불린다. 「광릉산」은 혜강이 잘 연주한 것으로 유명했던 거문고 곡조 이름이다.

40. 원효니袁孝尼 동진東晉 쪽의 문신. 혜강에게 「광릉산」을 배우고자 했으나 혜강이 전수하려 들지 않았다. 훗날 혜강이 모함을 받아 처형당하기 직전 「광릉산」을 연주하고는 "원효니가 이 곡을 배우고자 했으나 내가 전수하지 않았더니, 이제 「광릉산」이 끊어졌구나!"라고 말

하지 않았더니, 이제 「광릉산」이 끊어졌구나!'

선생은 필시 혜강의 넋을 보셨나 봅니다."

양소유가 자리에서 일어나 공경을 표하고 대답했다.

"소저의 영민하고 지혜로우심은 사양師襄도 미치지 못하겠습니다. 빈도가 스승께 들은 것도 그 말씀과 같습니다."

양소유가 또 한 곡조를 타니 정경패가 말했다.

"아름답습니다, 이 음악! 높은 산이 우뚝우뚝 솟고, 흐르는 물이 넘실넘실 끝없이 넓으며, 신선의 자취가 속세를 초탈했으니, 이 곡조는 백아[41]의 「수선조」[42]가 아닙니까? 백아의 넋이 여기 있다면 종자기가 죽은 것을 한스러워하지 않을 겁니다."

양소유가 금향로에 향을 새로 피우고 또 한 곡조를 타니 정경패가 몸가짐을 바로하고 엄숙한 얼굴로 말했다.

"성인聖人이 난세를 당하여 황급히 백성을 건지고자 하니, 공선부孔宣父(공자)가 아니면 누가 이 곡조를 지을 수 있겠습니까? 이 곡은 바로 「의란조」[43]입니다."

양소유가 또 한 곡조를 타니 정경패가 말했다.

했다는 일화가 전한다.
41. **백아**伯牙 춘추시대 진晉나라의 거문고 연주자. 금선琴仙으로 추앙받았으나 자신의 음악을 가장 잘 이해하던 벗 종자기鍾子期가 죽은 뒤 더 이상 거문고를 연주하지 않았다.
42. **「수선조」**水仙操 백아가 지었다고 전하는 거문고 곡조 이름.
43. **「의란조」**猗蘭操 공자가 지었다고 전하는 거문고 곡조 이름. 때를 만나지 못한 자신의 신세를 난초에 비유한 노랫말이 채옹蔡邕의 『금조』琴操에 전한다.

"좀 전의 「의란조」는 비록 대성인大聖人이 천하를 구제하는 성대한 덕을 가졌으되 때를 만나지 못한 것이었으나, 이 곡조는 천지만물과 더불어 한가지로 봄이 되었으니 우뚝 높고 아득히 넓어 이름을 붙일 수 없습니다. 필시 순임금의 「남훈곡」[44]이로군요. 지극히 높고 지극히 아름다워 이보다 훌륭한 음악은 없으니, 다른 곡조가 있다 해도 듣기를 멈추겠습니다."

양소유가 다시 자세를 고쳐 앉아 말했다.

"빈도가 듣기로는 음악 곡조가 아홉 번 변하면 하늘의 신선이 내려온다고 합니다.[45] 지금까지 여덟 곡을 연주하여 아직 한 곡이 남았습니다."

다시 거문고를 들고 시울을 타니 곡조가 아득히 넘실거리며 화사한 기운이 퍼져 뜰 앞의 온갖 꽃봉오리가 일시에 터지고 제비 꾀꼬리가 쌍쌍이 춤추었다. 순간 정경패가 푸른 눈썹을 낮추고 눈길을 거두지 않은 채 한참을 말이 없다가 문득 눈을 들어 두어 번 양소유를 보았다. 그러더니 마치 봄 술에라도 취한 양 어여쁜 두 뺨이 붉게 달아올라서는 가만히 몸을 일으켜 안으로 들어가는

---

44. **「남훈곡」南薰曲** 순임금이 지었다는 「남풍가」南風歌를 말한다. 순임금이 손수 만든 오현금 五絃琴으로 이 노래를 연주했다는 전설이 있다.
45. **음악 곡조가~내려온다고 합니다** 『주례』周禮의 "음악이 아홉 번 변하여 아홉 곡을 연주하면 사람과 귀신이 예를 얻을 수 있다", 『서경』書經 「익직」益稷의 "소소簫韶(순임금의 음악) 아홉 곡조를 연주하면 봉황이 와서 춤을 춘다" 등의 구절에서 따온 말.

것이었다.

양소유는 깜짝 놀라 거문고를 한쪽으로 밀치고 일어나 오래도록 마음을 가라앉히지 못했다. 최부인이 자리에 앉게 하고 물었다.

"선생이 방금 연주한 음악은 무슨 곡인가요?"

양소유가 말했다.

"빈도가 스승님께 이 음악을 전수하긴 했으나 곡명이 전하지 않으므로 지금 소저의 가르침을 기다리고 있습니다."

정경패가 오랫동안 나오지 않자 부인이 여종을 시켜 물으니 정경패가 말을 전하게 했다.

"찬바람을 쐬었더니 기운이 편치 못해 나가지 못하겠습니다."

양소유는 정경패가 알아차렸나 싶어 불안해서 오랫동안 앉아 있지 못하고 일어나 작별 인사를 했다.

"소저가 몸이 불편하다 하시니 빈도는 물러가겠습니다."

부인이 금과 비단을 상으로 내려 주었으나 양소유는 받지 않고 말했다.

"출가한 사람이 우연히 음악을 연주해 본 것인데, 어찌 감히 악공樂工처럼 사례비를 받겠습니까?"

머리를 조아려 인사한 뒤 거문고를 끼고 훌쩍 떠났다.

최부인이 정경패의 병이 어떤지 묻자 정경패가 말했다.

"벌써 좋아졌습니다."

정경패가 침실로 돌아가 몸종에게 물었다.

"춘랑春娘의 병이 오늘은 어떠냐?"

몸종이 대답했다.

"병이 나았습니다. 소저께서 중당中堂에서 거문고를 들으신다는 말을 듣고 오늘 처음으로 세수하고 머리를 빗었습니다."

춘랑은 성이 가씨賈氏로, 본래 서촉[46] 사람이다. 그 부친은 서울에 와서 아전이 되었는데 정사도의 집에 많은 공이 있었거늘, 병들어 죽은 뒤 그 딸이 나이 열 살에 의지할 데 없게 되자 정사도 부부가 가련히 여겨 부중[47]에 두고 정경패와 함께 놀게 했다. 나이는 정경패와 한 달 차이로 용모가 수려하고 온갖 아름다운 태도를 갖추었으니, 단장端莊하고 존귀한 상相은 정경패에게 미치지 못하나 또한 절세가인이요, 시재詩才와 필법과 여공女工의 공교함은 정경패와 막상막하였다. 정경패는 친형제처럼 사랑하며 잠시도 떨어지지 않으니, 이름은 비록 노비와 주인이지만 실상은 규중閨中의 벗이었다. 이 여자의 본래 이름은 초운楚雲이었는데, 정경패가 그 아름다운 태도가 많은 것에 착안해서 한이부의 시구[48]에서 따와 춘운春雲으로 이름을 고치니, 집안사람들은 '춘랑'이라

꽃꽃꽃꽃

46. **서촉西蜀** 중국 사천성四川省 일대.

47. **부중府中** 높은 벼슬아치의 집안.

48. **한이부韓吏部의 시구** '한이부', 곧 이부상서를 지낸 당나라 한유韓愈의 시「술에 취해 장비서에게 주다」(醉贈張秘書) 중 "그대의 시는 자태가 풍부해/뭉개뭉개 봄 하늘의 구름 같네"(君詩多態度, 藹藹春空雲) 구절을 말한다.

불렀다.

이날 춘운이 정경패를 만나 말했다.

"거문고 타는 여관女冠이 중당에 왔는데, 얼굴이 신선 같고 연주한 음악을 소저가 칭찬하셨다고 하더군요. 그래서 병도 잊고 나가 보려 했더니 어찌 그리 급히 떠났답니까?"

정경패가 얼굴빛이 달라져서 말했다.

"내 일생 몸 아끼기를 옥같이 해서 발자취가 중문中門에 이르지 않고 친척 중에도 얼굴을 보인 이가 없음은 너도 잘 알 거야. 그랬건만 하루아침에 간사한 사람에게 씻기 어려운 치욕을 당했으니, 이제 어찌 사람을 대할까?"

춘운이 놀라 말했다.

"이 무슨 말씀입니까?"

정경패가 "아까 왔던 여관은 용모가 빼어나게 아름다웠고 연주한 곡도 모두 세상에 없는 곡조이긴 했는데, 다만……" 하고는 말을 그쳤다.

춘운이 물었다.

"다만 어떤데요?"

정경패가 말했다.

"처음에 「예상우의곡」을 연주하더니 차례차례 올라가 순임금의 「남훈가」南薰歌를 타기에, 내가 일일이 평론하고 계찰49의 말을 인용해 그만 듣겠다고 했지. 그랬더니 또 한 곡이 있다면서 새 노래를 연주했는데, 이 곡은 바로 사마상여가 탁문군을 희롱하던 「봉구황」[50]이었어. 내가 그제야 유의해 보니 용모와 행동거지가 여자와 다르더라구. 필시 간사한 남자가 춘색春色을 엿보려고 여장을 한 게야. 한스러워라, 춘랑이 그 자리에 있었더라면 처음부터 알아챘을 텐데. 내가 규중처녀의 몸으로 남자와 마주 앉아 말을 주고받았으니 어찌 이런 일이 있단 말야! 차마 어머니께도 말씀드리지 못할 일이니, 춘랑이 아니면 누구에게 이 괴로운 마음을 토로하겠어?"

춘운이 웃으며 말했다.

"사마상여의 「봉황곡」을 여자라고 연주하지 못하겠어요? 소저가 술잔 속의 활 그림자[51]를 보시네요."

정경패가 말했다.

"그렇지 않아. 이 사람이 곡을 연주해 나아가는 게 모두 정해진 차례가 있었다구. 무심히 연주했다면 왜 구태여 「봉황곡」을 맨 마지막에 연주했겠어? 더구나 여자 중에 용모가 맑고 고운 이

---

49. 계찰季札　춘추시대 오나라의 왕자로. 음악에 정통하여 각 지역의 음악을 듣고 그 나라의 풍속과 앞날을 점쳤다고 한다.
50. 「봉구황」鳳求凰　사마상여가 탁문군의 마음을 빼앗기 위해 지은 거문고 곡조.
51. 술잔 속의 활 그림자　별 것 아닌 일로 근심함을 이르는 말. 『진서』晉書 「악광전」樂廣傳에 실린 다음 고사에서 유래한다. 진나라의 문신 악광樂廣이 친구를 초대하여 술을 마시던 중 친구가 술잔 안에 뱀이 들어 있는 것을 보고 놀라 병이 들었는데, 실은 벽에 걸린 활에 아로새겨진 뱀 그림이 술잔에 비친 것이었다. 훗날 악광이 이 사실을 알려주자 친구의 병이 저절로 나았다고 한다.

도 있고 늠름하고 씩씩한 이도 있지만, 이 사람처럼 기상이 호탕하고 시원시원한 이는 보지 못했어. 내 생각에는 지금 과거 날짜가 가까워 사방의 재주 있는 선비들이 서울에 많이 모였으니, 그중에 내 이름을 듣고 허튼 마음을 먹은 자일 거야."

춘운이 말했다.

"이 사람이 만일 남자라면 얼굴이 아름답고 기상이 호탕하고 음악에 정통하니, 분명 재주가 없지 않은 사람이네요. 이 사람이 진짜 사마상여가 아닐지 어찌 알겠어요?"

정경패가 말했다.

"그 사람이 진짜 사마상여라고 해도 나는 결단코 탁문군이 되지 않을 거야."

춘운이 말했다.

"소저, 우스운 말씀 마세요. 탁문군은 과부요 소저는 처녀이고, 탁문군은 유의해서 남자를 따랐지만 소저는 무심히 듣기만 했을 뿐이니, 어떻게 소저를 탁문군에 비기겠어요?"

두 사람은 날이 저물도록 태연히 담소를 나눴다.

하루는 정경패가 최부인을 모시고 앉아 있는데, 정사도가 밖에서 들어와 부인에게 새로 나온 과거 급제자 명단을 보여주며 말했다.

"딸아이의 혼사를 지금까지 정하지 못했더니, 이번 급제자 중에 훌륭한 사람이 있는 것 같소. 장원급제한 양소유는 회남淮南

사람으로 나이 열여섯인데, 이 사람이 지은 시를 시관試官(시험관) 중에 칭찬하지 않은 이가 없으니, 분명 지금 시대의 재자[52]요. 내가 듣기로는 얼굴도 빼어나게 잘생겼고, 아직 혼인하지 않았다고 하니, 이 사람을 얻어 사위로 삼으면 만족이겠소."

최부인이 말했다.

"그렇겠습니다만, 얼굴을 보고 정하는 게 좋겠어요."

정사도가 말했다.

"그야 어렵지 않소."

꿈꿈꿈꿈

52. **재자才子** 재주가 뛰어난 젊은 선비.

제5회

선녀의 허깨비 산장에서 소성의 인연을 성취하다

꽃신을 노래하여 마음속 연정을 드러내고[1]

1. **소성小星의 인연** 첩을 맞이하는 인연. '소성' 은 『시경』 소남召南 「소성」小星에서 유래하여 첩을 뜻하는 말이 되었다. 「소성」은 부인의 은 덕이 첩들에게 미쳐 첩들이 군주를 모실 때 분 수를 지키며 정성을 다한다는 뜻을 담은 노래.

정경패가 방으로 돌아와 춘운에게 정사도의 말을 전하고 말했다.

"접때 거문고 타던 사람이 자신을 초 땅 사람이라 소개했고, 나이는 열예닐곱쯤 되어 보였어. 그런데 회남이 바로 초 땅이고 나이도 비슷하니, 실로 의심이 없을 수 없구나. 이 사람이 만일 그 사람이면 필시 우리 집에 올 테니, 네가 자세히 보거라."

춘운이 말했다.

"저는 그 사람을 본 적이 없으니, 본들 어찌 알겠어요? 제 생각에는 소저가 방 안에서 직접 엿보아야 아실 것 같아요."

두 사람이 마주 보고 웃었다.

이때 양소유는 회시와 전시[2]에 연이어 장원을 차지하여 한림원[3]에 들어가니 명성이 서울 전체를 뒤흔들었다. 공후귀척[4] 중 딸

---

2. **회시會試와 전시殿試** '회시'는 지방별로 실시하는 향시鄕試 합격자를 서울로 모아 보이던 시험. '전시'는 회시 합격자를 대상으로 임금이 몸소 보이던 최종 시험. 회시를 통해 과거 합격자를 정한 뒤, 전시 성적에 따라 급제의 순위를 정했다.

가진 집에서 구혼하는 이가 구름처럼 많았으나, 양소유는 모두 물리치고 예부_{禮部} 권시랑⁵에게 찾아가 인사한 뒤 정사도 집에 구혼하는 편지를 받아 소매에 넣고 정사도를 찾아왔다. 옥처럼 아름다운 귀밑머리에 계수나무 꽃을 꽂고⁶ 신선의 음악에 둘러싸여 정사도 집 문에 이르니, 정사도가 최부인을 돌아보고 말했다.

"양장원_{楊壯元}이 왔소!"

후당_{後堂}으로 인도해 만나니 부중_{府中} 사람 중 정경패 한 사람 외에는 구경하지 않는 이가 없었다.

춘운이 최부인을 모시는 여종에게 물었다.

"어르신과 부인께서 하시는 말씀을 들으니, 얼마 전 부중에 와서 거문고 타던 여관이 이번 과거 장원의 사촌여동생이라 하시더군요. 얼굴이 닮은 데가 있습니까?"

여종이 말했다.

"과연 그렇구나! 용모와 거동이 다른 데가 전혀 없어. 세상에 사촌 남매 중에 저렇게 빼닮은 사람이 있다니!"

춘운이 당장 정경패에게 가서 말했다.

꙾꙾꙾
3. **한림원翰林院** 학술과 문학을 관장하여 국왕의 자문에 응하고 국왕의 주요 문서를 작성하는 일을 맡은 관서.
4. **공후귀척公侯貴戚** 작위를 가진 귀족, 관료와 왕족.
5. **권시랑權侍郎** '시랑'은 각 부部의 장관인 상서尙書 다음가는, 차관次官에 해당하는 직책.
6. **귀밑머리에 계수나무 꽃을 꽂고** 임금이 장원급제자의 머리에 계수나무 꽃을 꽂아 주었기에 한 말.

"소저의 명감⁷이 과연 틀림없습니다."

정경패가 말했다.

"다시 가서 무슨 말을 하는지 듣고 와라."

춘운이 갔다가 한참 뒤에야 와서 말했다.

"어르신께서 가 소저를 위해 구혼하는 말을 하시니 양장원이 일어나 절하고 말했습니다.

'만생⁸이 서울에 와서 영애⁹ 소저가 아름답고 정숙하다는 말을 듣고 문득 허튼 마음을 먹어 좌사¹⁰ 권시랑의 편지를 받아왔습니다. 그러나 돌아보건대 가문의 차이가 마치 푸른 구름과 흐린 물 같고, 인품의 차이 역시 봉황새와 까마귀처럼 현격하니, 부끄럽고 주저되어 감히 편지를 바치지 못하겠습니다.'

그러고는 소매에서 편지를 꺼내 올리자 어르신께서 뜯어보시고 매우 기뻐하시며 술상을 올리라 재촉하고 계십니다."

정경패가 깜짝 놀라 말했다.

"큰일을 어찌 그리 쉽게 정하실까?"

그때 최부인이 시중드는 여종을 시켜 정경패를 불렀다. 정경패가 분부를 받들어 가니 부인이 말했다.

ꗋꗋꗋ

7. **명감明鑑** 뛰어난 식견이나 통찰력.
8. **만생晩生** 말하는 이가 선배나 웃어른에게 자기를 낮추어 이르는 말.
9. **영애令愛** 남의 딸을 높여 이르는 말.
10. **좌사座師** 과거 합격자가 과거를 관장한 시험관을 높여 이르는 말.

"양장원이 진짜 재자ᅥ才ᅮ여서 네 아버지가 벌써 정혼하셨단다. 우리 노부부가 길이 의지할 곳을 얻었으니 더는 근심이 없구나."

정경패가 말했다.

"여종의 말을 들으니 양장원의 얼굴이 접때 거문고 타던 여관과 흡사하다던데, 정말입니까?"

최부인이 말했다.

"정말 그렇더라. 여관의 선풍도골[11]이 세상에 특출해서 잊을 수 없기에 다시 사람을 시켜 초대하려 했지만 일이 많아 못하고 있었지. 그런데 양장원의 얼굴이 꼭 같더구나. 이것만 봐도 양장원이 얼마나 아름다운지 알 수 있겠지."

정경패가 말했다.

"양장원이 비록 아름답다 해도 저는 그 사람과 혐의가 있으니 혼인하는 것이 마땅치 않을 듯합니다."

최부인이 말했다.

"그것 참 괴이하구나! 너는 깊은 규방의 처녀이고 양랑楊郎은 회남 사람이니 서로 관계될 일이 없거늘, 무슨 혐의가 있다는 게냐?"

정경패가 말했다.

"제가 겪은 일이 부끄러워 차마 어머니께도 아뢰지 못하겠습

---

11. **선풍도골**仙風道骨 신선이나 도인처럼 고상하고 우아한 풍채.

니다. 얼마 전의 여관이 바로 양장원이니, 여장을 하고 거문고를 탄 것은 제 얼굴을 보고자 해서입니다. 제가 간계奸計에 빠져 한나절을 마주했으니, 어찌 혐의가 없다 하겠습니까?"

최부인은 경악을 금치 못했다.

그때 정사도가 양장원을 보내고 양미간에 희색이 가득한 채 들어와 말했다.

"경패야, 오늘 네게 용을 타는 기쁨[12]이 있으니, 정말 기분 좋구나!"

최부인이 말했다.

"딸아이의 마음은 우리 부부와 다릅니다."

그러고는 정경패의 말을 전했다. 정사도가 정경패에게 다시 물어 「봉황곡」 연주하던 이야기를 듣고는 더욱 기뻐서 껄껄 웃으며 말했다.

"양랑은 참으로 풍류 있는 재자로구나! 옛날 왕유 학사가 악공樂工의 옷차림으로 태평공주 집에 가서 비파를 타고 장원급제를 구한 일[13]이 지금까지 아름다운 고사로 전하오. 양랑은 숙녀를 구

༺༻༺༻

12. **용을 타는 기쁨** 훌륭한 사위나 남편을 얻은 기쁨.
13. **왕유王維 학사學士가~장원급제를 구한 일** 당나라의 시인 왕유가 고종高宗의 딸인 태평공주太平公主의 집에 가서 비파를 연주하고 향시鄕試 수석을 차지했다는 고사를 말한다. 왕유는 서울에서 열리는 향시에 응했는데, 태평공주의 청탁으로 장구고張九皐가 이미 수석으로 결정되었다는 소식을 들었다. 이에 후원자인 기왕岐王의 도움을 받아 악공으로 가장하고 태평공주를 만나 뛰어난 비파 연주를 들려준 뒤 태평공주의 환심을 사 향시 수석을 차지했다

하고자 잠깐 여장을 한 것이니, 이는 정 많은 재자의 장난일 뿐 해로울 게 뭐 있겠소? 더구나 딸아이는 양랑을 여자로 알고 봤거늘, 탁문군이 방 안에서 엿본 것과는 전연 다르니, 무슨 혐의가 있겠소?"

정경패가 말했다.

"제 마음에 비록 부끄러울 건 없다 해도 남에게 속은 것이 한스럽습니다."

정사도가 껄껄 웃으며 말했다.

"그건 내 알 바 아니니, 훗날 양랑에게 묻도록 해라."

최부인이 말했다.

"양랑이 혼인 시기를 언제로 정하더이까?"

정사도가 말했다.

"납폐[14]는 서둘러 하고 친영[15]은 가을 이후에 대부인을 모셔 온 뒤 하겠다고 하오."

정사도가 길일을 택하여 양장원의 폐백[16]을 받았다. 이후 양랑은 정사도 집 화원花園 별당別堂에 와서 살며 사위의 예를 따랐다.

정경패가 하루는 춘운의 침실에 들러 보니, 춘운이 바야흐로

고 한다.
14. **납폐納幣**　혼인할 때 정혼이 이루어진 증거로 신랑 집에서 신부 집으로 예물을 보내는 일.
15. **친영親迎**　신랑이 신부 집에 가서 예식을 올리고 신부를 맞아오는 예.
16. **폐백幣帛**　혼인 전에 신랑이 신부 집에 보내는 예물.

꽃신에 수를 놓다가 봄기운에 노곤해서 수틀에 기대 졸고 있었다. 정경패가 방에 들어가서 수놓은 솜씨가 정묘한 데 감탄하는데, 작은 종이에 글을 쓰고 접어 방승[17]을 만든 것이 보였다. 종이를 펴 보니 수놓은 신을 두고 춘운이 지은 시였다.

가련하다 너는 님의 사랑을 받아
늘 함께하며 잠시도 떨어지지 않으나
비단 장막 안에서 등촉 끄고 허리띠 풀 때면
끝내 상아 침대 아래로 던져지리니.

정경패가 시를 다 읽고 생각했다.
'춘랑의 시가 더욱 발전했어. 자기를 꽃신에 비유하고, 나를 〈고운 사람〉이라고 했군. 잠시도 나와 떨어지지 않았건만 내가 다른 사람과 결혼하면 자기를 버릴 거라 생각하고 있으니, 춘랑이 나를 정말 사랑하는구나!'
시를 다시 읽고는 웃으며 말했다.
"춘랑이 나의 침대에 함께 오르고 싶어 하니, 나와 함께 한 사람을 섬기고 싶은 게로구나! 이 아이의 마음이 변했군."
춘랑을 깨우지 않고 마루에 올라 최부인을 뵈니, 부인은 바야

꿈꿈꿈꿈
17. **방승方勝** 금종이를 접어 만든 장식.

흐로 양한림[18]의 점심 준비를 지시하고 있었다. 정경패가 말했다.

"양한림이 우리 집에 온 뒤로 어머니가 의복이며 음식 준비를 지시하느라 노고가 많으십니다. 제가 수고를 대신해야 마땅하나 인정에 맞지 않는 듯합니다.[19] 춘운이 이미 장성해서 일을 맡기에 충분하니, 제 생각에는 춘운을 화원花園에 보내 양한림의 집안일을 보살피게 하는 것이 좋을 듯합니다."

최부인이 말했다.

"춘운의 재질才質이 어딘들 마땅치 않겠느냐마는 그 아비가 우리 집에 공로가 있고 춘운의 사람됨이 또 남보다 빼어나서 상공이 늘 어진 배필을 구해 주고자 하시니, 너를 따라가는 것은 춘운의 소원이 아닐 것 같구나."

정경패가 말했다.

"춘운의 마음은 저를 떠나지 않고자 합니다."

최부인이 말했다.

"시집가면서 여종을 데려가는 것은 집마다 으레 있는 일이다만, 춘운은 재주와 용모가 출중하니 함께 가는 게 마땅치 않을 듯

❧ ❧ ❧ ❧

18. 양한림楊翰林 양소유가 장원급제한 뒤 한림학사翰林學士에 임명되었기에 붙인 호칭. '한림학사'는 당나라 현종 때 황제의 명령을 비롯한 각종 문서를 작성하는 일을 맡은 한림원의 관직으로, 이후 최측근의 자리에서 황제의 고문 겸 비서관의 임무를 담당하기도 했다.
19. 제가 수고를~않는 듯합니다 아직 혼례 전이라 양소유의 뒷바라지를 하는 게 마땅치 않다는 말.

하구나."

정경패가 웃으며 말했다.

"양생楊生(양소유)은 먼 지방 출신의 16세 서생書生 주제에 석 자 거문고를 들고 재상 댁 깊고 깊은 중당中堂에 들어와 규중처자를 내앉히고 거문고 곡조로 희롱했으니, 이런 기상으로 어찌 한 여자의 손에 늙겠습니까? 훗날 승상부[20]를 차지하고 나면 몇 사람의 춘운을 거느리게 될지 어찌 알겠습니까?"

이처럼 문답할 때 정사도가 들어와 앉자 최부인이 정경패의 말을 전하고 말했다.

"제 생각에는 전혀 마땅치 않고, 혼인 전에 아름다운 첩을 보내는 것은 더욱 불가할 듯합니다."

정사도가 말했다.

"춘운의 재주와 용모가 경패와 비슷하고, 또 서로 사랑해서 헤어지지 않으려 하는 것도 마땅한 듯하니, 이미 함께 양랑에게 시집가기로 했다면 누가 먼저 가든 무슨 상관이 있겠소? 춘운을 보내 양랑의 적막함을 위로하는 일이 불가할 것이 없되, 그저 무단히 보내자니 너무 초라하고, 예를 갖추자니 혼인 전이라 마땅치 않소. 어찌하면 좋을지?"

정경패가 말했다.

❀❀❀❀

20. **승상부丞相府** 승상의 집.

"제 생각에는 춘운의 몸을 빌려 제 수치를 씻고 싶으니, 십삼 十三 오빠더러 이러이러하게 하라 해 주십시오."

정사도가 껄껄 웃으며 말했다.

"이 계교가 참으로 좋다!"

정사도의 조카 중에 십삼랑十三郎²¹이라는 이가 있는데, 가장 어질고 호탕하며 우스개를 잘해서 양소유가 가장 좋아했다.

정경패가 방으로 돌아와 춘운에게 말했다.

"머리카락이 이마를 덮기 시작하던 어린 시절 춘랑과 함께 꽃가지를 다투며 저물도록 놀았거늘 내가 벌써 남의 집 폐백을 받았으니, 춘랑도 어린 나이가 아니라는 걸 알겠어. 평생이 걸린 큰일에 대해 생각해 본 지 오래됐을 텐데, 어떤 사람을 따르고 싶어?"

춘운이 말했다.

"저는 소저의 은혜를 갚을 길이 없으니, 죽을 때까지 소저를 모시고자 합니다."

정경패가 말했다.

"내 원래 춘랑의 마음이 내 마음과 같은 줄 알고 있었어. 내가 이제 춘랑과 의논할 일이 있어. 양랑이 거문고 곡조로 나를 속인

---

21. **십삼랑十三郎** 열셋째 젊은이. 같은 항렬의 일가 형제들을 나이 순서대로 숫자를 붙인 호칭.

것은 씻기 어려운 수치여서 춘랑이 아니면 설욕할 길이 없어. 종남산[22] 깊은 골짜기에 있는 우리 집 산장은 도성에서 지척에 있지만 깊고 그윽한 경치가 인간세계 같지 않지. 이곳에 춘랑의 화촉[23]을 놓고, 십삼 오빠와 함께 이러이러하게 하면 양랑을 속일 수 있을 거야. 춘랑은 수고를 마다하지 않겠지?"

춘운이 말했다.

"소저의 분부를 어찌 감히 따르지 않겠습니까? 다만 훗날 얼굴을 들기 어려울까 걱정입니다."

정경패가 말했다.

"남을 속인 부끄러움이 어찌 남에게 속은 것보다 더하겠어?"

춘운이 승낙했다.

양소유는 한림원의 일이 본래 한가해서 대궐에서 당직을 마치고 나오면 친구들과 주루酒樓에 가서 취할 때도 있고, 성 밖에 나가 자연을 읊조릴 때도 있었다. 하루는 정십삼鄭十三이 양소유에게 말했다.

"도성 남쪽 멀지 않은 땅에 산수 경치가 빼어난 곳이 있으니 우리 한번 가 봅시다."

두 사람은 술병을 차고 10여 리를 가서 맑은 시내 앞에 이르러

---

22. **종남산終南山** 장안 남쪽에 있는 산.
23. **화촉華燭** 결혼식에 사용하는, 색깔을 들인 초.

솔숲을 헤치고 술잔을 주고받았다. 때는 봄여름 사이여서 어지러이 떨어진 산꽃이 시냇물을 타고 내려오니 참으로 무릉도원[24]처럼 경치가 빼어났다.

정십삼이 말했다.

"이 물은 자각봉[25]에서 내려오는 거요. 여기서 10여 리를 올라가면 기이한 땅이 있어 꽃 피고 달 밝은 밤이면 신선의 음악 소리가 난다고 하더군요. 나도 가 본 적이 없는데, 형과 함께 가 봐야겠소."

양소유는 본래 호기심이 많은 성격이라 이 말을 듣고 매우 기뻐했다. 그때 문득 정십삼 집의 아이종이 급히 와서 말했다.

"우리 집 낭자께서 병환이 계셔 서방님을 찾으십니다."

정십삼이 황급히 일어나며 말했다.

"형과 함께 선경仙境을 찾아가려 했더니 집안의 우환 때문에 이루지 못하는군요. 이 아우에겐 신선의 연분이 없다는 걸 알 만하외다."

정십삼이 바삐 돌아갔다.

양소유는 외로웠지만 흥이 사그라지지 않아 흐르는 물을 따라 점점 깊이 들어갔다. 갈수록 경치가 기이하고 빼어났다. 문득 시

---

24. **무릉도원武陵桃源**　도연명陶淵明의 「도화원기」桃花源記에 나오는 이상향. '무릉'은 본래 호남성의 지명.
25. **자각봉紫閣峰**　자각산紫閣山. 장안 남쪽에 있는 종남산에 속하는 산.

냇물 위로 계수나무 잎이 떠내려 오는 게 보였다. 계수나무 잎에는 시가 적혀 있었다. 서동더러 나뭇잎을 건져 오게 해서 보았다.

신선의 개가 구름 밖에 짖으니
혹시 완랑[26]이 온 걸까?

양소유는 이상하다 싶어 생각했다.
'이 위에 어찌 인가가 있겠으며, 이 시가 어찌 심상한 사람의 시이겠는가?'
더 깊숙이 들어가자 서동이 말했다.
"날이 저물어 성 안으로 돌아가지 못하겠습니다."
양소유가 듣지 않고 또 10리를 갔다. 해가 벌써 저물어 달빛을 따라 계속 걸었지만 묵을 곳을 찾을 수 없었다. 그제야 비로소 당황해하는데, 문득 푸른 옷을 입은 10여 세쯤의 여종이 시냇가에서 옷을 빨다가 양소유를 보고는 황급히 돌아가며 말했다.
"낭자! 서방님이 오십니다!"
양소유는 그 말을 듣고 괴이하게 여기며 수십 걸음을 더 걸었다. 산굽이를 돌자 시냇가에 작은 정자가 하나 있는데 지극히 맑

꽃꽃꽃꽃

26. 완랑阮郎　완조阮肇를 말한다. 후한後漢 때 사람으로, 유신劉晨과 함께 천태산天台山에 약을 캐러 들어갔다가 두 여인을 만나 즐겁게 지내고 집에 돌아오니 그동안 세월이 흘러 자손이 7대째나 내려갔더라는 고사가 있다.

고 깨끗했다. 한 여자가 달빛을 띠고 벽도화碧桃花 아래에 서 있다가 양소유를 보고는 정중히 인사하고 말했다.

"양랑께선 어찌 이리 늦게 오셨습니까?"

양소유가 그 여자를 보니 몸에는 홍초의[27]를 입고, 머리에는 비취비녀를 꽂고, 허리에는 백옥패[28]를 찼는데, 아리땁고 하늘하늘한 자태가 참으로 선녀의 모습이었다. 양소유가 황망히 답례하고 말했다.

"소생小生은 인간세계의 속된 사람이라 본디 월하의 기약[29]이 없거늘, 선녀께서 늦게 왔다고 책망하시는 건 무슨 까닭인지요?"

미인이 말했다.

"정자로 가서 조용히 말씀드리겠습니다."

양소유를 이끌어 정자로 가서 주인과 손님의 자리를 정해 앉자 여종이 술상을 내 왔다. 미인은 한숨을 쉬며 말했다.

"옛일을 이야기하려 하니 슬픈 마음이 한층 더하군요. 저는 본래 요지 서왕모[30]의 시녀이고, 서방님은 천상의 신선이셨습니다. 서방님이 옥황상제의 명령으로 왕모께 조회하다가 우연히 저를

꒜꒜꒜꒜

27. 홍초의紅綃衣 붉은색 얇은 깁옷.
28. 백옥패白玉珮 백옥으로 만든 노리개.
29. 월하月下의 기약 월하노인의 기약. 곧 월하노인이 맺어 준다는 부부의 인연을 말한다.
30. 요지瑤池 서왕모西王母 '서왕모'는 티베트 고원 북쪽의 곤륜산崑崙山에 산다는 선녀. '요지'는 곤륜산에 있다는 연못으로, 이곳에서 주周나라 목왕穆王이 서왕모를 만나 사랑을 나누었다는 전설이 있다.

보고 신선의 과일로 희롱하셨지요. 그러자 왕모께서 진노하셔서 옥황상제께 아뢰어 서방님은 인간세계에 떨어지고 저는 이 산중으로 귀양 왔습니다. 저는 이제 기한이 다 차서 요지로 돌아가게 되었는데, 서방님의 얼굴을 꼭 한번 보고 옛정을 이야기하고 싶었기에 선관仙官에게 간청해서 한 달의 기한을 받았습니다. 그래서 저는 서방님이 오늘 오실 줄 알고 있었던 겁니다."

이때 달이 높이 뜨고 은하수가 기울며 밤이 깊어 갔다. 손잡고 잠자리로 나아가니, 마치 유신과 완조가 천태산에 들어가 선녀를 만난 것[31]처럼 황홀해서 이루 형용할 수 없었다.

두 사람의 사랑이 아직 충족되지 못했거늘, 산새가 지저귀고 동방이 밝아 왔다. 미인이 일어나 양소유에게 말했다.

"오늘은 제가 요지로 돌아가는 날이라 선관이 깃발과 부절符節을 가지고 올 테니, 서방님께서 먼저 돌아가지 않으시면 우리 둘 다 잘못을 범하게 됩니다. 서방님이 만일 옛정을 잊지 않으신다면 다시 만날 기약이 있을 겁니다."

그러고는 비단 치마폭에 이별시를 써서 양소유에게 주었다.

만나니 꽃이 하늘에 가득하고
이별하니 꽃이 물에 있네.

꘾꘾꘾

31. 유신劉晨과 완조阮肇가~선녀를 만난 것 앞의 주 26 참조.

봄빛은 꿈속인 듯

흐르는 물이 천 리에 아득하네.

양소유는 한삼汗衫을 떼어 시 한 편을 써 주었다.

하늘 바람은 패옥佩玉에 불어오고

흰 구름은 뭉게뭉게 피어오르네.

무산의 밤비 되어

양왕襄王의 옷을 적시고 싶어라.[32]

미인이 거듭 떠나라고 재촉하자 서로 눈물을 뿌리며 헤어졌다. 양소유가 산을 내려오다 머리를 돌려 자던 곳을 바라보니, 새벽 구름이 1만 골짜기를 휘감아 마치 요대瑤臺(요지瑤池)의 꿈인 양 아득했다.

양소유가 집으로 돌아와 생각했다.

'선녀가 비록 유배 기한이 다 차서 천상으로 돌아간다고 했으

ꝏꝏꝏ

32. 무산巫山의 밤비~적시고 싶어라 춘추시대 초楚나라의 회왕懷王이 고당高唐의 양대陽臺에서 낮잠을 자다가 꿈에 무산巫山(호북성 서부에 있는 산) 신녀神女를 만났는데, 무산 신녀가 자신은 아침에는 구름이 되고 저녁에는 비가 된다고 말한 뒤 잠자리를 함께했다는 전설이 있다. 그 뒤 초나라 양왕襄王이 다시 고당에 노닐며 회왕의 옛일을 회고했다는 고사가 전한다.

116

나 오늘 꼭 갈지 어찌 알겠는가? 내가 잠깐 산중에 머물러 몸을 숨기고 있다가 선관이 와서 맞이하는 것을 본 뒤에 내려와도 늦지 않을 거야.'

이날 밤새도록 잠을 이루지 못하고 일찍 일어나서 다른 사람에게는 알리지 않고 오직 서동과 함께 자각봉 가는 길을 찾아 선녀를 만났던 곳에 이르렀다. 복사꽃 흐르는 냇물은 그 경치 그대로거늘, 텅 빈 정자는 적막해서 사람의 자취라고는 없었다. 종일토록 배회하다가 눈물을 흘리며 돌아왔다.

며칠 뒤 정십삼이 양소유를 만나 말했다.

"지난번에 아내의 병 때문에 형과 함께 놀지 못한 게 지금까지 한으로 남았소이다. 지금 비록 복사꽃은 졌지만 도성 남쪽에 버드나무 그늘이 참 좋으니, 형과 함께 꾀꼬리 소리를 들어야겠소."

두 사람은 말 머리를 나란히 하고 성 밖으로 나가 숲이 우거진 곳을 택해 정답게 앉아 술잔을 주고받았다. 양소유가 눈을 들어 보니 거친 언덕 위에 옛 무덤이 반쯤 무너졌고 그 좌우에 버드나무가 많았다. 양소유가 탄식하며 말했다.

"인생은 끝내 저기로 돌아가게 되어 있으니, 살아 있을 때 어찌 취하지 않을 수 있겠나?"

정십삼이 말했다.

"형은 이 무덤을 모르시오? 이건 바로 장여랑[33]의 무덤이오. 여랑은 살아 있을 때 얼굴이 세상에 없이 아름다웠거늘 스무 살에 죽고 말았지요. 사람들은 몹시 슬퍼해서 이 땅에 묻고 버드나무를 심었소. 우리가 여랑의 무덤에 술을 뿌려 꽃다운 넋을 위로하는 게 좋겠소."

양소유는 본래 다정한 군자였다. 정십삼과 함께 무덤에 나아가 술을 뿌리고 옛일을 조문하며 각각 시를 지어 맑은 소리로 읊었다. 문득 정십삼이 무덤의 무너진 곳에서 하얀 비단에 쓴 시를 찾아내고는 말했다.

"어떤 부질없는 사람이 시를 지어 여랑의 무덤에 넣었을꼬?"

양소유가 보니 바로 자신이 한삼을 떼어 선녀에게 써 준 시였다. 속으로 깜짝 놀라 생각했다.

'원래는 장여랑의 넋이 선녀라고 하며 나와 만났던 것이로구나!'

마음이 몹시 불편해지며 머리털이 송연해지더니, 이윽고 고쳐 생각했다.

'얼굴이 그토록 아름답고 정이 그토록 많았거늘, 선녀와 귀신을 분변해서 무엇하겠는가?'

꽃꽃꽃

33. 장여랑張女娘 『태평광기』太平廣記 「심경」沈馨에 등장하는 귀녀鬼女. 남북조 시대 양梁나라의 문신이었다가 북주北周에 투항한 심경이 섬서성에 사신으로 나가던 중 장여랑의 사당에 들러 장여랑의 넋을 위로했더니, 그날 밤 장여랑 자매가 찾아와 회포를 풀고 함께 술과 음악을 즐기며 시를 주고받았다고 한다.

양소유는 정십삼이 자리를 뜬 틈을 타서 술을 다시 뿌리고 기원했다.

"이승과 저승이 비록 다르지만 마음에는 차이가 없으니, 꽃다운 영혼은 나의 정성을 살펴 오늘밤 만나기를 바라오."

빌기를 마치고 정십삼과 함께 돌아왔다.

이날 양소유는 화원에서 밤 깊도록 선녀 생각에 잠을 이루지 못하고 있었다. 나무 그림자가 창에 가득하고 달빛이 어슴푸레한데 사람의 발자국 소리가 나는 듯했다. 창을 열어 보니 숲 사이에 한 미인이 엷은 화장에 소복素服 차림으로 달빛 아래 서 있었다. 자세히 보니 바로 자각봉에서 만난 선녀였다. 정을 주체하지 못하고 뛰쳐나가 손잡고 함께 방으로 들어가자고 하자 여자가 사양하며 말했다.

"저의 정체를 서방님이 이미 알고 계시니, 어찌 싫어하는 마음이 없으시겠습니까? 제가 처음 서방님을 만났을 때 바른 대로 아뢰었어야 했으나, 서방님이 두려워하실까 봐 신선인 체하며 하룻밤 잠자리를 모셨습니다. 이것만으로도 저의 영화로움이 이미 지극하고 뼈가 장차 썩지 않을 겁니다. 그런데 오늘 또 서방님께서 저의 집에 오셔서 술을 뿌려 외로운 넋을 위로해 주셨기에, 저는 감격을 이기지 못해 한번 제 모습을 보여 감사의 뜻을 보이고자 할 뿐, 어찌 감히 유음³⁴의 비천한 몸으로 다시 군자의 곁에 다가갈 수 있겠습니까? 한 번도 이미 심하거늘, 어찌 감히 거듭 그럴 수 있겠습니까?"

양소유가 말했다.

"귀신을 꺼리는 자는 세속의 어리석은 사람이오. 사람이 귀신이 되고 귀신이 또 사람이 되는 법이니, 피차를 어찌 분변하겠소? 내 마음이 이러한데 그대는 왜 나를 버리려 하오?"

여자가 말했다.

"제가 어찌 서방님을 버리겠습니까? 서방님은 제 푸른 눈썹과 붉은 뺨을 보고 사랑하는 마음을 두신 것이지만, 이는 모두 거짓으로 꾸며 살아 있는 사람과 만나는 것에 불과합니다. 서방님이 저의 진면목眞面目을 알고자 하신다면 저는 푸른 이끼가 긴 백골 두어 조각일 뿐이니, 차마 어찌 귀하신 몸으로 저를 가까이 하려 하십니까?"

양소유가 말했다.

"부처님이 '사람의 몸은 흙과 물과 바람과 불을 빌려 이루어졌다'[35]라고 하셨으니, 어느 쪽이 진짜이고 어느 쪽이 가짜인지 어찌 알겠소?"

여자를 이끌고 잠자리에 나아가 밤을 함께 보내니 사랑이 전보다 더 곡진했다.

꽃꽃꽃꽃

34. 유음幽陰 저승. 죽은 영혼들의 세계.
35. 사람의 몸은~빌려 이루어졌다 불교에서는 세상의 모든 존재가 4대四大, 곧 지地·수水·화火·풍風의 네 요소로 이루어졌다고 본다.

양소유가 말했다.

"앞으로 밤마다 만날 수 있겠소?"

여자가 대답했다.

"귀신과 사람이 가까이 만나는 것은 오직 정성에 달려 있습니다. 서방님께서 저를 생각하신다면 제가 어찌 감히 서방님께 의탁하지 않겠습니까?"

문득 새벽 종소리를 듣고 몸을 일으켜 천연히 꽃나무 숲 깊은 곳으로 들어갔다.

가춘운은 선녀인지 귀신인지

적경홍은 남자인지 여자인지

양소유가 신녀[1]를 만난 뒤로는 친구를 찾지 않고 화원에서 고요
히 지내며 마음을 한곳에 모아 다시 만나기만을 바랐다. 문득 화
원 문밖에 말발굽 소리가 나더니 두 사람이 들어오는데, 앞서 오
는 정십삼이 뒤에 오는 사람을 이끌어 양소유에게 보이며 말했다.

"이분은 태극궁[2]의 두진인[3]이시오. 상법[4]이 옛날의 원천강·이
순풍[5]과 같은 수준이서서 양형楊兄의 상相을 보이려고 함께 왔소."

양소유가 진인眞人에게 물었다.

"높은 명성을 들은 지 오래되었으나 인연이 없어 만남이 늦었
습니다. 선생은 정형鄭兄의 상을 자세히 보셨을 듯한데, 과연 어떻

<hr />

1. **신녀神女** 여신이나 선녀. 여기서는 귀녀鬼女.
2. **태극궁太極宮** 당나라의 황궁皇宮.
3. **두진인杜眞人** '진인'은 도교에서 도를 체득한 사람을 가리키는 말.
4. **상법相法** 관상을 보는 법.
5. **원천강袁天綱·이순풍李淳風** 역사상 최고의 점술가로 꼽히는 당나라 초의 역술가로, 천문·
   풍수·관상에 모두 밝았다. 두 사람이 함께 『추배도』推背圖라는 예언서를 지었다고 한다.

습니까?"

정십삼이 말했다.

"선생이 저를 보고는 '3년 안에 급제해서 여덟 고을의 자사^{刺史}를 지내고 천수^{天壽}를 누리실 거외다'라고 하시니, 저는 만족입니다. 이분은 틀린 말을 하신 적이 없으니 한번 물어보시오."

양소유가 말했다.

"군자는 복을 묻지 않고 재앙을 묻는다고 하니, 선생은 기탄없이 말씀해 주십시오."

진인이 한참 동안 자세히 보더니 말했다.

"양선생은 눈썹이 매우 빼어나고 봉황의 눈이 귀밑을 향해 있으니 필시 벼슬이 삼대⁶에 오를 것이요, 귓불이 진주 같고 분칠을 한 것처럼 희니 이름이 천하에 알려질 것이요, 권골이 얼굴에 가득하니⁷ 병권^{兵權}을 잡아 위엄이 사이⁸를 진정하고 만 리 땅의 제후^{諸侯}가 될 것이니, 백 가지 일 중에 한 가지도 흠이 없습니다. 비록 그러하나 목전^{目前}에 횡사^{橫死}할 액운이 있으니, 나를 만나지

꾕꾕꾕꾕

6. 삼대三台 황제를 보좌하는 최고 지위의 세 신하인 삼공三公을 말한다. 시대마다 직명이 다른데, 후한後漢 이래로는 국방을 관장하는 태위太尉, 재정과 민정을 관장하는 사도司徒, 관리의 감찰과 사법을 관장하는 사공司空을 가리킨다.

7. 권골權骨**이 얼굴에 가득하니** '권골'은 관골顴骨, 곧 광대뼈를 말한다. 광대뼈가 얼굴 전체에 도드라지면 병권을 지닌 대신이 되거나 변방을 다스리는 장군이 될 관상이라고 한다.

8. 사이四夷 중국 사방의 이민족인 동이東夷·서융西戎·남만南蠻·북적北狄을 아울러 이르는 말.

126

않았다면 위험할 뻔했습니다.”

양소유가 말했다.

“사람의 길흉화복은 저마다 자기가 행동하는 바에 따르는 것
이지만 질병만은 마음대로 할 수 없거늘, 혹시 어떤 중병이 있습
니까?”

진인이 말했다.

“이는 예사로운 재액災厄이 아닙니다. 푸른빛이 천정⁹을 꿰뚫고
사악한 기운이 명당¹⁰을 침범하니, 상공께서는 혹시 내력이 분명
치 않은 노비를 집안에 두고 계십니까?”

양소유는 속으로 장여랑이 재앙의 원인이라는 걸 알아차렸으면
서도 사랑에 가려 조금도 놀라거나 동요하는 빛 없이 대답했다.

“그런 일 없습니다.”

진인이 말했다.

“그렇다면 혹시 오래된 신묘¹¹에 들어가 마음속에 느껴지는 것
이 있었거나, 혹시 꿈속에 귀신과 가까이 접한 일이 있습니까?”

양소유가 말했다.

“그런 일 없습니다.”

정십삼이 말했다.

<hr />

9. **천정天庭** 관상에서 두 눈썹 사이와 이마 가운데를 이르는 말.
10. **명당明堂** 도교에서 두 눈썹 사이에서 1촌寸 깊이에 있는 곳을 이르는 말.
11. **신묘神廟** 종묘宗廟, 혹은 절.

"두선생은 일찍이 틀린 말을 한 적이 없으니, 자세히 생각해 보시오."

양소유가 대답하지 않자 진인이 말했다.

"사람은 양명^{12}으로 몸을 이루고, 귀신은 유음^{13}으로 기질을 이루니, 불과 물이 서로 용납하지 못함과 같습니다. 지금 귀신의 기운이 상공의 몸에 들었거늘, 사흘 뒤 골수에 들어가면 상공의 목숨이 오래가지 못할 것이니, 그때 가서 빈도貧道가 말해 주지 않았다고 하지 마십시오."

양소유는 생각했다.

'장여랑과 나의 사랑이 그토록 깊으니, 진인의 말이 근거가 있으나 어찌 나를 해칠 리 있겠는가? 초나라 회왕이 신녀를 만나고,^{14} 노충이 귀신 아내에게 자식을 낳았으나,^{15} 일찍이 무슨 재앙이 있었던가?'

양소유가 진인에게 말했다.

"사람의 생사生死와 화복禍福이 정해져 있다니, 만일 장군이 되고

꽃꽃꽃꽃

12. **양명陽明** 밝은 빛, 혹은 양기陽氣.
13. **유음幽陰** 어둠, 혹은 음기陰氣.
14. **초楚나라 회왕懷王이 신녀神女를 만나고** 춘추시대 초나라의 회왕이 양대陽臺에서 낮잠을 자다가 꿈에 무산巫山 신녀를 만났는데, 무산 신녀가 자신은 아침에는 구름이 되고 저녁에는 비가 된다고 말한 뒤 잠자리를 함께했다는 전설을 말한다.
15. **노충盧充이 귀신 아내에게 자식을 낳았으나** 한나라 사람 노충이 최소부崔少府 딸의 무덤가에서 사냥하다가 그녀의 혼령과 결혼해서 아들을 얻었다는 고사가 『태평광기』에 실려 전한다.

128

재상이 되고 제후가 될 상(相)이라면 귀신이 나를 어쩌겠소이까?"

진인이 얼굴빛을 고치고 일어나 "이는 내 알 바 아니올시다!"라고 말하고는 소매를 떨치고 나가니, 양소유도 만류하지 않았다.

진인이 돌아간 뒤 정십삼이 말했다.

"형은 복이 있는 사람이고, 귀하고 높은 지위를 누릴 골상이어서 자연 하늘이 도울 것이니, 무슨 귀신이 있겠소? 두진인 같은 무리들은 왕왕 거짓말을 해서 사람을 속이니, 싫어할 만하오."

정십삼은 술상을 내오게 해서 저물도록 먹고 양소유가 취한 뒤에 떠났다.

이날 밤 양소유가 방 안에 향을 피우고 장여랑이 오기를 기다렸으나 밤이 다해 가도록 그림자도 보이지 않았다. 오지 않나 보다 생각하고 침상에 나아가 자려 하는데, 홀연 창밖에 장여랑의 울음 섞인 목소리가 들렸다.

"서방님이 요사스런 도사의 부적을 머리에 감추고 계시니, 제가 어찌 가까이 갈 수 있겠습니까? 서방님의 뜻이 아닌 줄 저도 알지만 이 또한 인연이 다함이니, 서방님께선 안녕히 계십시오. 이로써 영원히 이별입니다."

양소유가 놀라서 일어나 지게문을 열고 보니 간 곳을 알 수 없었다. 참으로 괴이한 일이다 싶어 머리를 만져보니 상투 사이에 뭔가 넣은 것이 있었다. 꺼내 보니 주사[16]로 쓴 부적이 아닌가. 몹시 화가 나서 호통을 쳤다.

"요사스런 자가 내 일을 그르쳤구나!"

부적을 찢어 버리고 한스러워해 마지않다가 이런 생각이 들었다.

'어제 정십삼이 술을 억지로 권하고 내가 취한 뒤에 갔으니 분명 정십삼이 한 일이다. 제가 비록 나쁜 뜻으로 한 일은 아니지만 나의 좋은 인연을 깨뜨렸으니 내 반드시 꾸짖어 줄 테다!'

날이 밝기를 기다려 정십삼에게 가 보니 나가고 없었다. 연달아 사흘을 찾아갔지만 만나지 못하고, 장여랑의 소식은 더욱 묘연했다. 양소유는 분하기도 하고 장여랑이 그립기도 해서 침식을 다 폐했다.

그러던 중에 정사도와 최부인이 중당에 술상을 차려 놓고 양소유를 초대했다. 정사도가 양소유를 보고 말했다.

"양랑의 얼굴이 왜 이리 초췌한가?"

양소유가 말했다.

"십삼 형과 함께 술을 과음해서 그렇습니다."

문득 정십삼이 밖에서 들어오자 양소유는 성난 눈으로 보며 말도 건네지 않았다.

정사도가 양소유에게 말했다.

"우리 집 하인들이 양랑이 화원에서 어떤 여자와 이야기하더라고 하던데, 이 말이 옳은가?"

꽃꽃꽃꽃

16. **주사朱砂** 단사丹砂. 붉은색 염료로 쓰이는, 수은 성분의 광물.

130

양소유가 대답했다.

"화원에 무슨 왕래하는 사람이 있겠습니까? 말씀을 전한 자가 잘못 본 겁니다."

정십삼이 말했다.

"형은 숨기지 마시오. 형이 두진인의 말을 막았지만 거동이 수상하기에 내가 두진인의 부적을 형의 상투 속에 감춰 두었소. 그러고는 화원 숲속에 숨어서 보니 귀신이 형의 창밖에서 울다 가던데, 형은 내게 고마워하지 않고 오히려 성난 기색을 보이니 왜 그러시오?"

양소유는 숨기기 어려움을 알고 정사도를 향해 말했다.

"참으로 기괴한 일인데, 악장岳丈(장인)께 다 말씀 드리겠습니다."

장여랑을 만나게 된 이야기를 하나하나 자세히 말한 뒤 또 말했다.

"십삼 형이 나를 아껴서 한 일인 줄은 잘 알고 있습니다. 하지만 장여랑은 비록 귀신이라도 유순한 마음이 많아서 사람을 해칠 리 없거늘, 괴이한 부적을 써서 제 곁에 오지 못하게 했으니, 실로 한이 없지 않습니다."

정사도가 껄껄 웃으며 말했다.

"양랑의 빼어난 문장이 송옥[17]과 같으니 필시 「신녀부」[18]를 지었겠군. 내가 양랑을 속이는 게 아니라 젊었을 때 우연히 소옹[19]의 도술을 배워서 귀신을 부를 수 있네. 지금 양랑을 위해 장여랑의 영혼을 불러서 내 조카의 죄를 없애고 싶은데, 어떤가?"

양소유가 말했다.

"악장께선 소서[20]를 희롱하십니까? 어찌 그런 일이 있겠습니까?"

정사도가 말했다.

"자네가 한번 보게."

총채로 병풍을 치며 말했다.

"장여랑은 어디 있는고?"

홀연 병풍 뒤에서 한 여자가 사뿐히 나와 웃음을 머금고 최부인 뒤에 섰다. 양소유가 보니 분명 장여랑이었다. 눈을 휘둥그레 뜨고 정사도와 정십삼을 보다가 한참 뒤에 말했다.

"사람인가? 귀신인가? 귀신이 어떻게 대낮에 보이는가?"

정사도와 최부인은 웃음을 참지 못하고, 정십삼은 포복절도하여 일어나지 못했다. 정사도가 말했다.

"내 이제 사실대로 말하지. 이 여자는 선녀도 아니요 귀신도

✄✄✄✄

17. 송옥宋玉 전국시대 초나라의 문인. 굴원屈原의 제자로, 「초혼」招魂·「비추부」悲秋賦 등 애상적이고 낭만적인 시를 썼다.
18. 「신녀부」神女賦 송옥이 쓴 부賦. 무산 신녀와 초나라 회왕의 만남을 노래했다.
19. 소옹少翁 한나라 무제武帝 때의 도사. 귀신을 부르는 방술로 유명해서 무제의 후궁後宮 왕부인王夫人의 혼령을 불러 보였다는 이야기가 전한다.
20. 소서小婿 사위가 장인과 장모를 향해 자신을 낮추어 이르는 말.

아니요, 내 집의 가씨 여자로 이름은 춘운이야. 요사이 양랑이 내 집 화원에서 꽤 외롭고 쓸쓸했을 터, 그래서 가녀賈女(가춘운)를 보내 모시게 했던 걸세. 본래 우리 부부의 호의로 시작한 일인데, 젊은 아이들이 그 사이에서 장난을 쳐서 양랑의 마음을 괴롭게 했군.”

정십삼이 껄껄 웃으며 말했다.

“전후로 두 번 모두 내가 길을 인도했거늘 훌륭한 중매에게 사례는 않고 도리어 원수로 여기니, 양형은 진짜 어리석은 사람이오.”

양소유도 껄껄 웃으며 말했다.

“저 여자는 악장께서 보내신 거고, 정형은 중간에서 희롱한 죄가 있을 뿐인데, 무슨 공이 있단 말이오?”

정십삼이 말했다.

“내가 정말 희롱을 하기는 했지만 막후에서 지휘한 사람은 따로 있으니, 어찌 다만 내 죄라 하시오?”

양소유가 정사도를 향해 말했다.

“본래 악장께서 장난하신 일이군요.”

정사도가 웃으며 말했다.

“내 머리가 이미 허옇게 셌거늘, 어찌 어린 시절에나 할 속임수를 쓰겠는가? 양랑이 잘못 생각했네.”

양소유가 정십삼에게 말했다.

"형이 한 일이 아니라면 또 누가 나를 속였겠소?"

정십삼이 말했다.

"성인께서 '네게서 나온 것은 네게 돌아간다'[21]라고 하셨으니, 양형은 누구를 속인 적이 있는지 스스로 생각해 보오. 남자가 변하여 여자가 되거늘, 여자가 변하여 귀신이 되는 게 뭐 그리 이상한 일이겠소?"

양소유가 환히 깨닫고 껄껄 웃으며 "옳거니, 옳거니!" 하고는 최부인을 향해 말했다.

"제가 영애令愛 소저(정경패)에게 죄 지은 일이 있더니, 과연 사소한 원한을 잊지 않았습니다."

정사도와 최부인이 한바탕 웃었다.

양소유가 춘운에게 말했다.

"춘랑은 참으로 교활하군. 앞으로 섬길 사람을 속이는 게 아내의 도리로 마땅하다고 생각하나?"

춘운이 꿇어앉아 대답했다.

"장군의 명령만 듣고 황제의 명은 듣지 못했습니다."[22]

양소유가 그윽이 감탄하여 말했다.

꽃꽃꽃꽃

21. 네게서 나온 것은 네게 돌아간다 『맹자』孟子 「양혜왕」梁惠王 하下에 나오는, 증자曾子의 말.

22. 장군의 명령만~듣지 못했습니다 『사기』史記 「강후 주발 세가」絳侯周勃世家에 나오는 말. 한나라 문제文帝가 흉노를 방비하던 변경의 군대를 위문했다가 개국공신 주발周勃의 아들인 주아부周亞夫의 군대에 이르렀는데, 군문軍門을 지키는 장교는 주아부가 "군중에서는 장

134

"옛날 무산巫山의 여신은 아침에 구름이 되고 저녁에 비가 되었다던데, 지금 춘랑은 아침에 선녀가 되고 저녁에 귀신이 되었으니 족히 대적할 만하군. 강한 군대에 약한 장수가 없다는데, 부하 장수가 이러하니 대장은 어떨지 알 만해."

이날 모든 사람들이 즐기며 종일토록 취했다. 춘운은 신인[23]으로 말석에 앉아 있다가 날이 저물자 등불을 들고 양소유를 모셔 화원으로 돌아갔다.

양소유가 조정朝廷에 말미를 얻어 어머니 류부인을 모셔 오려 했다. 이때 나라에 일이 많아 토번[24]이 변경을 침입하고, 하북河北의 세 절도사가 스스로 연왕燕王·위왕魏王·조왕趙王을 칭하며 조정을 배반했다. 황제가 근심하여 조정 백관을 모으고 삼진[25] 정벌을 의논했으나 뜰에 가득한 신하들 모두 대책을 내놓지 못했다. 한림 양소유가 말했다.

"우선 조서[26]를 내려 타이른 뒤 한나라 무제가 남월을 제압했던 일[27]처럼 항복하지 않으면 정벌해야 합니다."

군의 명령을 들을 뿐 황제의 명령을 듣지 않는다"라고 말했다며 주아부의 명령이 있을 때까지 황제 일행의 출입을 허락하지 않았다.
23. **신인新人** 새색시, 혹은 새로 얻은 첩.
24. **토번吐藩** 7~9세기 장족藏族이 세운 나라. 지금의 서장西藏(티베트) 지역을 근거로 하여 전성기에는 청장고원靑藏高原과 서역西域 일부까지 세력을 뻗쳤다.
25. **삼진三鎭** 하북河北 삼진三鎭, 곧 당나라 말 범양范陽(지금의 하북성 북부)·성덕成德(하북성 중부)·위박魏博(하북성 남부 및 산동성 북부)의 세 번진藩鎭을 일컫는 말.
26. **조서詔書** 황제의 명령을 신하나 백성에게 알리기 위해 쓴 문서.

황제가 옳다 여기고 양소유로 하여금 어전御前에서 조서의 초안을 쓰게 했다. 물이 용솟음치듯 글이 터져 나와 바람처럼 붓을 휘두르더니 순식간에 향안香案에 글을 바쳤다. 황제가 매우 기쁜 얼굴로 말했다.

"이 글은 위엄과 은혜가 나란히 있어 임금의 명령이 갖추어야 할 격식을 매우 잘 갖추었으니, 미친 도적이 필시 굴복할 것이다."

반란지에 조서를 내리자 오래지 않아 조趙·위魏 두 나라는 조서를 보고 두려워 복종하여 왕호王號를 없애고 표문[28]을 올려 사죄하며 각각 비단 1만 필과 말 1천 필을 조공했으나, 연왕燕王은 땅이 멀고 군대가 강함을 믿어 항복하지 않았다.

황제가 양소유를 불러 칭찬했다.

"하북河北 삼진三鎭이 조정에 순종하지 않은 지 백 년이 되어, 덕종[29] 황제께서 10만 군사로 정벌하시되 조금도 기운을 꺾지 않았거늘, 경卿이 짧은 글로 두 나라의 항복을 받았으니 10만 군사보

🎐🎐🎐
27. 한나라 무제武帝가 남월南越을 제압했던 일　'남월'은 진秦나라 말부터 전한前漢 초까지 90여 년 동안 베트남 북부 지역과 중국 광동성·광서성 지역에 존재했던 나라. 한나라 무제 때 남월이 조공 관계를 거부하자 대군을 파견하여 멸망시켰다.
28. 표문表文　신하가 품은 생각을 적어 임금에게 올리는 글.
29. 덕종德宗　당나라 제9대 황제. 재위 779~805년. 조세 제도를 개혁하여 재정을 안정시켰으나 실정을 거듭하며 절도사들의 세력을 제어하지 못했다. 하북 지역 절도사들이 연합하여 반란을 일으키자 수도 장안을 떠나 피난 생활을 한 바 있다.

다 뛰어나지 않은가!"

황제가 비단 3천 필과 말 50필을 상으로 내리고 한림 양소유의 벼슬을 더 높이려 하자 양소유가 사양하며 말했다.

"연燕나라가 아직 복종하지 않고 있으니 신臣이 무슨 마음으로 승진의 명을 받겠습니까? 약간의 병사를 주신다면 싸움터에 나아가 목숨을 걸고 나라의 은혜를 갚고자 합니다."

황제가 그 뜻을 장하게 여겨 대신에게 묻고 병사를 주려 하자 모두들 말했다.

"양소유로 하여금 먼저 이해득실을 들어 알아듣게 타이르게 한 뒤 연나라에서 여전히 거역하면 군사로 정벌하는 것이 마땅합니다."

황제가 옳다 여겨 양소유를 사신으로 임명하여 절월節鉞을 가지고 연나라로 가게 했다.

양소유가 물러나와 정사도를 만나니 정사도가 말했다.

"번진30이 교만하여 조정을 거역한 지 오래일세. 양랑이 일개 서생으로 불측不測한 땅에 들어가니, 만일 뜻밖의 환난이 있으면 이 어찌 한갓 양랑 한 몸의 근심이겠나? 내 비록 조정의 의논에 참여하지 않았으나 상소하여 다투려 하네."

양생이 만류하며 말했다.

꽃무늬꽃무늬

30. **번진藩鎭** 당나라 후기 변방 요충지에 두어 절도사가 관할하게 한 군진軍鎭.

"악장께서는 염려 마십시오. 번진이 반란을 일으킨 것은 조정의 정사가 어지러운 틈을 타 방자하게 구는 데 지나지 않습니다. 지금 조정이 청명하고 천자께서 영명하고 위엄을 지니시어 조나라와 위나라가 이미 귀순했거늘, 고립된 연나라가 홀로 무슨 일을 할 수 있겠습니까? 제가 이번에 나가면 결코 나라를 욕되게 하지 않겠습니다."

그날로 짐을 꾸려 출발하려 하자 춘운이 양소유의 옷자락을 잡고 울며 말했다.

"상공이 옥당玉堂(한림원)에서 숙직하시는 날에 제가 일찍 일어나 이불을 싸고 조복³¹을 받들어 입혀 드릴 때면 저를 자주 돌아보며 사랑하는 빛을 보이셨거늘, 지금은 만 리 길을 떠나 헤어지는 마당에 어찌 한 말씀도 없습니까?"

양소유가 껄껄 웃으며 말했다.

"대장부가 나라 일을 앞에 두고 어찌 사사로운 정을 돌아보겠나? 춘랑은 부질없이 마음 아파하며 꽃다운 얼굴을 상하지 말고 소저를 잘 모시고 있다가, 내가 공을 이루고 큼지막한 황금인³²을 차고 오는 모습이나 보라."

양소유가 여러 날 가서 낙양에 이르렀다. 열여섯 살 서생이 베

---

31. **조복朝服** 신하가 조정에 나아갈 때 입던 관복.
32. **황금인黃金印** 황금으로 만든 도장. 옛날 제후나 장군이 찼다.

옷 차림으로 절룩거리는 나귀를 타고 이 땅을 지났더니, 1년 사이에 옥절[33]을 잡고 사마[34]를 몰고 오자 낙양 현령縣令은 길을 고치고 하남河南 부윤府尹은 길을 인도하여 모든 길에 광채가 비치니, 보는 사람들마다 양소유를 신선처럼 여겼다.

양소유가 먼저 서동으로 하여금 섬월의 소식을 묻게 하니, 섬월의 집은 문이 굳게 잠긴 지 이미 오래였다. 마을 사람이 말했다.

"섬랑은 지난봄에 먼 지방에서 온 선비가 묵고 간 뒤로 병들어 손님 접대를 하지 않고, 관가 잔치에서 여러 번 불러도 가지 않았지. 그러더니 미친 척 꾸미고는 도사의 옷을 입고 정처 없이 다녀서 지금은 어디 있는지 알 수 없네."

서동이 돌아와 보고하자 양소유는 서글퍼해 마지않았다.

이날 양소유가 객관客館에서 묵자 하남 부윤은 기녀 여남은 명을 공들여 뽑아 주옥珠玉으로 치장하고 손님을 모시게 했다. 천진교 주루酒樓에서 본 기녀도 그중에 있었다. 양소유는 기녀들에게 눈길 한번 주지 않고 떠나면서 벽에 한 편 시를 썼다.

비 내린 천진에 버들 빛 새로우니

지난봄의 그 경치 그대로네.

ও ও ও

33. **옥절玉節** 옥으로 만든 부절符節.
34. **사마駟馬** 네 마리 말이 끄는 수레.

가련하다 사마駟馬로 돌아옴이 늦어

주루에 있던 아름다운 그 사람 보지 못하니.

　양소유가 붓을 던지고 수레에 오르자 모든 기녀들이 몹시 부끄러워하며 그 시를 베껴 부윤에게 보였다. 부윤은 황공하여 뭇 기녀들에게 물어 양소유가 뜻을 둔 곳을 알아낸 뒤 방榜을 붙여 계섬월을 찾았으니, 양소유가 돌아올 때 대령하기 위함이었다.

　양소유가 연나라에 이르니 변방 사람들이 일찍이 이런 풍채를 본 적이 없었던지라 양소유가 지나가는 곳마다 수레 좌우로 사람들이 길을 메워 위풍이 크게 진동했다. 양소유가 연왕과 만나 당나라의 위엄과 덕망을 성대하게 말하고 이해득실을 들어 타이르는데, 언변이 도도하여 파도가 번드치는 듯했다. 그러자 연왕은 기운을 굽히고 마음으로 복종하여 즉시 표문表文을 써서 왕호王號를 없애고 귀순할 것을 청했다. 연왕이 잔치를 베풀고 전송하며 황금 1천 냥과 명마 10필을 선물로 주었으나 양소유는 받지 않고 연나라를 떠나 서쪽으로 돌아왔다.

　10여 일을 가서 한단35 땅에 이르렀다. 한 소년이 홀로 말을 타고 가다가 사신 행렬이 뒤에 있는 것을 보고는 피하여 길가로 내려섰다. 양소유가 멀리서 보고 말했다.

❀❀❀❀❀

35. 한단邯鄲　하북성 남부의 지명. 전국시대 조趙나라의 수도였다.

"저 말은 진짜 준마로구나."

이어서 소년을 보니 얼굴이 반악[36]처럼 빼어나 위개[37]처럼 청수한 외모라 한들 소년만 못해 보였다.

양소유는 생각했다.

'내가 장안과 낙양을 두루 다녔지만 이런 미소년은 보지 못했다. 필시 재주 있는 사람일 거야.'

종자從者에게 분부하여 소년을 초청해 앞길로 오게 했다.

역관[38]에 이르러 소년이 뒤따라 와서 인사하자 양소유가 매우 기뻐하며 물었다.

"길에서 우연히 반랑潘郎(반악)의 풍채를 보고 문득 사랑하는 마음이 생겨 나를 돌아보지 않을까 걱정하는 마음뿐이었는데, 지금 나를 버리지 않고 와 주셨으니 다행함을 어찌 다 말할 수 있겠소? 현형[39]의 성명을 듣고 싶소."

소년이 대답했다.

"소생은 북방 사람으로, 성은 적狄이요 이름은 백란伯鸞입니다. 궁벽한 고을에서 자라다 보니 스승도 없고 벗도 없어 문文과 무武를 다 이루지 못했으나, 지기知己를 위해 죽고자 하는 한 조각 마

꿈꿈꿈꿈

36. **반악潘岳**   서진西晉의 문인. 미남자로 유명하다.
37. **위개衛玠**   진晉 나라의 미남자.
38. **역관驛館**   역참驛站에 둔 객관客館.
39. **현형賢兄**   친구나 동년배끼리 상대를 높여 이르는 말.

음만은 간직하고 있습니다. 이제 상공께서 하북 땅을 지나시니 위엄이 천둥벼락 같고 은혜가 따사로운 봄과 같기에, 스스로 재주 없는 줄을 헤아리지 못하고 상공의 문하에 의탁하여 닭 울음 흉내 내는 자와 좀도둑처럼 한미한 식객[40]의 수를 채우고자 했거늘, 상공께서 굽어 살펴 주시어 부르심을 입으니 감격스럽고도 다행스러움을 이기지 못하겠습니다."

양소유가 매우 다행스럽게 여기며 말했다.

"같은 소리는 서로 호응하고 같은 기운은 서로를 구하는 법, 두 사람의 뜻이 같으니 매우 유쾌한 일이오."

그 뒤로 적생狄生과 고삐를 나란히 하여 동행하며 먼 길의 괴로움을 잊었다.

낙양에 이르러 천진 주루를 지나니 예전 노닐던 일을 추억하며 마음을 가누지 못했다. 그때 누각 위 주렴을 걷어 올린 곳에 한 여자가 난간에 기대 있는 것이 보였다. 양소유가 자세히 보니 바로 섬월이었다. 매우 기뻤지만 미처 말을 건네지 못하고 객관에 가니 섬월이 이미 와서 기다리고 있었다. 섬월은 기뻐하기도 하

꽃꽃꽃꽃

40. 닭 울음~한미한 식객食客 귀인이 거느린 수많은 식객 중 가장 보잘것없는 재주를 가진 이. 전국시대 제齊나라의 맹상군孟嘗君이 진秦나라에 억류되어 위기에 처했을 때 진나라 궁중에 잠입해 호백구狐白裘(흰 여우 가죽으로 만든 진귀한 외투)를 훔쳐 온 식객과 닭 울음소리를 흉내 내 성문을 일찍 열게 한 식객의 도움을 받아 목숨을 건진 일이 있기에 한 말이다.

고 슬퍼하기도 하며 이별한 뒤의 일을 말했다.

"상공이 떠나간 뒤에 귀공자들과 왕손[41]의 모임이며 태수太守와 현령縣令의 잔치에 동쪽으로 보채이고 서쪽으로 치여 곤란을 겪은 일이 매우 많았고 수모를 받은 일도 적지 않았습니다. 그래서 머리카락을 자르고 병을 칭탁해서 겨우 부름 받기를 면한 뒤 성을 떠나 산골에 깃들여 살았습니다. 그러다 며칠 전 상공이 이곳을 지나시며 저를 그리워하는 시를 지으셨다는 말에 현령이 직접 제 집을 찾아와 예전의 잘못을 사과하고 옛집으로 돌아가 달라고 간절히 청했습니다. 저는 그제야 비로소 여자의 몸 또한 존귀하고 소중하다는 것을 알게 되었지요. 천진 누각 위에서 상공의 행색을 바라볼 때 그 누가 섬월의 팔자를 칭송하지 않겠습니까? 상공이 장원급제하여 한림학사가 되신 줄은 제가 이미 알고 있습니다만, 부인을 얻으셨는지요?"

양소유가 정경패와 정혼한 일을 이야기하고 말했다.

"아직 화촉 아래서 서로 보지는 못했지만, 소저의 재주와 용모는 섬랑의 말 그대로였네. 좋은 중매의 은혜를 어찌 다 갚을꼬?"

양소유는 이날 계섬월과 옛정을 베풀고 즉시 떠날 수 없어 하루 이틀을 더 머물렀다.

양소유가 계섬월을 만난 뒤로 며칠 동안 적생을 만나지 못했는

---

41. **왕손王孫** 제왕가의 자손, 혹은 귀족의 자제.

데, 서동이 가만히 양소유에게 말했다.

"적수재狄秀才는 좋은 사람이 아닙니다. 소인이 우연히 보니 사람 없는 곳에서 섬낭자蟾娘子(계섬월)와 서로 희롱하고 있었습니다. 섬낭자가 이미 상공을 따르게 되었으니 마땅히 예전과 다르거늘, 어찌 감히 무례하게 군단 말입니까?"

양소유가 말했다.

"적생이 그럴 리 없을 것 같고, 섬랑은 더욱 의심할 바 없으니, 네가 잘못 보았을 게다."

서동이 불만스러운 표정으로 물러갔다가 오래지 않아 다시 와서 말했다.

"상공은 소인이 허황된 말을 한다고 하셨지만, 두 사람이 지금 희롱하고 있으니, 보시면 아실 겁니다."

양소유가 서동을 따라 객관의 서쪽 월랑月廊을 지나서 가 보니 두 사람이 낮은 담장을 사이에 두고 웃고 장난하며 손을 잡고 있었다. 양소유가 점점 가까이 가서 그들이 하는 말을 들으려 하다가 신발 끄는 소리를 냈다. 그러자 적생은 놀라 달아났고, 계섬월은 양소유를 보고 자못 부끄러워하는 기색이 있었다. 양소유가 물었다.

"적생과 예전부터 친한 사이였나?"

섬월이 말했다.

"아닙니다. 적생의 누이동생과 친한 사이여서 그 소식을 물었습니다. 제가 창루_{娼樓}에서 자라다 보니 남녀 사이에 내외할 줄을 몰라서 손잡고 몰래 이야기를 나누다 상공의 의심을 사게 되었으니, 만 번 죽을죄를 지었습니다.”

양소유가 말했다.

“나는 섬랑을 조금도 의심하지 않으니 거북해할 것 없네.”

그러고는 생각했다.

'적생은 나이가 어려서 분명 나 보기를 어려워할 테니 내가 불러 위로해야겠다.'

사람을 시켜 적생을 청해 오게 하니 간 곳을 알 수 없었다. 양소유는 크게 후회하며 말했다.

“옛날 초나라 장왕은 갓끈을 끊어 신하의 죄를 덮어 주었거늘[42] 나는 확실치 않은 일을 깊이 살피다가 훌륭한 선비를 잃었으니, 자책해 본들 어찌 돌이킬 수 있겠나?”

그러고는 종자들로 하여금 사방으로 적생을 찾아보게 했다.

이날 밤에 계섬월과 옛일을 이야기하며 잔을 연거푸 기울이고는 불을 끄고 잠자리에 드니 사랑이 더욱 살뜰했다.

༄༅༄༅

42. **초나라 장왕莊王은~덮어 주었거늘** 『한시외전』韓詩外傳 등에 전하는 다음 고사를 말한다. 춘추시대 초나라 장왕이 신하들과 잔치를 벌이던 중 갑자기 불이 꺼진 사이 신하 중 누군가가 장왕의 후궁인 허희許姬의 옷자락을 잡아당겼다. 허희가 자신을 희롱한 신하의 갓끈을 끊어 들고 장왕에게 범인을 색출하라고 하자 장왕은 모든 신하들에게 갓끈을 끊게 한 뒤 불을 켜서 신하의 죄를 덮어 주었다.

아침 해가 동쪽 창에 비친 뒤 양소유가 비로소 머리를 들어 보니, 계섬월이 먼저 일어나 거울 앞에서 화장을 하고 있었다. 문득 계섬월과 다른 점을 깨닫고 놀라 일어나 자세히 보니 푸른 눈썹과 맑은 눈이며 구름처럼 풍성한 귀밑머리와 꽃 같은 보조개며 가는 허리와 여린 몸짓이 계섬월과 비슷하되 계섬월이 아니었다. 양소유는 깜짝 놀라 무슨 조화인지 헤아릴 수 없었다.

궁궐에서 숙직하던 학사는 옥퉁소를 불고

봉래전[1]의 궁녀는 아름다운 시를 청하다

1. **봉래전蓬萊殿**　당나라 때의 황궁皇宮인 대명궁
大明宮에 있던 궁전 이름.

양소유가 급히 물었다.

"미인은 뉘신가?"

미인이 대답했다.

"저는 패주貝州 사람으로 이름은 적경홍狄驚鴻입니다. 본래 섬랑과 자매가 되어 지냈는데, 어젯밤 섬랑이 나와서 제게 이렇게 말했습니다.

'마침 몸이 아파서 상공을 모실 수 없으니, 내 몸을 대신해서 내가 죄를 얻지 않게 해 줘.'

그렇게 섬랑에게 속아서 이 지경에 이르렀습니다."

홀연 계섬월이 밖에서 들어와 양소유에게 말했다.

"상공께서 새사람 얻으신 것을 하례 드립니다. 예전에 제가 하북의 적경홍을 천거했는데, 제 말이 과연 어떻습니까?"

양소유가 말했다.

"얼굴을 보니 명성을 듣던 것 이상이군."

문득 적경홍의 얼굴이 적생狄生과 비슷함을 깨닫고 물었다.

"적생이 홍랑鴻娘(적경홍)의 오라버니였군! 어제 내가 적생에게 잘못한 일이 있는데, 적생은 지금 어디 있는가?"

경홍이 말했다.

"저는 본래 형제가 없습니다."

양소유가 다시 홍랑을 보고는 환히 깨닫고 껄껄 웃으며 말했다.

"한단邯鄲 길에서 나를 따라온 자도 홍랑이요, 서쪽 월랑에서 섬랑과 소곤거리던 자도 홍랑이었군! 남장男裝을 하고 나를 속인 건 무슨 까닭인가?"

홍랑이 대답했다.

"천첩賤妾이 어찌 감히 상공을 속이겠습니까? 저는 비록 누추한 사람이지만 항상 군자를 따르고자 염원했거늘, 연왕燕王이 제 이름을 잘못 알게 되어 명주明珠 한 섬으로 저를 궁중으로 데려왔습니다. 그리하여 입은 진귀한 음식에 물리고 몸은 비단옷을 싫증 내기에 이르렀으나 모두 제가 원하는 바 아니어서 새장 안에 든 외로운 새처럼 마음이 괴로웠습니다. 그러다 지난번 연왕이 상공을 초청하여 궁중에서 잔치할 때 제가 우연히 주렴 안에서 엿보니, 상공이야말로 일생동안 따르며 늙기를 원하던 분이었습니다. 상공이 연왕과 헤어지실 때 곧장 달아나 따라가고 싶었지만 연왕이 알아차리고 추격해 올까 두려워, 상공이 떠나신 지 열흘이 되기를 기다려 연왕의 천리마千里馬를 훔쳐 타고 이틀 만에 한단에

도착했습니다. 즉시 상공께 실상을 아뢰고자 했으나 길에서 말씀 드리기 번거로워 미처 하지 못하다가 이 지경에 이르러 외람되이 한나라 때 당희²의 일을 본받아 상공의 한바탕 웃음을 돕습니다. 이제 저의 소원을 이루었으니 섬랑과 함께 있다가 상공께서 부인을 맞으신 뒤 서울에 가서 하례 드리겠습니다."

양소유가 말했다.

"홍랑의 높은 뜻은 양월공의 홍불기³도 미칠 수 없겠네. 다만 내가 이위공⁴의 재주를 갖지 못한 게 부끄럽군."

이날 두 미인과 함께 밤을 지냈다.

이튿날 작별하면서 양소유가 두 사람에게 말했다.

"길이 불편하여 수레를 함께 탈 수 없으니, 아내를 맞은 뒤에 자네들을 찾겠네."

서울로 돌아와 조정에 보고하니, 연나라에서 보낸 표문表文 및 조정에 공물로 바치는 금과 은과 비단이 함께 도착했다. 황제가

2. **당희唐姬** 전한前漢 경제景帝의 후궁으로, 본래 경제의 후궁인 정희程姬의 시녀였다. 경제가 정희를 찾았으나 정희가 월경 중이어서 응할 수 없자 시녀 당희를 자신처럼 꾸며 잠자리를 모시게 했다. 경제는 취중에 당희를 정희로 여겨 잠자리를 같이했고, 뒤늦게 실상을 알아차렸다. 당희는 이때 임신하여 장사왕長沙王 유발劉發을 낳았다.
3. **양월공楊越公의 홍불기紅拂妓** 당나라의 전기傳奇 「규염객전虯髯客傳」의 등장인물. 양월공은 양소楊素를 말한다. 권력자 양소의 시비侍婢였던 홍불기는 양소를 방문한 젊은 선비 이정李靖에게 마음이 끌려 양소 몰래 이정을 만나고 그날로 탈출을 감행하여 이정을 따랐다.
4. **이위공李衛公** 이정李靖(571~649)을 말한다. 수나라 말 당나라 초의 명장으로, 당나라 건국 과정에서 큰 공을 세워 위국공衛國公에 봉해졌다.

한림 양소유의 공을 기려 제후에 봉하려 했으나 양소유가 극력 사양하자 예부상서禮部尙書 벼슬을 더하고 한림학사를 겸하게 한 뒤 더욱 후한 상을 내렸다.

황제가 양소유의 학문을 좋아해서 불시에 인견[5]하여 경서와 역사에 대해 토론을 벌이니, 이 때문에 양소유는 한림원에서 숙직하는 날이 많았다. 어느 날 야대[6]를 마치고 한림원에 돌아오니, 밝은 달이 금원[7]에 떠오르고 선루[8]의 물소리가 은은히 들렸다. 양상서楊尙書(양소유)가 높은 누각에 올라 난간에 기대 달빛을 바라보는데 홀연 바람결에 퉁소 소리가 들려왔다. 귀를 기울여 들었지만 희미해서 무슨 곡조인지 알 수 없었다. 양소유가 한림원 관리를 불러 술을 따르게 하고 벽옥 퉁소를 꺼내 두어 곡조를 부니 맑은 소리가 하늘에 올라 마치 봉황이 우는 듯했다. 문득 푸른 학 한 쌍이 궁궐로부터 날아와 곡조에 맞춰 빙글빙글 돌며 춤을 추었다. 한림원의 여러 관리들이 기이하게 여기며 서로 말했다.

"왕자진[9]이 인간 세상에 내려오셨군!"

원래 양소유가 들은 퉁소는 심상한 사람의 곡조가 아니었다.

---

5. 인견引見　임금이 신하를 불러 만나보는 일.
6. 야대夜對　임금이 밤중에 신하를 불러 경연經筵을 베풀던 일.
7. 금원禁苑　궁궐 안의 동산.
8. 선루仙漏　궁궐의 물시계.
9. 왕자진王子晉　생황을 잘 불었던 것으로 유명한 중국 고대의 신선.

이때 태후[10]에게 2남 1녀가 있었으니, 황제와 월왕越王과 난양공주蘭陽公主였다. 공주가 탄생할 때 태후는 꿈에서 신선의 꽃과 붉은 진주를 보았다. 공주가 성장하자 용모와 기질이 신선 같아서 한 점의 속태俗態가 없었고 문장이든 여공女工이든 하는 일마다 남들보다 뛰어났다.

또 기이한 일이 있다. 측천무후[11] 시절에 서역[12]의 대진국[13]에서 옥퉁소를 바쳤는데, 만듦새가 기묘해서 연주할 수 있는 이가 없었다. 그런데 공주가 꿈에 선녀를 만나 배운 곡조를 연주하니 세상에 그 곡조를 아는 이가 없었다. 공주가 매일 퉁소를 불면 학이 무리지어 내려와 춤추니 태후와 황제가 기이하게 여기며 진 목공의 딸 농옥의 고사를 떠올려 소사 같은 부마駙馬를 얻고자 했다.[14] 그랬기에 공주가 이미 장성했지만 아직 하가下嫁한 곳이 없었다.

꽃꽃꽃꽃

10. **태후太后** 황태후皇太后. 황제의 모친.
11. **측천무후則天武后** 당나라의 여성 황제인 측천황제를 말한다. 재위 690~705년. 당나라 태종太宗의 후궁이었으나 다시 고종高宗의 후궁이 되어 4남 2녀를 낳고 황후가 되었다. 고종과 아들 중종中宗 및 예종睿宗 대신 정치를 하며 권력을 장악한 뒤 67세 때 예종을 폐위하고 직접 황제가 되어 나라 이름을 '주'周로 고치고 수도를 낙양으로 옮겼다. 말년에 신하들의 힘으로 중종이 복위되면서 당나라 왕조가 다시 이어졌다.
12. **서역西域** 중국 서쪽의 아시아 중서부 및 인도 지역을 통틀어 일컫는 말.
13. **대진국大秦國** 고대 중국에서 로마 제국 혹은 페르시아 일대의 서방 제국을 일컫던 말.
14. **진秦 목공穆公의 딸~얻고자 했다** '진 목공'은 춘추시대 진秦나라의 군주로 춘추오패春秋五覇의 한 사람이다. 소사蕭史는 퉁소의 명인으로 진 목공의 딸 농옥弄玉과 결혼한 뒤 아내에게 퉁소를 가르쳤는데, 두 사람이 함께 퉁소를 불면 봉황이 날아와 주변에 머물렀으며, 훗날 부부가 신선이 되어 봉황을 따라 하늘로 올라갔다는 전설이 있다.

이날 우연히 달빛 아래에서 한 곡조를 불어 푸른 학 한 쌍을 길들이고 있었는데, 곡조가 그치자마자 학이 옥당玉堂(한림원)으로 날아간 것이었다. 궁궐 사람 모두 "양상서가 퉁소를 불어 선학仙鶴을 내려오게 하셨다!"라고들 말했다.

황제가 이 말을 듣고 공주의 인연이 이곳에 있음을 알았다. 그리하여 태후를 뵙고 저간의 사정을 아뢴 뒤 말했다.

"양소유의 나이가 어매[15]와 비슷하고, 문장과 풍류가 조정 신하들 중 제일이니, 천하를 통틀어 뽑은들 이보다 나은 사람은 없을 것입니다."

태후가 매우 기뻐하며 말했다.

"소화簫和의 혼처를 정하지 못해 밤낮으로 근심했거늘, 이로써 보건대 하늘이 정한 배필이겠소."

소화는 난양공주의 이름으로, 백옥 퉁소 위에 '소화' 두 글자가 새겨져 있기에 이름을 지은 것이었다.

태후가 말했다.

"양상서는 틀림없이 풍류 있는 재사才士일 테지만, 내가 한번 그 얼굴을 보고 나서 정하고 싶소."

황제가 말했다.

"그건 어렵지 않습니다. 훗날 양상서를 별전[16]에서 인견하여

조용히 문장을 강론할 것이니, 낭랑娘娘께서 주렴 안에서 보시면
됩니다."

태후가 말했다.

"그리 하는 게 좋겠소."

황제가 봉래전에 나와 앉아 환관을 시켜 양소유를 불러오게 했
다. 환관이 한림원에 물으니 방금 나갔다고 해서 정사도 집으로
찾아가니 여기에도 오지 않았다.

이때 양소유는 정십삼과 장안의 주루에서 술 마시며 이름난 기
녀 주랑珠娘과 옥노玉奴로 하여금 노래를 부르게 하고 있었다. 중
사[17]가 명패[18]를 가지고 별안간 달려 들어오자 정십삼은 놀라 달
아났고, 양소유는 취한 눈을 몽롱하게 뜨고 천천히 일어나 두 기
녀에게 관복을 입히게 한 뒤 중사를 따라 황제 앞에 나아갔다. 황
제가 자리를 내 주고 조용히 역대 제왕들의 흥망치란을 논하자
양소유가 일일이 옛일을 인증해서 명석하게 아뢰었다. 황제는 얼
굴에 매우 기쁜 빛을 띠었다. 황제가 또 말했다.

"시 짓기가 비록 제왕의 긴요한 일은 아니지만 우리 조종[19]께

---

16. **별전別殿** 본궁本宮 가까운 곳에 따로 지은 궁전.
17. **중사中使** 임금의 명령을 궁궐 밖으로 전달하는 일을 담당하던 환관.
18. **명패命牌** 임금이 신하를 부를 때 쓰던 패牌. 나무에 '명命' 자를 쓴 패에 신하의 이름을 써
   서 내려보냈다.
19. **조종祖宗** 역대 군주.

서는 모두 이 일에 유의하시어 어제시문[20]이 천하에 전하여 읽히네. 경卿이 한번 과인寡人을 위해 고금 시인의 우열을 논해 보게. 제왕의 시는 누가 으뜸이고, 신하의 시는 누가 으뜸인가?"

양소유가 아뢰었다.

"임금과 신하가 서로 시가詩歌를 지어 화답해 부른 일은 순임금과 고요[21]로부터 비롯되었으되 이는 우선 논외로 하고 말씀 드리자면, 한나라 고조의 「대풍가」[22]와 한나라 무제의 「추풍사」[23]와 위나라 무제의 「월명성희」[24]는 제왕의 시 중 으뜸입니다. 위나라 조자건[25]과 진나라 육기[26]와 남조南朝의 도연명[27]·사령운[28] 등 몇 사람이 시로 유명합니다. 그러나 예로부터 문장의 성대함은 마침내 우리 당나라만 한 곳이 없고, 우리나라의 성대함은 개원·천보[29]

🦋🦋🦋

20. **어제시문御製詩文** 임금이 손수 지은 시와 문장.
21. **고요皐陶** 순임금의 신하. 순임금의 노래와 이에 화답하는 고요의 노래가 『서경』「익직」에 실려 있다.
22. **「대풍가」大風歌** 한나라 고조高祖가 중국을 통일하고 제후의 반란을 진압한 뒤 고향에서 잔치를 베풀며 지어 부른 노래.
23. **「추풍사」秋風辭** 한나라 무제武帝가 가을에 하동河東 일대를 순행하다가 비감에 잠겨 지은 노래.
24. **위魏나라 무제武帝의 「월명성희」月明星稀** 조조曹操가 잔치를 베풀며 지은 「단가행」短歌行을 말한다. 훌륭한 인재를 얻어 민심을 얻겠다는 포부를 노래했다.
25. **조자건曹子建** 조조의 셋째아들이자 위진 시대의 대표적 시인인 조식曹植을 말한다. '자건'은 그 자字이다.
26. **육기陸機** 진晉나라의 문인으로, 삼국시대 오나라의 명장 육손陸遜의 손자.
27. **도연명陶淵明** 동진東晉의 문인.
28. **사령운謝靈運** 육조시대 송나라의 시인. 산수시의 일인자로 꼽힌다.
29. **개원開元·천보天寶** 당나라 현종의 연호로, 각각 713~741년, 742~756년에 쓰였다. 당시

156

시절만 한 때가 없었으니, 제왕의 문장은 현종玄宗 황제가 최고이고, 신하의 시는 이백李白이 으뜸입니다."

황제가 말했다.

"경의 생각이 짐의 생각과 부합하는군. 태백[30] 학사學士의 「청평조」淸平調(청평조사淸平調詞)와 「행락사」[31]를 볼 때마다 한 시대에 살지 못한 것을 한탄했거늘, 짐이 이제 경을 얻었으니 어찌 태백을 부러워하겠는가?"

이때 궁녀 10여 인이 좌우로 나뉘어 황제를 모시고 서 있었는데, 황제가 이들을 가리키며 말했다.

"저들은 궁중에서 문서와 한묵翰墨(문필)을 담당하는 이른바 여중서[32]일세. 자못 시 짓기를 알아서 학사의 아름다운 시를 얻어 보배로 삼고 싶어 하니, 경은 저들에게 각각 한두 구절의 시를 지어 주어 저들이 경을 사모하는 뜻을 저버리지 말게. 짐 또한 경이 붓 휘두르는 모습을 보고 싶네."

궁녀로 하여금 어전御前의 유리 연갑[33]과 백옥 붓꽂이와 옥섬여

唐詩를 넷으로 시대 구분할 때 성당盛唐에 해당하는 시기이다.
30. **태백太白** 이백李白의 자字.
31. **「행락사」行樂詞** 이백이 현종의 명을 받아 궁중의 행락 풍경을 노래한 「궁중행락사」宮中行樂詞 8수를 말한다.
32. **여중서女中書** 궁중에서 문서 기록을 담당하는 궁녀. '중서'는 본래 국가의 문서 기록을 담당하는 7품 관직.
33. **연갑硯匣** 벼룻집. 벼루와 먹 등을 넣어 두는 상자.

연적³⁴을 양소유 앞에 옮겨 놓게 했다. 모든 궁녀들이 대령하여 저마다 화전花牋과 비단 수건과 비단 부채를 양소유에게 바쳤다. 양소유가 취흥을 띠고 붓을 떨치니 비바람이 몰아치고 구름안개가 일어나며, 절구³⁵를 짓기도 하고 사운³⁶을 짓기도 하고, 한 편을 쓰기도 하고 두 편을 쓰기도 했다. 필세筆勢가 날 듯이 생동하여 마치 용이 울고 봉황이 나는 듯하더니, 나무 그림자가 옮겨 가기도 전에³⁷ 벌써 시를 다 썼다. 궁녀들이 차례로 어전에 바치자 황제가 연이어 칭찬하기를 그치지 않다가 궁녀들에게 말했다.

"학사學士가 수고했으니 너희들은 각각 술을 한 잔씩 올려라."

궁녀들이 명을 받아 황금잔과 백옥상³⁸과 유리종³⁹과 앵무배⁴⁰에 술을 따라 바쳤다. 양소유가 연거푸 여남은 잔을 비우더니 봄빛이 얼굴에 가득하며 옥산玉山이 무너지려 했다.⁴¹ 그러자 황제가 술을 그만 올리게 하고 궁녀들에게 말했다.

"학사의 시는 한 글자의 값이 1천 금이니 세상에 없는 보배다.

꽃꽃꽃꽃

34. 옥섬여玉蟾蜍 연적　옥으로 만든 두꺼비 모양의 연적.
35. 절구絶句　네 구절로 이루어진 한시 형식.
36. 사운四韻　짝수 구절의 끝에 들어가는 운자韻字가 네 개 있는 율시律詩를 말한다.
37. 나무 그림자가 옮겨 가기도 전에　매우 짧은 시간.
38. 백옥상白玉觴　백옥으로 만든 술잔.
39. 유리종琉璃鍾　유리로 만든 술잔.
40. 앵무배鸚鵡杯　자개로 앵무새의 부리 모양을 본떠 만든 술잔.
41. 옥산玉山이 무너지려 했다　양소유가 술에 만취해 쓰러지려 했다는 뜻. '옥산'은 준수한 미남을 비유하는 말.

『모시』毛詩(『시경』)에 '모과를 던지니 옥으로 보답한다'[42]라고 했거늘, 너희들은 장차 무엇으로 사례를 할 테냐?"

그러자 궁녀들은 금비녀를 뽑고 옥패玉珮·반지·귀고리·금전[43]·향낭香囊 등을 벗어 어지러이 던졌다. 황제가 환관에게 명하여 양소유가 쓴 어전의 붓이며 벼루와 궁녀들의 사례 물품을 거두어 양소유와 함께 돌려보내게 했다. 양소유는 물러나 환관의 부축을 받으며 궁궐 문을 나와 말에 올랐는데 이미 대취해 있었다.

양소유가 정사도 집 화원으로 돌아오자 춘운이 겉옷을 벗겨 주며 물었다.

"상공은 어디 가서 이리 취하셨습니까?"

양소유가 미처 대답하기 전에 황제가 상으로 내린 어전의 붓이며 벼루와 비녀며 팔찌며 머리장식들이 방 안으로 들어왔다. 그러자 양소유가 춘운에게 말했다.

"이것들은 모두 천자께서 춘랑에게 하사하신 거야. 내 소득이 동방삭과 비교해 어떤가?"[44]

춘운이 또 물었지만 양소유는 이미 취하여 드르렁드르렁 코 고

ॐॐॐॐ

42. 모과를 던지니 옥으로 보답한다 『시경』 위풍衛風 「목과」木瓜의 한 구절로, 하찮은 선물에 귀한 보물로 보답한다는 뜻.

43. 금전金鈿 금으로 꽃무늬를 새겨 넣은 머리 장식.

44. 내 소득이~비교해 어떤가 한나라 무제武帝가 동방삭東方朔의 해학과 풍자를 좋아해서 많은 하사품을 내렸다는 고사가 있기에 한 말. 동방삭은 무제 때의 문신으로 태중대부太中大夫를 지냈으며, 변설과 해학으로 유명했다.

는 소리가 우레 같았다.

이튿날 느지막이 일어나 세수하자마자 문지기가 황급히 들어와 알렸다.

"월왕越王 전하가 오셨습니다!"

양소유가 놀라 생각했다.

'월왕이 찾아오신 건 필시 무슨 까닭이 있을 거야.'

황망히 나가 맞았다. 월왕은 나이 20여 세에 얼굴이 천상에 사는 사람 같았다. 양소유가 물었다.

"대왕께서 누추한 곳에 왕림하셨으니 어떤 가르침을 주시기 위함입니까?"

월왕이 말했다.

"항상 상서의 덕을 흠모해 왔으나 조정에서 한자리에 설 기회가 없어 정성을 펴지 못하다가 지금에야 황상皇上(황제)의 명을 받고 오게 되었습니다. 어매가 장성했으나 아직 하가下嫁하지 못했는데, 황상께서 상서의 재주와 덕을 공경하고 사랑하시어 혼인을 맺어 형제가 되고자 하시므로 내가 먼저 와 알립니다. 곧이어 조정의 명령이 있을 겁니다."

양소유가 이 말을 듣고 깜짝 놀라 대답했다.

"황상의 은혜가 이처럼 크시니 천한 선비가 복을 잃을까 두렵습니다. 불행히도 저는 이미 정사도의 딸에게 폐백을 보냈으니, 이런 사정을 아뢰어 주시기 바랍니다."

월왕이 말했다.

"삼가 황상께 아뢰겠습니다만, 황상의 인재 사랑하시는 마음을 저버리다니 참으로 애석합니다."

양소유가 말했다.

"이는 인륜에 관계되는 일이어서 어쩔 수 없으니 곧바로 제가 궁궐에 나아가 죄를 청하겠습니다."

월왕이 작별하고 떠났다.

양소유가 정사도를 만나 이 일을 말하는데, 춘운이 벌써 들어가 사정을 전한 터라 온 집안이 허둥거리며 어찌할 바를 모르고 있었다. 양소유가 말했다.

"악장께선 염려 마십시오. 천자께서 성명聖明하시고 법도를 지키며 예를 중히 여기시니 신하의 인륜을 어지럽히실 리 없습니다. 소서가 비록 불초하나 송홍의 죄인⁴⁵은 되지 않겠습니다."

이때 태후가 봉래전에서 양소유를 본 뒤 마음 가득 기뻐서 황제에게 말했다.

"이 사람은 참으로 난양의 배필이니 무엇을 더 의심하겠소?"

그러고는 먼저 월왕을 시켜 양소유에게 뜻을 전하게 한 다음 황제가 곧이어 양소유를 인견하여 직접 혼사 이야기를 하려 했다.

---

45. **송홍宋弘의 죄인** 조강지처를 내쫓는 죄인. 송홍은 후한後漢 광무제光武帝 때의 대신으로, 청렴하고 강직한 인물이었다. 광무제가 자신의 누이 호양공주湖陽公主를 송홍과 혼인시키려 하자 송홍은 조강지처를 내쫓을 수 없다며 거절했다.

황제는 별전에 있다가 문득 양소유의 기묘한 글과 필법이 생각났다. 양소유의 시를 다시 보고 싶어 태감太監(환관)으로 하여금 여중서들이 받은 시를 가져오게 했다.

이때 궁녀들이 양소유의 시를 몹시 사랑하여 겹겹으로 싸서 상자 속에 간직해 두었거늘, 한 궁녀만은 부채를 가지고 제 방으로 돌아가 가슴에 품고 종일토록 울며 침식을 다 폐했다. 이는 다른 사람이 아니라 화주 진어사의 딸 진채봉이었다. 진어사가 비명非命에 죽은 뒤 액정掖庭에 적몰하여 여종이 되었는데, 궁중 사람들이 진채봉의 미모를 전하자 황제가 불러 보고 첩여婕妤(후궁)에 봉하려 했다. 이때 황후가 황제의 지극한 총애를 받다가 진채봉의 대단한 미모를 꺼려 황제에게 아뢰었다.

"진씨의 재주와 용모가 비할 데 없이 빼어나 폐하를 모시는 것이 마땅합니다만, 폐하께서 남의 아비[46]를 죽이고 그 딸을 가까이하시는 것은 옛날의 제왕이 형벌 받은 사람을 가까이하지 않았던 뜻[47]에 위배되는 듯합니다."

황제가 그 말을 옳게 여겨 진채봉에게 물었다.

꾳꾳꾳꾳

46. **남의 아비** 진채봉의 부친 진어사秦御使를 말한다.
47. **옛날의 제왕이~않았던 뜻** 『예기』禮記「곡례」曲禮 상上 중의 "형벌을 받은 사람은 군주의 곁에 두지 않는다"(刑人不在君側)라는 구절과 『자치통감』資治通鑑 한기漢紀「효원황제」孝元皇帝 상上 중의 "옛날 형벌 받은 사람을 가까이하지 않았던 뜻"(古不近刑人之義)이라는 구절을 염두에 두고 한 말.

162

"너는 글을 배웠느냐?"

진채봉이 대답했다.

"약간 압니다."

황제가 여중서 벼슬을 내려 궁중 문서를 담당하게 하고, 겸하여 태후 궁중으로 가서 난양공주를 모시며 함께 글을 읽고 서예를 익히게 했다. 난양공주는 진채봉의 재주를 매우 사랑해서 정이 골육 같아 잠시도 서로 떠나지 못했다.

이날 진채봉은 태후를 모시고 봉래전에 가서 다른 궁녀들과 함께 천자의 좌우에 있다가 양소유를 만났다. 진채봉은 양소유의 이름과 얼굴을 뼛속에 새기고 있었으니, 어찌 몰라볼 리 있겠는가! 그러나 양소유는 진채봉이 살아 있는지 알 수 없었고 황제의 앞에서 감히 눈을 들어 보지 못했다. 그리하여 진채봉은 두 사람의 뜻이 서로 다름을 서글퍼하고 예전 인연을 이룰 길이 없음을 슬퍼하며 부채를 쥔 채 부채에 적힌 시를 읽고 또 읽었다. 그 시는 다음과 같다.

비단 부채 동그란 게 명월과 같고
님의 아름다운 손처럼 희고 깨끗하여라.
오현금[48]에 훈풍이 많아

꿈꿈꿈꿈

48. 오현금五絃琴 순임금이 만들었다는 다섯 줄 현악기. 황제, 혹은 황제의 교화를 의미한다.

내 님 품속에 무시로 드나드누나.

보름달처럼 둥근 비단 부채
내 님의 아름다운 손 따라 움직이네.
꽃다운 얼굴 가리지 마소
인간세계의 봄빛을 모르게 되니.

진채봉은 첫 번째 시를 읽고 말했다.

"양랑楊郎이 나를 모르는구나! 내 어찌 궁중에서 승은承恩할 뜻이 있을까?"

두 번째 시를 읽고 말했다.

"다른 사람은 내 얼굴을 보지 못했으나 양랑은 내 얼굴을 잊지 않았을 듯한데, 시에 담긴 뜻이 이러하니 참으로 지척이 천 리나 되듯 우리 두 사람의 생각이 다르구나!"

집에 있을 때 양소유와 「양류사」를 화답하던 일이 생각났다. 정을 이기지 못하고 붓을 들어 부채에 시 한 편을 쓰고는 다시 읊조리고 있는데, 홀연 태감이 황제의 명으로 부채를 가지러 왔다고 했다. 진채봉은 매우 놀라 말했다.

"내가 이제 죽겠구나!"

164

제8회

시첩은 뜻을 지켜 주인을 떠나고

협녀俠女는 비수를 품고 와서 화촉을 밝히다

태감이 진채봉에게 말했다.

"황상께서 양상서의 시를 다시 보고자 하셔서 가지러 온 것인데 왜 이리 놀라는가?"

진채봉은 울며 말했다.

"박명한 사람이 죽을 날이 임박해 양상서의 시 아래 잡말을 썼으니 죽을죄를 지었습니다. 황상께서 보시면 죽임을 면치 못할 것이니 차라리 내 스스로 죽는 게 낫습니다. 제가 죽고 난 뒤 시신을 수습해 묻는 일은 오직 태감만 믿겠습니다."

태감이 말했다.

"여중서는 왜 이런 말을 하는가? 성상聖上께서는 인자하셔서 죄를 주지 않으실 법하고 설령 진노하신다 한들 내가 힘써 구할 테니, 나를 따라오게."

진채봉은 울며 태감을 따라갔다. 태감은 진채봉을 궁전 문밖에서 기다리라 하고 궁녀들이 받은 모든 시를 가져다 황제에게 바쳤다. 황제가 펼쳐 보다가 진채봉의 부채에 이르니 양소유의 시 아래에 다른 사람의 시가 적혀 있었다. 황제가 태감에게 까닭을 묻자 태감이 아뢰었다.

"진씨秦氏가 제게 '황상께서 다시 찾으실 줄 모르고 아래에 잡스러운 말을 썼다'고 말하며 황공하여 자결하려 하거늘 제가 말리고 데려왔습니다."

황제가 그 시를 다시 보았다.

비단 부채가 가을 달처럼 둥그니
누각 위에서 부끄러워 얼굴 가린 일 생각나네.
지척에서도 못 알아볼 줄 알았더라면
내 얼굴 자세히 보게 할 것을.

황제가 말했다.

"진씨가 필시 사사로운 정이 있구나. 다만 어느 곳에 가서 누구를 보았다는 말인지 모르겠어."

다시 보고 말했다.

"진씨의 시재詩才는 볼만하군."

태감으로 하여금 진채봉을 불러오게 하니, 진채봉이 들어와 섬돌 아래에서 머리를 조아리고 죽기를 청했다. 황제가 말했다.

"바른 대로 아뢰면 죽을죄를 용서할 것이다. 너는 누구와 사사로운 정이 있느냐?"

진채봉이 말했다.

"신첩_{臣妾}이 어찌 감히 숨기겠습니까? 저의 집이 패망하기 전 양상서가 과거를 보러 서울로 올라가는 길에 저의 집 누각 앞을 지나다가 때마침 만나게 되어 「양류사」를 지어 서로 뜻을 통하고 혼약을 맺었습니다. 그런데 성상께서 봉래전에서 양상서를 인견 하실 때 저는 상서를 알아보았지만 상서는 저를 알아보지 못했습 니다. 이 때문에 옛일을 생각하고 제 신세를 서글피 여겨 우연히 미친 시를 썼다가 성상께서 보시고 말았으니, 제 죄는 만 번 죽어 마땅합니다."

황제가 자못 가엽게 여겨 말했다.

"네가 「양류사」로 혼인을 약속했다고 말했는데, 기억할 수 있 겠느냐?"

진채봉이 종이와 붓을 청하여 「양류사」를 써서 바쳤다. 황제가 보고 놀라 생각했다.

'진씨의 죄가 비록 중하나 재주가 매우 아깝구나.'

황제가 말했다.

"네 죄는 용서할 수 없는 것이지만 어매가 너를 매우 사랑하기 에 특별히 용서한다. 너는 나라의 은혜를 생각해서 정성을 다해 어매를 모셔라."

그러고는 부채를 돌려주니 진채봉은 머리를 조아려 은혜에 감사하고 물러갔다.

월왕이 양소유를 만나고 돌아와 소식을 알렸다. 황제가 태후를 모시고 앉아 있었는데, 태후는 소식을 듣고 불쾌해하며 말했다.

"양소유는 벼슬이 상서에 이르렀으니 마땅히 조정의 사리와 체통을 알 텐데, 어찌 이처럼 고집하여 변통을 모르는고?"

황제가 말했다.

"그 사람이 비록 폐백을 보냈다고는 하나 혼인한 것과는 다르니 직접 보고 타일러 말하면 따르지 않을 리 없습니다."

이튿날 황제가 예부상서 양소유를 부르니 양소유가 명을 받들어 들어왔다. 황제가 말했다.

"어매의 재주와 기질이 범인凡人과 달라 경卿의 배필로 적당하기에 어제[1]로 하여금 짐의 뜻을 전하게 했거늘, 경이 폐백을 보낸 곳이 있어 주저하더라고 들었네. 하지만 이는 경이 잘 생각지 못한 걸세. 예전 시대의 제왕은 부마駙馬를 뽑을 때 전처前妻를 내보내게 했기에 왕헌지는 종신토록 후회했고[2] 송홍 같은 이는 임금의 명을 따르지 않았지만,[3] 짐의 생각은 옛날의 제왕과 다르네.

ꗥꗥꗥꗥ

1. **어제御弟** 임금의 아우. 여기서는 월왕越王.
2. **왕헌지王獻之는 종신토록 후회했고** 왕헌지는 부친 왕희지王羲之와 함께 '이왕'二王으로 일컬어지는 동진東晉의 대표적인 서예가이다. 정실부인 치도무郗道茂가 있었으나 이혼하고 동진 간문제簡文帝의 명으로 신안공주新安公主와 결혼했다. 훗날 왕헌지는 사랑했던 치도무와 이혼한 일을 부끄러워하며 후회하는 글을 남겼다.
3. **송홍宋弘 같은~따르지 않았지만** 후한後漢 광무제光武帝가 누이 호양공주湖陽公主를 신하인

170

짐이 천하 사람들의 군부君父로서 어찌 아랫사람을 잘못 가르칠 리 있겠는가? 지금 경이 정씨 집의 혼인을 물리면 정사도의 딸은 자연 돌아갈 곳이 있으리니, 경은 조강지처를 쫓아내는 혐의가 없거늘 무슨 인륜에 구애될 일이 있겠나?"

양소유가 머리를 조아리고 말했다.

"성상께서 신을 벌하지 않으시고 이처럼 타이르시니 천은4이 망극하옵니다. 다만 신의 정리情理는 다른 사람과 다릅니다. 신이 젊은 서생書生으로서 서울에 온 뒤 즉시 정씨 집에 의지하며 폐백을 바쳐 정사도와 더불어 장인과 사위의 관계를 맺은 지 오랠 뿐 아니라 또한 남녀가 서로의 얼굴을 보았습니다. 그러면서도 지금까지 혼례를 올리지 못한 것은 나라에 일이 많아 노모를 모셔 올 겨를이 없기에 훗날을 기다렸기 때문입니다. 신이 지금 황명皇命을 그대로 따른다면 정녀鄭女(정경패)는 결코 다른 이와 혼인할 리 없습니다. 한 여자가 혼인할 곳을 얻지 못한다면 어찌 왕정王政에 흠이 되지 않겠습니까?"

황제가 말했다.

"경의 인정과 도리로는 비록 그러하나 대의로 결단하면 경과 정녀는 부부의 의를 맺지 않았으니 정녀가 어찌 끝내 다른 집과

송홍과 혼인시키려 하자 송홍이 조강지처를 내쫓을 수 없다며 거절한 일을 말한다.
4. 천은天恩 임금의 은혜.

혼사를 의논하지 않겠나? 지금 경과 혼인을 맺으려는 것은 짐이 경을 중히 여겨 형제가 되고 싶어서일 뿐 아니라 태후께서 경의 재주와 덕을 들으시고 힘써 주장하시기 때문이네. 경이 이처럼 고집하면 태후께서 필시 진노하실 테니 짐 또한 마음대로 할 수 없네."

양소유가 여전히 머리를 조아리고 극력 사양하자 황제가 말했다.

"혼인은 큰일이라 한마디 말로 결단할 수 없으니 훗날을 기다리기로 하고, 우선 경과 바둑을 두며 소일해야겠네."

환관에게 바둑판을 가져오라 하여 임금과 신하가 마주앉아 반나절을 느긋이 보내고 자리를 파했다.

양소유가 돌아가 정사도를 만났다. 정사도는 양소유가 오는 것을 보고 얼굴에 슬픈 빛이 가득한 채 말했다.

"태후께서 조서詔書를 내려 나더러 양랑의 폐백을 돌려보내라 하셨기에 춘운에게 주어 화원에 두었네. 내 딸의 신세를 생각하면 참혹함을 어찌 다 말하겠나? 놀란 아내는 병이 들어 사람을 못 알아보네."

양소유가 이 말을 듣고 오랫동안 바보처럼 있다가 말했다.

"어찌 이런 일이 있단 말입니까? 소서가 마땅히 상소하여 다투려니와 조정에 어찌 공론公論이 없겠습니까?"

정사도가 만류하며 말했다.

"양랑은 벌써 두 번이나 황명을 거스르지 않았나. 지금 또 상소하면 필시 중죄를 입을 테니 순종하는 것만 못해. 또 한 가지 일이 있는데, 양랑이 지금 내 집 화원에 거처하는 것도 몹시 미안한 일일세. 섭섭하네만 다른 곳으로 옮겨 가는 게 좋겠네."

양소유가 대답하지 않고 화원으로 가니, 춘운이 양소유가 보냈던 폐백을 받들어 바치고 말했다.

"천첩은 소저의 분부를 받아 상공을 모시며 소저가 오기를 기다려 왔습니다. 그러나 이제 소저의 일이 어긋났으니 상공께 하직하고 돌아가 소저를 모시겠습니다."

양소유가 말했다.

"내가 이제 상소하여 힘껏 사양하면 황상께서 들어주실 듯하고, 설사 들어주지 않으신다 하더라도 시집간 여자는 지아비를 따르는 법이니 춘랑이 나를 버리려는 건 무슨 도리인가?"

춘운이 말했다.

"여자가 지아비를 따르는 것이 도리이지만, 제 경우는 그와 다릅니다. 저는 소저를 섬기며 생사를 함께하기로 맹세했으니, 제가 소저를 따르는 것은 몸과 그림자 같은데 몸이 이미 갔거늘 그림자 홀로 어찌 머물 수 있겠습니까?"

양소유가 말했다.

"춘랑의 마음은 아름답다 하겠지만, 춘랑의 처지는 소저와 다르네. 소저는 동서남북으로 훌륭한 선비를 구해도 도리에 해로울 것이 없지만, 춘랑이 소저를 따라 다른 사람을 섬긴다면 여자의 절개를 해치는 것이 아닌가?"

춘운이 말했다.

"상공의 말씀이 이러하시니 우리 소저의 마음을 전혀 모르시는군요. 소저는 이미 계획을 정했습니다. 부모님 슬하에서 백년을 살다가 부모님이 세상을 뜨신 뒤에는 머리를 깎고 불문佛門에 의탁하기로요. 세세생생⁵에 다시는 여자의 몸이 되지 않도록 부처님께 소원을 빌겠다고 하시니 제 앞날 또한 그와 같을 뿐입니다. 상공이 만일 저를 보고 싶으시다면 상공의 폐백이 다시 소저에게 돌아간 뒤에 다시 의논해 보겠습니다. 그게 아니라면 오늘로 죽는 날까지 영원히 이별입니다. 천한 제가 상공의 사랑을 받은 지도 벌써 1년이 지났으되 은혜 갚을 길이 없으니, 다음 생에 상공의 말고삐 잡는 사람이 되기를 바랄 뿐입니다. 상공은 부디 안녕히 계십시오."

춘운이 목이 메어 오랫동안 울다가 들어갔다. 양소유는 참담한 마음에 침식을 폐했다.

이튿날 양소유가 상소했는데 언사가 매우 격렬했다. 태후가 매우 노하여 양소유를 어사옥⁶에 가두게 하자 조정 대신들이 모두

---

5. **세세생생世世生生** 중생이 태어나 죽고 죽어서 다시 태어나며 거듭되는 윤회를 일컫는 불교 용어.

6. **어사옥御史獄** 어사대御史臺에서 설치한 감옥. 어사대는 관리를 감찰하는 기관으로, 중죄를 지은 관리를 어사옥에 가두었다.

황제에게 간언하니 황제가 말했다.

"나 역시 벌이 지나치게 무겁다는 것을 알지만 태후 낭랑께서 진노하시니 나도 죄를 사할 수 없다."

태후가 양소유를 곤란하게 만들고자 몇 달 동안 처벌을 푸는 공문을 내리지 않았다. 정사도는 황공하여 두문불출하며 손님을 만나지 않았다.

이때 토번이 중국을 업신여겨 40만 병사를 일으켜 변방 여러 고을을 연이어 함락시키고 선봉이 위교[7]에 다다르니 서울이 진동했다. 황제가 신하들과 회의하니 신하들이 모두 아뢰었다.

"서울의 군사는 수만 명에 지나지 않고, 지방의 군사는 일이 급하여 미처 부르지 못했으니, 잠시 경성京城을 버리고 관중[8]으로 거둥하신 다음 여러 도道의 병마兵馬를 모아 회복을 도모해야 합니다."

황제가 미심쩍어 결정하지 못하다가 말했다.

"양소유가 계책을 잘 내고 결단하기를 잘하니, 지난번 삼진[9]을 항복시킨 것이 이 사람의 공이다."

황제가 친히 황태후에게 허락 받고 사자使者로 하여금 절월節鉞

---

7. **위교渭橋** 장안 북쪽을 흐르는 위수渭水에 있던 다리.
8. **관중關中** 섬서성 중부의 지명. 동으로는 함곡관函谷關, 남으로는 무관武關, 서로는 산관散關, 북으로는 소관蕭關의 4관關 가운데 있었으므로 그렇게 불렸다.
9. **삼진三鎭** 앞서 반란을 일으켰던 연燕·위魏·조趙나라를 말한다.

을 가지고 가서 양소유의 죄를 사하게 한 뒤 인견하여 계교를 물었다. 양소유가 말했다.

"경성은 종묘[10]와 궁궐이 있는 곳인지라 한번 버리면 천하 인심이 진동하여 쉽게 수습할 수 없습니다. 대종[11] 황제 시절에 토번과 회흘[12]이 백만 군사를 거느리고 서울을 침범했거늘, 그때의 우리 군대는 지금보다 훨씬 약했으나 곽자의[13]가 필마로 적을 격퇴했습니다. 신이 비록 재주 없으나 수천 군사를 얻어 죽음으로 싸워 도적을 물리치겠습니다."

황제가 본래 양소유의 재주를 익히 알고 있는지라 즉시 명하여 장수로 삼아 경영군[14] 3만 명을 이끌고 도적을 막게 했다. 양소유가 삼군[15]을 지휘하여 위교를 건너가 오랑캐 선봉과 맞싸우다 직접 좌현왕[16]을 활로 쏘아 사로잡으니 적군이 일시에 퇴각했다. 양

꽃꽃꽃꽃

10. **종묘宗廟** 임금이 조상의 위패를 모셔 두고 제사지내던 사당.
11. **대종代宗** 당나라의 제8대 황제. 재위 761~779년.
12. **회흘回紇** 위구르. 당나라 서북방에 있던 위구르족의 국가. 646년에 건국하여 840년에 멸망했다. 안록산의 난을 평정할 때 당나라를 돕는 등 대체로 당나라와 긴밀한 관계를 맺었다.
13. **곽자의郭子儀** 생몰년 697~781년. 당나라의 명장. 현종 때 안록산의 난을 평정하고, 대종 때 토번과 위구르의 침입을 격퇴하는 등 여러 차례 큰 공을 세워 분양왕汾陽王의 봉호封號를 받았다.
14. **경영군京營軍** 수도 방위의 임무를 맡은 군대.
15. **삼군三軍** 전군前軍·중군中軍·후군後軍, 곧 전체 군대를 통틀어 이르는 말.
16. **좌현왕左賢王** 흉노의 왕후王侯 중 가장 지위가 높은 이에게 붙이는 봉호. 주로 태자가 좌현왕의 봉호를 받았다. 좌곡려왕左谷蠡王·우현왕右賢王·우곡려왕右谷蠡王과 함께 '4각'四角으로 일컬어진다.

소유가 추격하여 세 번 싸워 세 번 이기며 수급首級 3만을 베고 전마戰馬 8천 필을 빼앗은 뒤 서울에 승전보를 알렸다.

황제가 매우 기뻐하여 양소유로 하여금 군사를 돌려 조정으로 돌아오게 한 뒤 상을 의논하려 하니, 양소유가 군중에서 상소를 올렸다.

"적병이 비록 패했으나 수급의 수가 전체의 십분지 일에도 못 미치고, 지금 대군이 서울에 머물며 여전히 침범할 뜻이 있습니다. 바라옵건대 각 진鎭의 병마를 징발하여 기세를 타고 깊이 적국으로 들어가 그 군주를 사로잡고 나라를 멸하여 영원히 자손의 근심을 끊고자 합니다."

황제가 표문을 보고 매우 기뻐 양소유의 벼슬을 더하여 어사대부[17] 겸 병부상서兵部尙書 정서대원수[18]로 삼고 상방보검[19]과 동궁[20]과 통천어대[21]를 내린 뒤 백모와 황월[22]을 빌려주어 삭방·하동·산남·농서[23] 여러 도의 병마를 조발調發하여 쓰게 했다.

༄༄༄༄

17. **어사대부御史大夫** 어사대御史臺의 장관長官. 어사대는 문무백관을 감찰하고 풍속을 교정하던 사정司正 기관.
18. **정서대원수征西大元帥** 서쪽 지역을 정벌하는 군대의 총사령관.
19. **상방보검尙方寶劍** 상방검尙方劍. 황제의 권력을 상징하는 보검으로, 황제가 대신에게 자신의 권한을 위임할 때 이 검을 내렸다.
20. **동궁彤弓** 옻칠을 해서 만든 붉은 활. 황제가 큰 공을 세운 제후나 정벌의 임무를 맡긴 대신에게 이 활을 내렸다.
21. **통천어대通天御帶** 통천서通天犀(속이 뚫린 무소뿔)로 장식한, 황제의 허리띠.
22. **백모白旄와 황월黃鉞** 깃대에 소꼬리 장식을 한 깃발과 황금 도끼. 모두 황제가 군사를 지휘할 때 쓰는 의장儀仗이다.

양소유가 10만 대군을 모아 택일하여 깃발을 향해 제사 지내고 출병했다. 병법은 『육도』六韜를 따르고 진세陣勢는 팔괘진²⁴을 벌여 군대의 진용陣容이 정숙하고 호령이 엄하고도 분명하니, 파죽지세로 적을 깨뜨려 두어 달 사이에 토번에 빼앗겼던 고을 50여 성을 회복했다.

군대가 적석산²⁵ 아래에 이르렀을 때 홀연 한바탕 회오리바람이 말 앞에서 일어나고 까치가 울며 군진軍陣을 꿰뚫고 갔다. 양소유가 말 위에서 점을 쳐 보고 말했다.

"머지않아 적국 사람이 우리 군진을 엄습하지만 나중에는 기쁜 일이 있을 것이다."

군대를 머물러 산 아래에 진을 치고는 사면四面에 녹각²⁶을 높이 세우고 질려²⁷를 두텁게 깐 뒤 삼군三軍에 경계하여 잠자지 않고 방비를 삼엄히 하게 했다.

23. **삭방朔方·하동河東·산남山南·농서隴西** '삭방'은 지금의 내몽골 지역, '하동'은 지금의 산서성 일대, '산남'은 지금의 서장자치구西藏自治區 지역, '농서'는 지금의 감숙성 동남부 지역.
24. **팔괘진八卦陣** 제갈공명諸葛孔明이 창안했다고 하는 진법. 중군中軍을 둘러싼 여덟 부대가 신호에 따라 다양한 방법으로 진陣의 모양을 바꾼다.
25. **적석산赤石山** 신강성新疆省 천산산맥天山山脈 동남쪽의 투르판 분지에 있는 산. 『서유기』西遊記에 나오는 화염산火焰山이 바로 이 산이라고 한다.
26. **녹각鹿角** 사슴뿔 모양으로 끝이 뾰족한 나무를 엇갈려 세운 울짱.
27. **질려蒺藜** 본래 바닷가 모래땅에 나는 풀인 남가새를 말하는데, 여기서는 철질려鐵蒺藜를 가리킨다. 철질려는 뾰족한 날이 여러 개 달린 남가새 모양의 쇳조각으로, 적의 급습을 막기 위한 장애물의 일종이다.

178

이날 밤 양소유가 천막 안에 앉아 촛불을 밝히고 병서兵書를 보고 있자니, 군진軍陣 밖에 순라巡邏하는 소리를 들건대 막 3경이 된 시각이었다. 홀연 한바탕 바람이 촛불에 불어오며 서늘한 기운이 엄습하더니 한 여자가 공중으로부터 내려서는데 서리 같은 비수가 손에 들려 있었다. 양소유는 자객인 줄 알고도 동요하는 기색 없이 물었다.

"그대는 어떤 사람이며 한밤중에 나의 천막 안으로 들어온 까닭은 무엇인고?"

여자가 말했다.

"토번 찬보[28]의 명령을 받고 상서의 목숨을 빼앗으러 왔소!"

양소유가 말했다.

"대장부가 어찌 죽음을 두려워하겠는가! 어서 내 머리를 베어 가라."

여자가 칼을 던지고 양소유의 앞으로 나와 머리를 조아리고 말했다.

"귀인께선 놀라지 마십시오. 제가 어찌 감히 귀인을 해치겠습니까?

양소유가 붙들어 일으키고 말했다.

"칼을 들고 군영軍營 안에 들어와 놓고 해치지 않는 것은 무슨

28. 찬보贊普 토번 군주의 칭호.

이유요?"

여자가 말했다.

"제 사정을 다 아뢰고자 하나 잠깐 동안 다 말씀드리기 어렵습니다."

양소유가 자리를 주어 앉히고 다시 물었다.

"낭자는 어떤 사람이며, 지금 나 양소유를 보러 온 것은 무슨 가르침을 주기 위해서요?"

백룡담에서 양소유가 음병을 깨뜨리고[1]
동정호에서 용왕이 사위에게 잔치를 베풀다

1. **음병陰兵** 귀병鬼兵, 곧 귀신들로 이루어진 군대.

양소유가 그 여자를 보니, 구름 같은 머리를 높이 틀어 금비녀를 꽂았고, 소매 좁은 전포²에는 석죽화石竹花(패랭이꽃)가 수놓였으며, 봉황 머리 모양의 수놓은 가죽신을 신었고, 허리에는 용천검³ 칼집을 찼는데, 꾸밈없는 절세미인으로 마치 한 가지 해당화 같으니, 종군했던 목란⁴이 아니면 금합金盒을 훔치던 홍선⁵인 듯했

ꗥꗥꗥꗥ

2. **전포戰袍** 무사들이 입던 긴 웃옷.
3. **용천검龍泉劍** 춘추시대 오나라의 간장干將이 만들었다는 명검인 용연검龍淵劍을 말한다. 검을 만든 뒤 검을 내려다보니 마치 산 위에서 깊은 연못을 바라보매 커다란 용이 연못에 서려 있는 모습 같았다고 해서 붙은 이름.
4. **목란木蘭** 남북조시대 북조北朝의 민가 「목란사」木蘭辭의 주인공. 여자의 몸으로 늙은 아버지를 대신해서 남장을 한 채 전쟁터에 나가 큰 공을 세우고 12년 뒤에 돌아왔는데, 그동안 그녀가 여성임을 아무도 몰랐다고 한다.
5. **홍선紅線** 당나라의 호협전기豪俠傳奇 「홍선전」紅線傳의 주인공. 여성 협객인 홍선은 자신의 주군 설숭薛嵩이 강성한 이웃 번진藩鎭의 위협으로 전전긍긍하자 적진 한가운데로 뛰어들어 삼엄한 경비를 뚫고 번진의 우두머리인 전승사田承嗣의 침실에 잠입하여 그 머리맡에 놓인 금합金盒을 몰래 가져왔다. 이 일로 전승사는 신변의 위협을 느끼고 설숭에게 화친을 요구했다.

다. 양소유가 왜 왔느냐고 묻자 여자가 대답했다.

"저는 본래 양주[6] 사람으로, 조상으로부터 당나라 백성입니다. 저는 어려서 부모를 잃고 한 여관女冠을 따라 그 제자가 되었습니다. 여관에게는 도술이 있어서 제자 세 사람에게 검술을 가르쳤습니다. 세 사람의 이름은 진해월秦海月·김채홍金彩虹·심요연沈裊烟으로, 심요연이 바로 접니다. 3년 만에 재주가 다 이루어져 바람을 타고 번개를 따라 순식간에 천 리를 갈 수 있게 되었습니다. 세 사람의 검술에는 높고 낮음이 없었으나 스승은 원수를 갚기 위해 악인의 목을 베고자 할 때마다 채홍과 해월만 보내고 제게는 일을 시키지 않았습니다. 그래서 저는 그 이유를 여쭈었습니다.

'사부의 가르침을 똑같이 받았으나 저만 홀로 은혜 갚을 길이 없습니다. 제 재주가 두 사람만 못해서 일을 시키기에 부족하기 때문입니까?'

그러자 스승은 이렇게 말씀하셨습니다.

'너는 본래 우리 무리가 아니다. 훗날 마땅히 정도正道를 얻을 터이니 내 소관이 아니지. 지금 만일 두 사람과 함께 사람의 목숨을 해치면 너의 앞길에 해로울 것이니 이 때문에 너를 시키지 않는 게야.'

제가 또 여쭈었습니다.

〰〰〰〰
6. **양주凉州** 감숙성 서북부 무위武威 일대의 옛 지명.

'그렇다면 제게 검술을 가르쳐 무엇에 쓰려고 하신 겁니까?'

스승은 말씀하셨습니다.

'너의 전생 인연이 당나라에 있는데, 그 사람은 큰 귀인이다. 네 몸은 외국에 있어 서로 만날 길이 없기에 내가 네게 검술을 가르쳐서 이에 기대어 귀인을 만날 길로 삼은 게야. 훗날 백만 군대의 창검 가운데로 가서 아름다운 인연을 이룰 게다.'

그러다 지난 달 스승이 이런 말씀을 하셨습니다.

'지금 당나라 천자가 대장을 보내 토번을 정벌하니, 찬보가 사문四門에 방榜을 붙여 천금을 걸고 자객을 모집해 당나라 장군을 해치려 한다. 너는 어서 토번으로 가서 모든 자객들과 검술을 겨루어 당나라 장군의 재앙을 구하는 한편 너의 인연을 이루도록 해라.'

그리하여 제가 토번으로 가서 방榜을 떼어 모집에 응하자 찬보가 저를 불러 보고 먼저 온 자객 10여 인과 검술을 겨루게 했습니다. 제가 10여 인의 상투를 베어 바치자 찬보는 매우 기뻐하며 첩더러 상서를 해치라 하고, 제가 공을 이루면 귀비[7]에 봉하겠다고 했습니다. 제가 지금 상서를 만난 것은 스승의 말에 꼭 부합하니, 가장 천한 여종이 되어 곁에서 모시고 싶습니다."

양소유가 매우 기뻐 말했다.

꽃꽃꽃꽃

7. **귀비**貴妃 황후 바로 아래의 후궁에게 내린 정1품의 봉호封號.

"경卿이 내 위태로운 목숨을 구함은 물론 몸 바쳐 나를 섬기고
자 하니 이 은혜를 어찌 갚겠소? 백년해로하기를 원할 뿐이오."

이날 밤 양소유가 천막 안에서 심요연과 잠자리를 함께했다.
창검의 빛으로 화촉華燭을 대신하고 조두8 소리를 금슬琴瑟로 삼으
니, 복파영9 가운데 달빛이 밝고 옥문관10 밖에 봄빛이 가득하여,
한 조각 각별한 정과 흥취가 깊은 밤 비단 휘장 안의 기쁨보다 더
한 듯했다.

양소유는 새로운 즐거움에 깊이 빠져 사흘 동안 장수들을 만나
지 않았다. 그러자 요연이 말했다.

"군중軍中은 여자가 오래 머무를 곳이 아니니, 물러가기를 청합
니다."

양소유가 말했다.

"연랑烟娘(심요연)을 어찌 심상한 여자에 비기겠소? 바야흐로
좋은 계책을 가르쳐 주기를 바라고 있거늘, 어찌 나를 버리고 간
단 말이오?"

요연이 말했다.

"상공의 영명함과 위엄으로 쇠잔한 도적을 깨뜨리는 것은 썩

꿍꿍꿍꿍

8. **조두刁斗**　군대에서 야경夜警에 쓰는 징.
9. **복파영伏波營**　본래 후한後漢 때 베트남과의 전쟁을 주도했던 복파장군伏波將軍 마원馬援의
　 군영. 여기서는 일반적인 '군영'의 뜻으로 썼다.
10. **옥문관玉門關**　감숙성 돈황 서쪽에 있는 관문.

은 나무를 부러뜨리는 일과 같으니, 무슨 염려할 것이 있겠습니까? 제가 여기 온 것은 비록 스승의 명이었으나 아직 하직 인사를 드리지 못했으니, 돌아가 스승을 뵙고 상공이 회군回軍하시기를 기다려 따라가겠습니다."

양소유가 말했다.

"그러는 게 좋겠소만 경이 떠난 뒤 다른 자객을 보내면 어찌 방비해야 하겠소?"

요연이 말했다.

"자객이 비록 많다 해도 제 적수는 없으니, 제가 상공께 귀순한 줄 알면 다른 사람이 감히 오지 못할 겁니다."

그러고는 허리춤에서 '묘아환'妙兒丸이라는 이름의 구슬을 풀어 주며 말했다.

"이 물건은 찬보의 상투에 묶였던 구슬입니다. 사자使者를 시켜 찬보에게 보내 제가 돌아가지 않을 줄 알게 하십시오."

양소유가 또 물었다.

"이밖에 또 가르쳐 줄 말이 있소?"

요연이 말했다.

"앞길에 반사곡[11]을 지날 텐데, 길이 좁고 좋은 물이 없으니 조

---

11. **반사곡**盤蛇谷 『삼국지연의』三國志演義에서 제갈공명이 남방 이민족을 칠 때 등갑병藤甲兵에게 화공火攻을 펼친 험준한 골짜기. 지금의 운남성雲南省 보산保山에 있는 골짜기로 추정된다.

심스레 행군하시고 우물을 파서 삼군을 먹여야 할 것입니다."

말을 마치고 작별 인사를 했다. 양소유가 만류하려 하는데 심요연이 한번 몸을 솟구치더니 보이지 않았다.

양소유가 모든 장수들을 모아 심요연의 말을 전하자 모두들 하례하여 말했다.

"원수의 큰 복이 하늘 같으니, 기이한 사람이 와서 돕나 봅니다."

즉시 사자를 뽑아 토번으로 구슬을 보냈다.

여러 날 행군하여 큰 산 아래에 이르니 길이 매우 좁아 말 한 마리가 간신히 지나갈 수 있을 정도였다. 이렇게 수백 리를 가서야 겨우 넓은 땅이 나와 군영軍營을 설치하고 삼군을 쉬게 했다. 군사들은 오랫동안 고생을 하다가 산 아래 맑은 못이 있는 것을 보고 앞다투어 나아가 물을 마셨다. 그러자 곧이어 온 몸이 퍼레지며 말을 못하고 벌벌 떨며 죽어 가는 것이었다. 양소유가 깜짝 놀라 직접 물가에 가 보니 못물이 깊고 푸르러 그 속을 헤아릴 수 없고 찬 기운이 감돌았다. 양소유는 몹시 걱정하며 생각했다.

'이곳은 필시 요연이 말한 반사곡이로구나.'

군사들에게 열 길 넘는 깊이로 우물을 파게 했으나 한 곳도 샘이 나지 않았다. 양소유는 매우 근심스러워하며 삼군을 호령해 그 땅을 떠나 앞으로 나아가려 했다. 그때 문득 산의 앞뒤에서 징소리와 북소리가 진동하며 오랑캐 군사가 험한 지형을 차지하고 길을 끊어 관군이 앞으로 나아갈 수도 물러날 수도 없게 되었다.

양소유는 영채 안에서 적을 물리칠 계책을 궁리했으나 묘안이 없었다. 이날 밤 베개에 기대 잠깐 졸고 있는데, 문득 기이한 향기가 영채에 가득 퍼지면서 용모가 기이한 여자아이 두 사람이 앞으로 나와 말했다.

"저희 낭자가 귀인을 초청하여 회포를 말씀드리고자 하니 누추한 곳에 왕림해 주시기 바라옵니다."

양소유가 물었다.

"낭자가 뉘신가?"

여자아이가 대답했다.

"저희 낭자는 동정洞庭 용왕龍王의 작은딸로, 요사이 집을 떠나 이 땅에 와 살고 있습니다."

양소유가 말했다.

"용신龍身(용)이 사는 곳이라면 깊은 물일 텐데, 나는 인간세계 사람이니 가고자 한들 어찌 갈 수 있겠는가?"

여자아이가 말했다.

"밖에 말이 와 있으니 귀인께서 그 말을 타시면 수부水府(용궁)로 가기가 어렵지 않습니다."

양소유가 여자아이를 따라 나가 보니 황금 안장을 얹은 총마[12]

꒰꒰꒰꒰
12. **총마驄馬** 총이말. 갈기와 꼬리가 푸르스름한 백마.

한 필이 있고, 종자從者 십수 명이 있는데 옷차림이 화려했다. 양소유가 말에 오르자 순식간에 연못 속으로 들어가더니 네 발굽으로 먼지를 일으키며 큰 문 앞에 이르렀다. 궁궐이 으리으리하고 화려해서 임금이 사는 곳 같았지만, 문을 지키는 군졸은 물고기 머리에 새우 수염이 있어 세상 사람들과 달랐다. 미녀 몇 사람이 문을 열고 양소유를 안내해 궁전으로 들였다. 궁전 한가운데에 남쪽을 향해 백옥白玉으로 만든 의자가 놓여 있었다. 시녀들은 양소유에게 의자에 앉도록 청한 뒤 비단 자리를 계단 아래에 깔고 안으로 들어갔다.

이윽고 시녀 10여 명이 한 여자를 옹위하고 왼쪽 월랑月廊을 통해 궁전 가운데에 이르렀다. 여자는 신선처럼 아름다웠고 화려한 옷차림은 세상에 없는 것이었다. 시녀 하나가 찬인[13]하여 말했다.

"동정 용녀龍女(용왕의 딸)가 양원수楊元帥께 인사드리기를 청합니다."

양소유가 놀라 자리에서 물러나려 하자 두 시녀가 좌우에서 부축해 다시 의자에 앉혔다. 용녀가 네 번 절하고 일어나니 패옥佩玉 소리가 아름답게 울렸다. 양소유가 당 위로 올라오라고 청하자 용녀가 거듭 사양하다가 당 위에 올라와 작은 의자를 놓고 앉았다. 양소유가 말했다.

꽃꽃꽃꽃

13. **찬인**贊引 의식을 거행하면서 절차대로 도와 인도하는 일.

"저는 속세의 평범한 사람이고 낭자께서는 존귀한 신령이시거늘, 지금 저를 예우하시는 것이 지나치게 공손하니 제가 영문을 모르겠습니다."

용녀가 말했다.

"저는 동정 용왕의 막내딸입니다. 제가 갓 태어났을 때 부왕父王께서 상계上界에 조회하러 가셨다가 장진인張眞人을 만나 저의 팔자를 물으셨더니 장진인이 이렇게 말했답니다.

'따님은 전생에 선가仙家에 속했던 인물이 금생에 용의 몸으로 태어난 것인데, 다시 사람의 몸을 얻어 인간세계에서 매우 귀한 사람의 희첩姬妾(첩)이 된 뒤 일생 동안 부귀영화를 누리다가 종국에는 불가佛家에 귀의할 운명입니다.'

우리 용신龍身은 비록 수부水府에서 으뜸가는 존재이지만 사람의 몸 얻는 것을 귀하게 여기며 신선과 부처를 지극히 공경합니다. 그래서 제 큰언니가 경수[14]로 시집갔다가 개가改嫁해서 유진군[15]의 아내가 되자 구족[16]이 모두 언니를 다른 형제와 달리 공경하여 대했습니다. 게다가 이제 저는 정과[17]를 얻을 것이라 하니 가문의

❧❧❧❧

14. **경수涇水** 위수渭水의 지류. 영하회족자치구寧夏回族自治區에서 발원하여 아래로 감숙성·섬서성을 거쳐 위수로 들어간다.
15. **유진군柳眞君** 당나라의 전기傳奇 「유의전」柳毅傳의 주인공 유의柳毅를 말한다. '진군'은 도교에서 신선에게 붙이는 존칭이다. 유의는 위기에 처한 동정 용왕의 딸을 구해 주고 용왕의 환대를 받은 뒤 용왕의 딸과 결혼했다. 양소유의 손윗동서가 되는 셈이다.
16. **구족九族** 부계·모계·처계妻系의 모든 친족.

제9회 _ 191

영화榮華가 장차 큰언니보다 더할 터입니다. 이 때문에 부왕께서 돌아와 장진인의 말을 전하시자 궁중 사람 모두가 축하했습니다.

그런데 제가 장성하자 남해南海 용왕의 아들 오현敖賢이 제 용모가 아름답다는 소문을 듣고 남해 용왕에게 말해서 저희 집에 구혼하게 했습니다. 우리 동정은 남해 용왕의 관할이어서 그 말을 거슬렀다가 곤욕을 당할까 싶어 부왕께서 친히 남해로 가서서 장진인의 말을 전하며 구혼을 거절했습니다. 그러나 남해 용왕은 못된 아들을 지나치게 사랑해서 도리어 부왕의 말이 황당무계하다고 하며 더욱 굳게 혼인을 요구했습니다. 부모님 슬하에 있다가는 가문 전체에 곤욕이 미칠까 싶어 저는 부모님을 떠나 몸을 피해서 가시덤불을 헤치고 홀로 오랑캐 땅에 머물러 구차히 세월을 보냈습니다. 남해에서 계속 혼인을 요구해 오면 부모님께서는 다만 이렇게 대답하실 뿐이었습니다.

'딸아이가 혼인을 원치 않기에 몸을 피해 달아났습니다. 여전히 제 딸아이를 버리지 않고자 하신다면 딸아이에게 물어보십시오.'

제가 여기 온 뒤로 온갖 핍박을 다 당하던 중에 미친 아이가 직접 군사를 거느리고 와서 저를 납치하려 하기에 이르렀습니다. 그때 저의 지극한 원통함과 괴로움이 천지를 감동시켜 연못물이

꽃과 잎 무늬

17. **정과正果** 불교에서 이르는 진정한 깨달음.

192

변해서 한빙지옥[18] 같아지며 다른 곳의 수족[19]이 연못 안으로 들어오지 못하게 되었습니다. 이 때문에 저는 잔명을 보전하여 낭군을 기다릴 수 있었습니다.

제가 귀하신 분을 누추한 곳에 들어오시도록 청한 것은 한갓 제 외로운 마음을 아뢰고자 한 것뿐만이 아닙니다. 지금 삼군三軍이 물이 없어 힘들게 우물을 파고 있으나 백 길 깊이로 판들 물을 얻지 못할 겁니다. 제가 사는 연못은 옛 이름이 '청수담'淸水潭으로 본래 좋은 물이었습니다. 그러나 제가 온 뒤로 물의 성질이 달라져서 이곳 사람들이 감히 마시지 못하게 되면서 이름을 '백룡담' 白龍潭으로 고쳤습니다. 이제 귀인께서 여기 오셔서 제가 평생 의탁할 곳이 생겼으니 종전의 괴로운 마음이 이미 풀려 깊은 골짜기에 봄볕이 돌아온 듯합니다. 지금부터는 물맛이 옛날과 다르지 않을 터, 삼군이 마셔도 해롭지 않을 것이요, 먼저 마시고 병든 사람도 고칠 수 있을 것입니다."

양소유가 말했다.

"낭자의 말로 보건대 우리 두 사람의 인연을 하늘이 정한 지 이미 오래되었으니, 지금 아름다운 기약 맺기를 기대해도 되겠습니까?"

꿈꿈꿈

18. **한빙지옥寒氷地獄** 불교에서 말하는 얼음 지옥. 사방이 얼음으로 둘러싸이고 찬바람이 살을 에여 극한에 시달린다고 한다.
19. **수족水族** 수중 생물을 통틀어 이르는 말.

용녀가 말했다.

"누추한 제 몸을 낭군께 허락한 지 오래입니다만, 지금 즉시 서방님을 모실 수 없는 세 가지 이유가 있습니다. 첫째, 부모님께 알리지 않았으니 여자가 남편을 따르는 절차가 이처럼 구차해서는 안 됩니다. 둘째, 저는 장차 사람의 몸을 얻어 서방님을 섬기려 하니, 지금 비늘 돋은 몸으로 잠자리를 모실 수 없습니다. 셋째, 남해 용왕의 아들이 매번 사람을 보내 정탐하고 있으니 만일 미친 계교를 꾸미면 한바탕 소란이 벌어질까 걱정입니다. 서방님께서는 속히 군진軍陣으로 돌아가셔서 삼군을 정제整齊하여 큰 공을 이루십시오. 그리하여 개가凱歌를 부르며 서울로 돌아가시면 제가 마땅히 치마를 걷고 진수를 건너겠습니다."[20]

양소유가 말했다.

"낭자의 말이 비록 아름다우나 내 생각은 그렇지 않습니다. 낭자가 여기 오신 건 낭자 스스로 지조를 지키기 위한 것이지만 또한 존귀하신 부왕父王께서 저를 따르게 하신 뜻이기도 하니, 어찌 부친의 분부가 없다 할 수 있겠습니까? 낭자는 신명神明(신령)의 자손이요 신이神異한 존재로 사람과 신神의 지경을 넘나들며 하지 못하는 일이 없거늘, 어찌 비늘 돋은 몸을 혐의하십니까? 제

❦❦❦❦

20. 치마를 걷고 진수溱水를 건너겠습니다 『시경』정풍鄭風「건상」褰裳의 "그대가 나를 사랑하고 그리워한다면/치마를 걷고 진수를 건너리라"라는 구절에서 따온 말로, 즉시 마음을 허락하겠다는 뜻. '진수'는 춘추시대 정鄭나라의 강 이름.

가 비록 재주 없으나 천자의 명을 받아 백만의 정예군대를 거느렸으며, 풍이[21]가 앞을 인도하고 해약[22]이 후진後陣을 돕고 있습니다. 그러니 남해의 어린아이 따위는 모기 보듯 여길 뿐이거늘, 만일 남해 아이가 제 힘을 헤아리지 못한다면 저의 보검을 더럽히는 데 불과할 뿐입니다. 달이 밝고 바람이 맑으니 이 좋은 밤을 헛되이 보내서야 되겠습니까?"

마침내 용녀와 함께 잠자리에 들어 살뜰한 정을 나눴다.

밤이 아직 새지 않았는데 갑자기 천둥소리가 울리며 수정궁水晶宮이 키[箕] 까불 듯 흔들렸다. 시녀가 급히 아뢰었다.

"큰일 났습니다! 남해 태자가 무수히 많은 병사를 거느리고 와서 앞산에 진을 치고 양원수와 자웅을 결정하겠다고 합니다."

용녀가 양소유를 깨우며 말했다.

"당초에 제가 서방님이 머무시지 못하게 했던 것은 이 일을 염려해서였습니다."

양소유가 매우 노하여 말했다.

"미친 아이가 어쩌면 이리도 무례하단 말인가?"

소매를 떨치고 일어나 말을 타고 연못 밖으로 솟구쳐 나가 보니 남해 군대가 벌써 백룡담을 포위하고 있었다. 양소유는 삼군

21. 풍이馮夷 하백河伯. 황하의 수신水神.
22. 해약海若 바다의 신.

을 지휘하여 남해 태자와 마주 보고 진을 쳤다. 남해 군진軍陣에 타고[23] 소리가 진동하며 남해 태자가 말을 달려 나와 꾸짖었다.

"양소유가 인연을 희롱해서 남의 혼사를 깨고 남의 아내를 겁탈했으니, 맹세코 너와는 천지간에 함께 설 수 없다!"

양소유 역시 말을 달려 나오더니 껄껄 웃으며 말했다.

"동정 용녀가 나를 따른 것은 용녀가 갓 태어났을 때부터 천조[24]에 기록되어 있었기 때문이니, 나는 천명을 순순히 따랐을 뿐이니라."

태자가 매우 노하여 모든 수족水族들을 몰아 양소유를 사로잡으라고 하니, 이제독과 별참군[25]이 몸을 솟구치며 말을 달려 쳐들어갔다. 양소유가 백옥편白玉鞭(백옥 채찍)을 한 번 들어 올리자 당나라 군진에서 1만 대의 쇠뇌를 일제히 발사하니 수족의 몸에서 떨어진 비늘이 눈처럼 땅을 가득 덮었다. 태자는 몸 몇 군데에 상처를 입어 변신하지 못하고 마침내 당나라 병사에게 사로잡혔다. 양소유가 징을 쳐서 전투를 그치고 태자를 결박하여 진영陣營으로 돌아오자 문지기 병졸이 아뢰었다.

"백룡담 낭자가 몸소 군대 앞에 와서 원수께 하례하고 장수와

<hr />

23. **타고鼉鼓** 악어가죽으로 만든 북.
24. **천조天曹** 옥황상제의 관청.
25. **이제독鯉提督과 별참군鱉參軍** 잉어〔鯉〕와 자라〔鱉〕를 사람의 성씨처럼 써서 의인화한 것. '제독'은 사령관, '참군'은 참모에 해당하는 무관 직책.

병졸에게 음식을 주어 위로하겠다고 합니다."

양소유가 매우 기뻐하며 용녀에게 들어오기를 청했다. 용녀는 양소유의 승전을 축하하고, 술 1천 섬과 소 1만 마리로 삼군을 호군하니, 장수와 병졸들이 배불리 먹고 사기가 더욱 진동했다.

양소유가 용녀와 함께 앉은 뒤 남해 태자를 잡아들이니, 태자가 감히 올려다보지 못했다. 양소유가 꾸짖었다.

"나는 천자의 명을 받아 사이四夷를 정벌하고 있는바 온갖 신령들 중에도 내 명령을 듣지 않는 이가 없거늘, 어린아이가 천명을 알지 못하고 천병[26]에 항거했으니 이는 스스로 죽음을 선택한 것이다. 내 허리에 찬 보검은 옛날 위징 승상께서 경하涇河의 용을 베시던 칼[27]이다. 마땅히 네 머리를 베어 삼군을 호령할 것이로되 네 아비가 남해를 안정시켜 백성들에게 큰 공덕이 있는 점을 생각해서 특별히 네 죄를 사하노니, 앞으로는 천명을 순순히 따라 망녕된 마음을 갖지 말라!"

군중에서 금창약[28]을 내와 태자의 상처에 발라 준 뒤 석방해서 보내니 남해 태자가 머리를 감싸고 쥐새끼처럼 숨어서 돌아갔다.

༺༊༂༃

26. **천병天兵** 황제의 군대.
27. **위징魏徵 승상丞相께서~베시던 칼** 당나라 태종 때의 승상 위징이 옥황상제의 명령에 따라 경하涇河 용왕의 목을 벤 이야기가 『서유기』 제9회와 제10회에 보인다. '경하', 곧 경수涇水는 감숙성과 섬서성을 거쳐 위수渭水로 흘러 들어가는 강.
28. **금창약金瘡藥** 칼이나 화살 따위로 생긴 상처에 바르는 약.

문득 동남쪽을 보니 상서로운 기운과 붉은 노을이 자욱한데 깃발과 절월節鉞이 공중에서 내려오며 사자使者가 달려와 아뢰었다.

　"동정 용왕께서 양원수가 남해 태자를 격파하고 귀주²⁹를 구하셨다는 소식을 듣고 친히 군대 앞에 와서 군사들을 축하하고자 하나 지키고 있는 영역이 달라 경계를 넘을 수 없습니다. 그래서 응벽전³⁰에 잔치를 베풀고 삼가 원수께서 잠시 왕림해 주시기를 청합니다. 아울러 귀주를 받들어 궁궐로 돌아갈 것을 청합니다."

　양소유가 말했다.

　"지금 삼군을 거느려 적국과 마주하고 있고 동정호가 여기서 만 리 밖에 있으니, 가고자 한들 내가 어찌 할 수 있겠소?"

　사자가 말했다.

　"이미 수레를 준비하여 여덟 마리 용에 멍에를 씌워 두었으니 반나절이면 왕복하실 수 있습니다."

---

29. **귀주貴主** 존귀한 공주.
30. **응벽전凝碧殿** '짙은 녹색의 궁전'이라는 뜻.

원수는 한가한 틈에 선문을 두드리고
공주는 미복[1] 차림으로 규수를 찾아가다

1. **미복微服**　지위가 높은 사람이 신분을 은폐하기 위해 입는 평민의 옷차림.

양소유가 용녀와 함께 수레를 타니 신령스런 바람이 수레바퀴를 날아 올려 공중으로 떠올랐다. 인간세계로부터 몇 천 리나 올라왔는지 알 수 없었고, 단지 흰 구름이 온 세계를 덮은 모습만 내려다보일 뿐이었다. 차츰 아래로 내려가더니 순식간에 동정호에 이르렀다. 용왕이 멀리까지 나와 맞으며 손님과 주인의 예를 집행하는데 위의威儀가 엄숙했다.

용왕은 수족水族을 모아 놓고 큰 잔치를 베풀어 양소유의 전승과 용녀의 귀환을 축하했다. 술이 취하자 온갖 음악을 연주했는데 흥겹기 그지없어 인간 세상의 음악과 달랐다. 양소유가 보니 궁전 앞 좌우로 장사 1천 명이 칼과 창을 들고 북을 치며 나오고 여섯 줄로 늘어선 미녀들이 비단옷을 입고 춤을 추는데, 웅장하고 화려해서 참으로 볼만한 광경이었다. 양소유가 용왕에게 물었다.

"이 춤은 인간세계에서 보지 못했는데, 무슨 곡조입니까?"

용왕이 말했다.

"이 곡조는 수부水府에도 옛날에는 없던 것입니다. 과인의 맏딸이 경하²에 시집갔다가 욕을 당하자 전당錢塘 아우³가 경양⁴에서 전쟁을 벌여 이기고 맏딸을 데려왔습니다. 궁중 사람이 그때 이 춤을 만들어 「전당파진악」과 「귀주환궁악」⁵이라 이름 붙이고 이따금 궁중 잔치에 썼습니다. 지금 원수께서 남해 태자를 격파하고 부녀가 다시 만나게 된 것이 예전 일과 비슷하기에 이 곡조를 연주하되 이름만 고쳐 「원수파진악」元帥破陣樂이라 했습니다."

양소유가 매우 기뻐하며 말했다.

"유선생⁶은 어디 계십니까? 만나 뵐 수 있겠습니까?"

용왕이 말했다.

"유랑劉郞은 영주⁷의 선관仙官이라 맡은 일이 있어서 마음대로 올 수 없습니다."

술이 아홉 순배 돌자 양소유가 작별 인사를 했다.

❧❧❧❧

2. **경하**涇河 경수涇水. 위수渭水의 지류.
3. **전당**錢塘 **아우** 「유의전」柳毅傳에 등장하는 전당군錢塘君을 말한다. 전당군은 동정 용왕의 아우로, 경하涇河 태자의 군대를 물리치고 동정 용왕의 딸을 구출했다. '전당'은 절강성 항주杭州 일대를 흐르는 전당강錢塘江을 말한다.
4. **경양**涇陽 섬서성 함양에 속한 현縣 이름.
5. **「전당파진악」**錢塘破陣樂**과 「귀주환궁악」**貴主還宮樂 「유의전」에서 동정 용왕의 용궁 잔치에서 연주된 음악. 각각 '전당에서 적진을 깨뜨린 일을 축하하는 음악', '공주가 궁궐로 돌아온 것을 축하하는 음악'이라는 뜻.
6. **유선생**柳先生 유의柳毅를 말한다.
7. **영주**瀛洲 영주산瀛洲山. 신선이 산다는, 바닷속의 산.

"군중軍中에 일이 많아 여유롭게 머물 수 없습니다."

낭자를 돌아보고 훗날 다시 만나기를 거듭 기약했다. 용왕이 궁궐 문에서 양소유를 전송하는데, 문득 양소유의 눈에 빼어난 산 하나가 우뚝 솟아 그 다섯 봉우리가 구름 속에 든 모습이 보였다. 양소유가 용왕에게 물었다.

"저 산의 이름이 무엇입니까? 제가 천하를 두루 다녔지만 화산華山과 저 산은 미처 보지 못했습니다."

"원수가 저 산을 모르시는군요. 저 산은 바로 남악南岳 형산衡山입니다."

"저 산을 볼 수 있겠습니까?"

"아직 날이 저물지 않았으니 잠깐 가서 구경하고 군영으로 돌아가셔도 되겠습니다."

양소유가 수레에 오르자 금세 산 아래에 도착했다. 지팡이를 짚고 석경石逕(돌길)을 따라가니 1천 바위가 서로 빼어남을 다투고 1만 골짜기가 누가 더 깊은지 겨루어 그 멋진 광경을 일일이 살펴볼 겨를이 없었다. 양소유가 탄식하며 말했다.

"어느 날에야 공을 이루고 물러나 속세 밖의 한가한 사람이 될 수 있을까!"

바람결에 경쇠 소리가 내려와 멀지 않은 곳에 산문山門이 있다는 것을 알 수 있었다. 길 따라 올라가니 절이 하나 있는데 전각殿閣이 지극히 웅장하고 화려했다. 노승이 강당講堂에 앉아 한창 설법설法說 중이었는데, 미목이 수려하고 눈이 맑으며 골격이 맑고 빼어나서 속세 사람의 모습이 아니었다. 노승이 승려들을 거느리고 강당에서 내려와 양소유를 맞이하며 말했다.

"산야山野 사람이 귀와 눈이 없어 대원수께서 오시는 줄도 모르고 멀리 나가 맞이하지 못했으니, 제 죄를 용서해 주시기 바랍니다. 지금은 원수께서 돌아오실 때가 아닙니다만 이왕 오셨으니 불전佛殿에 올라 예불하시기를 청합니다."

양소유는 분향하고 예배한 뒤 불전에서 내려오다가 문득 발을 헛디뎌 거꾸러졌다. 놀라 깨 보니 양소유의 몸은 군영 안 의자에 기대 있었고, 이미 날이 밝았다.

양소유가 장수들을 모아 물었다.

"자네들은 간밤에 무슨 꿈을 꾸지 않았나?"

장수들이 말했다.

"꿈에 원수를 모시고 귀병鬼兵(귀신 병사들)과 싸워 그 장수를 사로잡았습니다. 이는 필시 오랑캐를 멸할 길조입니다."

양소유가 매우 기뻐하며 자신의 꿈을 이야기해 주었다. 곧이어 장수들을 거느리고 백룡담 위로 가 보니 물고기 비늘이 들판을 뒤덮고 흐르는 피가 시내를 이루고 있었다. 양소유가 잔을 가져다 먼저 연못물을 마셔 보고 병든 군사에게 마시게 하니 즉시 몸이 좋아졌다. 이윽고 군사들과 전마戰馬가 일시에 물을 마시니 즐거워하는 소리가 우레 같았다. 적병은 그 소리를 듣고 몹시 두려

위해서 모두 항복하고자 했다.

양소유가 출정한 뒤 조정에 승전보가 이어졌다. 하루는 황제가 태후를 뵙고 양소유의 공을 칭찬했다.

"양소유의 공은 곽분양[8] 이후 으뜸입니다. 돌아오는 대로 승상丞相 벼슬을 주어 마땅하나, 아직 어매御妹의 혼사가 정해지지 않았습니다. 양소유가 마음을 돌려 순종하면 가장 좋겠습니다만, 만일 또 고집을 부린다면 공신功臣에게 매번 죄를 주기도 어렵고 달리 처치할 방법도 없으니, 이 때문에 걱정입니다."

태후가 말했다.

"내가 듣기로는 정씨 여자(정경패)가 매우 아름다운 데다 양상서와 서로 얼굴을 보았다고 하니, 양상서가 어찌 버리려 들겠소? 상서가 나가 있는 때를 틈타 정사도 집에 조서詔書를 내려 정씨 여자를 미리 다른 사람과 혼인하도록 하는 게 좋겠소."

황제가 한참 동안 고민하다가 결정하지 못하고 나갔다.

이때 난양공주가 태후를 모시고 있다가 말했다.

"조금 전 낭랑의 말씀은 도리에 어긋난 듯합니다. 정녀鄭女(정경패)가 다른 집안과 혼사를 의논할지 여부는 그 집에서 결정할 일

꙾꙾꙾

8. **곽분양郭汾陽** 당나라의 장군 곽자의郭子儀를 말한다. 현종 때 안록산의 난 등 여러 차례의 변란을 진압하여 병부상서가 되고 분양왕汾陽王의 봉호를 받았으며, 대종代宗 때 장안을 함락시킨 위구르와 토번을 격퇴하는 등 혁혁한 무공을 세워 임금이 존경하는 신하에게 주는 상부尙父라는 호칭을 받았다.

이지 어찌 조정에서 지시할 수 있겠습니까?"

태후가 말했다.

"이 일은 너의 평생이 걸린 큰일이라 본래 너와 의논하려 했다. 양상서의 풍류와 문장은 조정 신하 중에 견줄 이가 없을 뿐 아니라 퉁소 한 곡조로 너와 천생연분이 있다는 것을 안 지 오래야. 그러니 결코 양상서를 버리고 다른 사람을 찾을 수 없단다. 하지만 양상서는 정사도 집과 심상하게 혼인을 약속한 것이 아니고 정녀와의 정분이 매우 두터워 피차간에 저버리지 못할 듯하니, 이 일이 참으로 난처하구나. 내 생각에는 상서가 조정으로 돌아온 뒤 우선 너와 혼인한 뒤 정녀를 첩으로 들이도록 허락하면 상서가 말이 없을 듯하다만, 네가 원치 않는 일일까 싶구나."

공주가 대답했다.

"저는 일생 동안 투기妬忌를 알지 못하니 제가 왜 정녀를 용납하지 못하겠습니까? 다만 양상서가 당초에 폐백을 바쳤던 아내를 나중에 첩으로 들이는 것이 예에 어긋날 듯하고, 정사도는 여러 대 동안 재상을 지낸 가문이라 딸을 남의 첩으로 삼게 하는 것을 바라지 않을 듯하니, 이는 마땅치 않을 듯합니다."

태후가 말했다.

"그것도 마땅치 않으면 네 생각에는 어찌하면 좋겠느냐?"

공주가 말했다.

"『예기』禮記에 '제후는 세 부인을 둔다'9고 했습니다. 양상서가 공을 이루고 돌아오면 크게는 왕이 될 것이요 못해도 제후는 될 터이니, 부인 두 사람을 두는 것이 외람한 일은 아닐 듯합니다. 이렇게 정녀를 허락하는 것이 어떻겠습니까?"

태후가 말했다.

"그건 안 될 일이야. 같은 여염집의 여자라면 함께 한 사람의 부인이 되어도 무방하지만 너는 선제先帝(선대 황제)께서 남기신 몸이요 황제의 사랑하는 누이이니 네 한 몸이 가볍지 않거늘, 어찌 여염 작은 집의 여자와 비견할 수 있겠느냐?"

공주가 말했다.

"저 역시 제 몸이 존귀하고 소중한 줄 압니다. 하지만 옛날의 성스럽고 현명한 제왕들은 어진 사람을 공경해서 천자가 필부를 친구로 삼은 일도 있었습니다. 제가 듣기로는 정씨 여자가 용모와 재주와 덕을 모두 갖추어 옛날의 열녀도 그보다 뛰어나지 못하다고 하니, 진실로 그 말대로라면 그런 사람과 비견하는 것이 무슨 욕됨이 있겠습니까? 그렇기는 하지만 전해 들은 말이 실상보다 과장되기 쉽습니다. 그래서 제 생각에는 어떤 경로를 통해서든 직접 정녀를 만나 본 뒤 그 용모와 재주와 덕이 저보다 뛰어나다면 마땅히 평생 동안 정녀를 우러러 섬기려니와, 만약 제가

꽃꽃꽃꽃

9. **제후諸侯는 세 부인을 둔다** 『예기』「제의」祭義의 "삼궁三宮의 부인"이라는 구절에 대해 한 나라의 학자 정현鄭玄이 "제후의 부인은 삼궁(제후의 부인이 거처하는 세 궁궐, 곧 세 사람) 이다"라고 주석을 달았다.

직접 본 것이 듣던 소문만 못하다면 정녀를 첩으로 삼든, 여종으로 삼든, 낭랑 마음대로 처리하시기 바랍니다."

태후가 이 말을 듣고 감탄하며 말했다.

"남의 재주를 꺼리는 것이 보통 여자들의 마음이거늘 너는 남의 재주를 사랑하니 그 마음이 정말 아름답다. 네 재주와 덕은 옛사람보다 뛰어나구나! 나도 한번 정녀를 만나보고 싶으니, 내일 정사도 집에 명을 내려야겠다."

공주가 말했다.

"낭랑의 명령이 있어도 정녀는 필시 병을 핑계대고 오지 않을 것입니다. 그러면 재상가의 딸을 끝내 붙잡아 올 수도 없는 노릇입니다. 제 생각에는 모든 도관道觀과 이원[10]에 지시를 내려 정사도의 딸이 분향하러 갈 때를 미리 알아내면 한번 만나는 것이 어렵지 않을 듯합니다."

소황문[11]에게 분부를 내려 태후의 명령으로 각처의 절과 도관에 묻게 하니 정혜원[12]의 여승이 소황문에게 말했다.

"정사도 집의 불사佛事를 본래 저희 절에서 담당하고 있습니다. 그러나 정소저는 본래 절에 왕래하지 않고, 사흘 전에 양상서의

---

10. **이원尼院** 여승들이 사는 절.
11. **소황문小黃門** 환관이 맡는 관직 이름. 조정의 보고를 접수하여 황제에게 보고하고 궁궐 안팎의 연락을 담당했다.
12. **정혜원定惠院** 절 이름.

첩 가춘운이라는 이가 정소저의 분부를 받아 불사를 하고 갔습니다. 정소저가 부처님께 바친 글이 여기 있으니 이것을 가져다가 태후 낭랑께 보고하십시오."

소황문이 돌아가 사정을 아뢰니 태후가 공주에게 말했다.

"이러면 정녀의 얼굴을 보기 어렵겠다."

태후와 공주가 함께 정경패의 글을 보았다.

불제자 정경패는 삼가 여종 춘운으로 하여금 여러 부처님과 보살님께 머리를 조아리고 아뢰게 하옵니다.

제자 경패는 전생에 죄가 많아
여자로 태어났고 형제마저 없습니다.
양씨楊氏의 폐백 받아 몸을 허락했더니
양씨는 도리어 부마駙馬에 뽑혔지요.
조정의 명이 지엄하고 하늘의 뜻은 사람과 다르니
마음을 바꾸는 건 의리상 차마 못할 일.
부모에 의지하여 여생을 마치리니
기박한 운명 때문에 외려 한가함을 얻었습니다.
부처님께 정성 바쳐 머리 조아리고 소원을 아뢰나니
제 부모가 백 세 넘어 장수하게 해 주소서.
저는 아무 재앙 없이

색동옷 입고 재롱부리며[13] 끝없는 즐거움 누리게 하소서.

부모님 돌아가신 뒤 불문佛門에 돌아가

향 사르고 경을 외며 부처님 은혜를 갚겠습니다.

제 몸종의 이름은 춘운이니

일찍부터 저와 큰 인연이 있었습니다.

이름은 비록 주인과 노비이나 실은 벗이어서

정실보다 먼저 낭군을 섬기게 했습니다.

일이 어그러져 남편 떠나 주인에게 돌아와

사생고락을 함께하기로 맹세했습니다.

부처님께서는 저희 두 사람을 슬피 여겨

세세생생에 여자의 몸을 면하게 해 주소서.

저희의 죄악을 없애고 지혜와 덕을 더해 주시어

좋은 땅에 환도하여 유유자적 즐기게 해 주소서.

공주가 말했다.

"한 사람의 혼인을 위해 두 사람의 인연을 깨니, 음덕[14]에 해로울까 두렵습니다."

태후는 묵묵히 말이 없었다.

---

13. **색동옷 입고 재롱부리며** 춘추시대의 인물 노래자老萊子가 일흔이 넘은 나이에 부모를 즐겁게 하기 위해 색동옷을 입고 어린아이처럼 재롱을 부렸다는 고사가 전한다.
14. **음덕陰德** 후비后妃의 도리, 혹은 여성이 갖추어야 할 미덕.

이때 정경패는 정사도와 최부인을 모시고 안색을 온화하게 하며 말씨를 따뜻하게 해서 일절 한탄하는 기색이 없었으나 최부인은 정경패를 볼 때마다 슬픈 마음을 참지 못했다. 춘운이 정경패와 함께 문필과 잡기雜技로 최부인의 심사를 위로하며 날을 보냈으나 최부인이 점점 쇠약해져 병이 생기니 정경패가 매우 근심했다. 정경패가 최부인의 마음을 위로하기 위해 하인들에게 음악 연주하는 사람과 온갖 놀이가 될 만한 물건을 수소문해서 아뢰라고 했다.

하루는 여자아이 하나가 정부鄭府에 족자 두 축을 팔러 왔다. 춘운이 가져다 보니 족자 하나는 꽃 사이에 있는 공작 그림이고, 다른 하나는 대숲에 있는 자고새[15] 그림이었는데, 수놓은 솜씨가 정묘해서 예사 물건이 아니었다. 춘운은 여자아이를 머물러 있게 한 뒤 족자를 가지고 들어가 최부인과 정경패에게 보이며 말했다.

"소저가 늘 춘운의 자수 솜씨를 칭찬하셨는데, 이 족자를 한번 보십시오. 신선이 아니면 귀신의 솜씨입니다!"

정경패가 부인 앞에 족자를 펼쳐 보고는 깜짝 놀라 말했다.

"지금 세상 사람 중에는 이처럼 교묘한 솜씨가 없을 터인데, 실의 색깔이 여전히 새롭구나. 누가 이런 재주를 가졌을까?"

춘운에게 물어보게 하니 여자아이가 말했다.

꿍꿍꿍꿍
15. 자고새 꿩과의 새.

"이 자수는 우리 집 소저가 직접 하신 거예요. 우리 소저가 요사이 혼자 객지에 머물러 계시는데 급히 쓸 곳이 있어서 족자를 금이나 돈으로 바꿔 오라고 하셨어요."

춘운이 물었다.

"너희 집 소저는 어느 댁 분이시고 무슨 일로 혼자 객지에 계시니?"

여자아이가 말했다.

"우리 소저는 이통판[16]의 누이동생이셔요. 통판께서 대부인을 모시고 절강(절강성) 부임지로 가실 때 소저가 병이 있어서 함께 가지 못하고 내구[17] 장별가[18] 댁에 머물러 계셨어요. 요사이 별가 댁에 사정이 생겨서 길 건너편에 연지[19] 파는 사삼랑謝三娘 집을 빌려 살며 통판이 보내는 관청의 거마가 오기를 기다리고 계세요."

춘운이 정경패에게 그 말을 전하자 정경패는 비녀와 온갖 머리 장식을 많이 주고 그 족자를 사서 중당中堂에 걸어 두고는 칭찬해 마지않았다.

그 뒤로 이씨 집 여자아이가 간혹 정사도 집에 와서 하인들과

───

16. 이통판李通判 '통판'은 주州의 부장관副長官. 주의 장관을 보좌함과 동시에 해당 지역의 정치와 관리를 감찰하여 조정에 보고하는 일을 담당했다.

17. 내구內舅 외숙부를 달리 이르는 말.

18. 장별가張別駕 '별가'는 주州 장관의 보좌관.

19. 연지臙脂 화장할 때 입술과 뺨에 바르는 붉은 빛깔의 염료.

사귀며 왕래했다. 정경패가 춘운에게 말했다.

"이씨 집 여자의 솜씨를 보니 보통 사람이 아니야. 한번 몸종을 시켜 저 집 여자아이를 따라 왕래하게 해서 이소저李小姐의 사람됨이 어떤지 알아봐야겠어."

영리한 여종 하나를 분부해서 보내니, 여염집이 좁아서 안채와 바깥채의 구별도 없었다. 이소저는 정사도 집 하인이 온 것을 들어 알고는 불러 본 뒤 술과 음식을 대접해서 보냈다. 여종이 돌아와 정경패에게 아뢰었다.

"이소저는 예사 사람이 아닙니다! 아름다운 얼굴이 우리 소저와 같았습니다."

춘운이 믿지 못하고 말했다.

"이소저가 그 재주를 보건대 예사로운 사람은 아닐 터이나, 너는 어찌 그리 경솔한 말을 하느냐? 지금 세상에 우리 소저 같은 여자가 또 있다니 나는 믿지 못하겠다."

여종이 말했다.

"가유인[20]이 내 말을 믿지 못하겠거든 다른 사람을 보내 보게 하세요."

춘운이 그 뒤에 다른 이를 보냈더니 돌아와 말했다.

꽃꽃꽃꽃

20. 가유인賈孺人　가춘운. '유인'은 부인의 존칭. 본래 대부大夫의 아내, 혹은 왕의 첩이나 관리의 아내에게 붙이던 호칭이었다.

"정말 이상해요! 이소저는 진짜 신선입니다! 전에 갔던 사람의 말이 틀리지 않아요. 가유인이 못 믿겠거든 직접 가서 보세요."

며칠 뒤 연지 파는 사삼랑이 정부에 와서 최부인을 뵙고 말했다.

"요사이 이통판 댁 낭자가 소인의 집을 빌려 살고 있는데, 그 낭자의 재주와 용모가 이 세상 사람이 아닙니다. 낭자는 늘 귀댁 소저의 꽃다운 이름을 우러러 한번 뵙고 가르침을 듣고 싶어 했 지만 감히 곧바로 청하지 못하고 있다가 소인이 귀댁에 왕래하는 것을 알고는 부인을 뵙고 먼저 여쭙게 했습니다."

최부인이 정경패를 불러 그 말을 전하자 정경패가 말했다.

"저는 다른 사람과 달라 얼굴을 들고 외간 사람을 대하지 않고 자 합니다. 다만 이소저의 자수 솜씨가 신묘하고 용모가 세상에 견줄 데 없이 빼어나다 하니, 한번 만나보고 싶습니다."

사삼랑이 기뻐하며 떠났다.

이튿날 이소저가 정경패에게 여종을 보내 방문하고자 한다는 뜻을 통하더니, 저녁 늦게 휘장을 친 작은 가마를 타고 여종 두어 사람을 거느려 정부에 왔다. 정경패가 침실로 청해 만나보고 손 님과 주인이 동쪽과 서쪽으로 마주 서니, 마치 직녀織女가 월궁月宮 의 항아[21]를 방문하고 상원부인[22]이 요지瑤池의 서왕모西王母에게 조

<hr>

21. 항아姮娥　달나라의 선녀. 요堯임금 때 활 잘 쏘는 예羿가 서왕모西王母에게 불사약을 청해 서 받았는데, 예의 아내인 항아가 이를 훔쳐 달나라로 갔다는 전설이 있다.

회하는 듯했다. 두 소저의 광채가 서로를 쏘아 온 집을 환히 비추니 두 사람 모두 깜짝 놀랐다.

정경패가 말했다.

"하인들을 통해 귀하신 발걸음이 가까이 오신 것을 알고 있었으나 운명이 기박한 제가 인사를 폐한 지 오래라 일찍 문안하는 예를 올리지 못했습니다. 그러던 중에 이제 저저姐姐(언니)께서 엄연히 왕림해 주시니 감격스런 마음을 말로 다하지 못하겠습니다."

이소저가 말했다.

"저는 견문이 좁고 고루한 사람으로, 엄친嚴親께서 일찍 세상을 뜨시고 어머니의 끔찍한 사랑을 받고 자랐으니 무슨 배운 것이 있겠습니까? 제가 한탄하는 바는 남자들은 천하에서 벗을 구해 서로 도와 어진 덕을 쌓거늘, 여자들은 하인들 외에는 접하는 사람이 없으니 잘못이 있어도 누가 고쳐 줄 것이요, 학문을 닦은들 누구에게 질정할까 하는 것입니다. 저는 저저께서 반소²³의 문장과 맹광²⁴의 행실을 겸비하여 몸이 중문 밖을 벗어나지 않으나

ꗿꗿꗿ

22. **상원부인上元夫人** 도교 전설에 나오는 아름다운 선녀. 서왕모의 딸로, 서왕모에 버금가는 지위에서 선녀들을 통솔한다고 한다.

23. **반소班昭** 후한後漢의 여성 문인. 후한의 역사가 반고班固의 누이동생으로, 박학하고 문장에 뛰어났다. 반고가 『한서』漢書 집필을 마무리하지 못하고 죽자 황제의 명으로 반소가 궁궐에 들어가 『한서』를 완성했다. 그 뒤 황후와 후궁들의 스승이 되었고 정치에 관여하기도 했다.

명성이 온 나라에 가득하다고 들었습니다. 그리하여 저의 비루함을 잊고 성대한 덕과 광채를 바라보기를 원했는데, 지금 저저께서 저를 버리지 않으시니 평생의 위로가 되기에 족합니다."

정경패가 말했다.

"저저의 말씀이 곧 제 마음속과 같습니다. 그러나 저는 규중에 묻혀 사는 사람인지라 눈과 귀가 막혀 큰 바다의 물과 무산의 구름²⁵을 알지 못합니다. 생각건대 형산의 옥과 남해의 진주²⁶는 스스로 광채를 감추어 사람들이 알지 못하게 하거늘, 저 같은 사람이야 스스로 보기에도 부족함이 많은데, 어찌 이러한 성대한 칭찬을 감당할 수 있겠습니까?"

그러고는 몸종을 시켜 다과를 들여오게 한 뒤 조용히 담소를 나누었다.

이소저가 말했다.

꽃꽃꽃

24. **맹광孟光**　후한 때의 가난한 선비 양홍梁鴻의 아내로, 본래 부잣집 딸이었으나 시집온 뒤 검소한 생활로 남편을 잘 받들었고, 부부간에 서로 존경하며 금슬이 좋았다고 한다.

25. **큰 바다의 물과 무산巫山의 구름**　'광대한 세상', 혹은 '가장 높은 경지의 세계'를 비유한 말. 『맹자』「진심」盡心 상上의 "바다를 본 사람에게는 다른 물이 물이 되기 어렵다"(觀于海者難 爲水), 당나라 원진元稹의 시 「이사」離思 중 "큰 바다가 아니면 물이라 하기 어렵고/무산의 구름이 아니면 구름이라 할 수 없네"(曾經滄海難爲水, 除却巫山不是雲) 구절에서 따온 말. 원진의 시에서 '큰 바다와 무산의 구름'은 본래 새로운 사랑을 할 수 없을 정도로 잊지 못하는 깊은 사랑을 은유한 말이다.

26. **형산荊山의 옥과 남해南海의 진주**　진귀한 물건이나 재능을 비유하는 말. '형산'은 호북성에 있는 산으로, 보옥寶玉의 산지로 유명하다. '남해의 진주'는 중국 고대 전설에서 남해의 교인鮫人(인어)이 울 때 흘린다는 진주 눈물을 말한다.

216

"부중府中에 가유인이 있다고 하던데 만나 볼 수 있겠습니까?"

정경패가 말했다.

"그 또한 뵙고 싶어 했는데, 감히 청하지 못했습니다."

춘운을 불러 인사하게 하자 춘운이 들어와 절하고 이소저가 답례했다. 춘운이 놀라 생각했다.

'과연 신선이구나! 하늘이 우리 소저를 낳으시고 또 이 사람을 두었으니, 비연과 옥환[27]이 한 시대에 나란히 있을 줄은 생각지도 못했어!'

이소저 역시 속으로 생각했다.

'가녀賈女의 명성은 들었지만 실제로 보니 과연 그 명성 이상이구나! 양상서가 총애하는 것도 당연해. 진중서秦中書(여중서 진채봉)와 나란히 설 만해. 노비와 주인 두 사람이 모두 이러하니 양상서가 어찌 버리려 들겠나?'

이소저가 춘운과 인사를 나누고는 일어나 작별인사를 했다.

"날이 저물어 오랫동안 모시면서 맑은 가르침을 받지 못하고 물러갑니다. 제 거처가 여기서 길 하나를 사이에 두었을 뿐이니,

---

27. **비연飛燕과 옥환玉環** 한나라 성제의 비妃 조비연趙飛燕과 당나라 현종玄宗의 총비 양귀비楊貴妃를 말한다. 조비연은 궁녀 출신으로 성제의 총애를 받아 황후가 되었는데, 가무에 능했고 몸이 매우 가냘파서 손바닥 위에서 춤출 수 있었다고 한다. 양귀비는 현종의 총애를 받아 오랫동안 영화를 누렸으나 훗날 안록산의 난이 일어나는 원인을 제공했다 하여 현종이 사천성으로 피난 가던 도중 죽임을 당했다.

다시 와서 가르침을 청하겠습니다."

정경패가 말했다.

"저저께서 왕림해 주셨으니 제가 댁에 나아가 인사 드려야 마땅합니다만 저는 다른 사람과 달라 얼굴을 들고 중문을 나가지 못합니다. 저저는 용서해 주십시오."

두 사람이 이별을 아쉬워하다가 헤어졌다.

정경패가 춘운에게 말했다.

"보검寶劍은 흙 속에 묻혀 있어도 빛이 두우²⁸를 쏘고, 대합조개는 바다 밑에 가라앉아 있어도 그 기운이 신기루를 이룬다지. 이 소저의 재주와 용모가 저렇듯 빼어나거늘 우리가 그 명성을 듣지 못했다니 참으로 괴이한 일이야."

춘운이 말했다.

"저는 한 가지 의심스러운 점이 있어요. 양상서가 매번 화주華州에서 진어사秦御史의 딸을 만나 혼인을 의논하던 일을 이야기할 때마다 지금까지도 안색이 참혹한데, 그 사람이 지은 「양류사」楊柳詞를 보니 과연 재주 많은 여자입니다. 그 여자의 생사를 알지 못하니, 이 사람이 짐짓 이름을 고치고 우리를 보러 와서 예전 인연을 잇고자 하는 게 아닐까요?"

28. 두우斗牛 북두성北斗星과 견우성牽牛星. 견우성은 독수리자리에서 가장 밝은 별인 알타이르Altair.

218

정경패가 말했다.

"진녀秦女(진채봉)의 재주와 용모에 대해서는 나도 다른 경로로 들었는데, 정말 이소저와 가까운 듯하기는 해. 하지만 진녀는 집안의 재앙을 만나 궁궐에 들어갔다고 하니, 어떻게 여기에 올 수 있겠니?"

정경패가 최부인에게 이소저의 일을 아뢰며 칭찬해 마지않자 부인이 말했다.

"이씨 집 낭자를 나도 보고 싶구나."

며칠 뒤 최부인이 말을 넣어 이소저를 청하자 이소저가 흔쾌히 분부를 받들어 정부鄭府에 왔다. 최부인이 중당에서 만나니 이소저가 조카의 예禮로 부인을 뵈었다. 최부인은 술과 음식을 대접하며 딸을 찾아보고 사랑해 준 데 감사 인사를 했다. 그러자 이소저가 일어나 말했다.

"소질²⁹은 저저의 덕을 사모하면서 오직 저저에게 버림받지 않을까 두려워했는데, 우리 저저가 저를 한번 보고는 형제로 대해 주었습니다. 게다가 지금 부인의 사랑까지 입으니, 앞으로 문하에 드나들며 부인을 어머니처럼 섬기고 싶습니다."

최부인은 과분한 말이라 감당하지 못하겠다고 했다. 정경패가 최부인을 모시고 함께 이야기하다가 이소저를 데리고 자기 방으

---

29. 소질小姪 조카가 자기를 낮추어 이르는 말.

로 가서 춘운과 함께 평소처럼 담소를 나누었다. 두 소저가 의기
투합해서 문장을 품평하고 여성의 덕에 대해 토론하니 하루가 다
가도록 싫증이 나지 않았다. 서로 공경하고 사랑하며 뒤늦게 만
난 것을 한스러워할 따름이었다.

두 미인이 손잡고 한 수레에 타고
장신궁에서 칠보시를 지어 재주를 겨루다

이소저가 떠난 뒤 최부인이 정경패와 가춘운에게 말했다.

"정씨와 최씨 두 집안 일가 사람이 수천 수만 명이라서 내가 어릴 때부터 아름다운 사람을 많이 보아 왔지만 이소저 같은 미인은 아직 보지 못했다. 정말 경패와 비교해 우열이 없으니 형제의 인연을 맺는 게 마땅하겠구나."

정경패가 춘운이 말해 준 진녀(진채봉)의 이야기를 최부인에게 알리고 말했다.

"춘운은 의심이 없지 않았지만, 제 생각에는 이소저가 용모며 재주와 학식은 말할 것도 없고 탈속脫俗한 기상이나 단정하고 중후한 몸가짐이 보통 사람과 크게 달랐습니다. 반면 진녀는 비록 재주와 용모가 빼어나다 하나 거동이 자못 존귀하고 진중하지 못하니, 어찌 이소저에 비길 수 있겠습니까? 제 생각을 바로 말씀 드리자면 난양공주의 재주와 용모가 수많은 사람 중에 견줄 이가 없다 하니, 혹시 이소저의 기상이 그에 가까운 듯합니다."

최부인이 말했다.

"난양공주는 내가 보지 못했다만, 높은 지위에 있어 성대한 명성을 얻기는 했으나 어찌 이 여자처럼 빼어날 수 있겠느냐?"

정경패가 말했다.

"이소저의 종적에 끝내 의심스러운 점이 있으니 훗날 춘운을 보내 그 거동을 살펴보겠습니다."

이튿날 정경패가 춘운과 함께 이 일을 의논하고 있는데 이씨 집 여자아이가 또 와서 이소저의 말을 전했다.

"마침 절동¹으로 가는 배를 얻어 내일 출발하게 되었기에 지금 부중府中에 나아가 작별 인사를 드리겠습니다."

이윽고 이소저가 와서 최부인과 정경패를 만났다. 두 소저는 급작스레 작별하게 된 것이 한스러워 간절히 그리는 마음이 안색에 드러났다. 이소저가 최부인에게 말했다.

"소질이 어머니와 오라버니를 떠난 지 벌써 1년이 넘어 돌아가고픈 마음이 화살 같지만 오직 부인의 은덕과 저저의 사랑 덕택에 마음에 맺힌 것이 있는 것 같습니다. 소질이 저저에게 청할 일이 있는데, 저저가 허락하지 않을까 싶어 부인께 아룁니다."

최부인이 말했다.

"무슨 일인가?"

꾸꾸꾸꾸

1. **절동浙東** 절강성의 동남부 지역. 전당강錢塘江을 경계로 절동과 절서浙西로 나누었다.

"소질이 선친을 위해 남해대사[2] 상像을 수놓아 이미 마쳤으나 문인文人의 찬[3]이 없습니다. 이제 저저에게 두어 구절 글과 글씨를 받고 싶은데, 수놓은 것이 매우 커서 꺼내고 들이기 불편할 뿐 아니라 더럽히지 않을까 걱정입니다. 이 때문에 잠시 저저를 저희 집으로 초청해서 선친을 위한 제 정성을 온전하게 하는 한편 헤어진 뒤 저저를 사모하는 마음을 위로했으면 합니다만 저저가 어찌 여길지 모르겠습니다."

최부인이 정경패를 보고 말했다.

"네가 비록 가까운 친척 집에도 가지 않지만 이낭자의 청은 다른 일과 다르고 더구나 집도 매우 가까우니 해로울 일이 없을 듯하다."

정경패가 처음에는 어려워하는 기색이었으나 문득 이런 생각이 들었다.

'이소저의 종적이 의심스러워 정체를 알고 싶었는데, 이 기회를 틈타서 잠시 가 보는 게 좋겠어.'

정경패가 대답했다.

"다른 일이라면 실로 가기 어렵지만 사람은 모두 부모가 계시니 어찌 이 간절한 청을 듣지 않을 수 있겠습니까? 다만 날이 저

2. **남해대사南海大師** 관음보살觀音菩薩. 구원을 요청하는 중생 앞에 알맞은 모습으로 나타나 대자비심을 베푸는 보살.
3. **찬贊** 한문 문체의 한 종류로, 어떤 대상을 찬미하는 글.

문 뒤에 가고자 합니다."

이소저가 매우 기뻐서 일어나 인사하고 말했다.

"날이 저문 뒤에는 글씨 쓰기가 불편할 것입니다. 저저가 번잡한 길에 나서는 것을 염려하신다면 제가 타는 가마가 비록 누추하나 두 사람은 들어갈 수 있으니 같이 타고 갔다가 밤에 돌아오시는 게 어떻겠습니까?"

정경패가 말했다.

"그리 하는 게 가장 좋겠어요."

이소저가 최부인에게 인사하고 춘운을 불러 작별한 뒤 정경패와 함께 가마에 탔다. 정부의 몸종은 두 명만 따라갔다.

이소저의 집에 이르러 정경패가 이소저의 방에 앉아 보니 차려 놓은 집기들이 번잡하지 않고 지극히 아름다웠으며 내오는 음식들이 간소하지만 진귀해서 예사롭게 보이지 않았다. 이소저가 글 짓는 일에 대해 말을 꺼내지 않자 정경패가 말했다.

"관음보살 수상[4]이 어디 있습니까? 빨리 예배禮拜하고 싶습니다."

이소저가 말했다.

"이제 보여드리겠습니다."

그때 문득 문밖에 떠들썩한 거마車馬 소리가 나더니 무수한 청

꽃무늬
4. **수상繡像** 실로 수놓아 만든 초상.

226

색과 홍색 깃발이 집을 둘러쌌다. 정경패 집의 몸종이 급히 아뢰었다.

"군사들이 집을 포위했습니다!"

정경패는 사태를 이미 짐작하고 안색을 변하지 않았다. 이소저가 말했다.

"저저, 놀라지 마세요! 실은 제가 다른 사람이 아니라 바로 난양공주입니다. 저저를 이곳으로 청한 것은 태후 낭랑의 분부였습니다."

정경패가 자리에서 물러나 말했다.

"여염의 미천한 사람이 비록 아는 게 없으나 천인[5]의 골격이 보통 사람과 다른 줄은 알고 있었거늘, 귀주貴主께서 왕림하실 줄은 정말 꿈에도 생각지 못한 일인지라 무례한 일이 많았습니다. 감히 죄를 청하옵니다."

공주가 미처 대답하기 전에 시녀가 들어와 아뢰었다.

"삼전[6]에서 왕상궁王尚宮·석상궁石尚宮·화상궁和尚宮을 보내 안부를 물으십니다."

공주가 말했다.

"저저는 잠깐 여기 계십시오."

---

5. **천인天人** 천자天子, 곧 황제. 여기서는 황제의 혈통.
6. **삼전三殿** 황태후·황제·황후를 가리킨다.

공주가 마루에 나가 앉자 상궁 세 사람이 차례로 예를 올리고 아뢰었다.

"귀주께서 궁궐을 떠나신 지 여러 날이 되어 태후 낭랑께서 깊이 염려하고 계십니다. 황상皇上 폐하와 황후 낭랑께서도 각각 궁녀를 보내 안부를 물으셨습니다. 오늘이 바로 궁궐로 돌아가시기로 약속한 날이기에 밖에 의장7이 대령하고 있습니다. 황상께서는 조태감趙太監과 위태감魏太監을 보내 행차를 호위하게 하셨습니다."

왕상궁이 또 아뢰었다.

"태후 낭랑께서 반드시 정낭자(정경패)를 데려오되 연8을 함께 타고 들어오라고 분부하셨습니다."

공주는 세 사람을 잠시 밖에서 기다리게 하고 방에 들어와 정경패에게 말했다.

"드릴 말씀이 많으나 나중에 조용히 이야기하겠습니다. 태후 낭랑께서 저저를 만나보고 싶어 간절히 기다리고 계시니 저와 함께 들어가 알현하도록 하시지요."

정경패가 가지 않을 도리가 없다 생각하고 말했다.

"귀주께서 저를 사랑하시는 마음은 오래전부터 알고 있습니다

─────────────

7. **의장儀仗**　의식에서 위엄을 보이기 위하여 격식을 갖추어 세우는 무기나 기구.
8. **연輦**　임금이 타는 가마.

만 여염의 여자가 지존至尊을 뵌 적이 없으니 황공하여 실례를 범하지 않을까 두렵습니다."

공주가 말했다.

"저저는 걱정 마세요. 태후 낭랑의 마음이 어찌 저와 다르겠습니까?"

정경패가 말했다.

"오직 분부대로 따르겠습니다만 귀주께서 떠나신 뒤 집에 돌아가 수레와 시종을 갖추어 뒤따라 들어가겠습니다."

공주가 말했다.

"태후 낭랑께서 저와 수레를 함께 타고 들어오라 하시니 사양하지 마세요."

정경패가 말했다.

"천한 제가 누구라고 감히 공주님과 수레를 함께 탈 수 있겠습니까?"

공주가 웃으며 말했다.

"여상은 어부였으나 문왕의 수레를 탔고,[9] 후영은 문지기였으나 공자公子가 고삐를 잡았습니다.[10] 저저는 대대로 제후의 가문에

---

9. **여상呂尙은 어부였으나~수레를 탔고** '여상'은 태공망太公望, 곧 강태공姜太公의 이름이다. 주周나라 문왕文王이 위수渭水에서 낚시로 소일하던 70세의 강태공을 찾아가 자신이 원하던 인재임을 확인한 뒤 수레를 함께 타고 돌아가 임금의 스승으로 삼았다.

10. **후영侯嬴은 문지기였으나~고삐를 잡았습니다** '후영'은 전국시대 위魏나라 사람으로, 가난

조정 대신의 따님이시거늘, 저와 함께 수레에 타는 것을 왜 사양하십니까?"

드디어 손잡고 연輦에 올랐다. 정경패가 몸종에게 분부를 내려 한 사람은 자신을 좇아오고 한 사람은 집에 가서 사정을 알리게 했다.

공주를 태운 연이 동화문東華門(동문)으로 들어가 겹겹의 궁궐 문을 지나 한 궁전 문밖에 이르렀다. 공주가 정경패와 함께 연에서 내려 왕상궁에게 말했다.

"상궁은 정소저를 모시고 잠깐 여기서 기다리라."

왕상궁이 말했다.

"낭랑의 분부로 정소저가 머물 막차[11]를 벌써 마련해 두었습니다."

당초에 태후는 정경패에 대해 전혀 호의를 품지 않고 있었다. 그러나 난양공주가 미복微服 차림으로 정부鄭府 근처에 가서 수놓은 족자를 수단으로 삼아 정경패를 만난 뒤 정경패에게 크게 경복敬服해서 양소유가 정경패를 버리지 않을 것이요 첩으로 삼지도 않을 것임을 헤아리는 한편 정경패를 사랑하게 되어 함께 한 사

해서 70세의 나이에도 도성의 문지기 일을 했다. 이때 천하의 인재를 모아 후하게 대접하던 위나라의 공자 신릉군信陵君이 후영의 재주를 알아보고 후영을 자신의 수레 상석에 앉힌 뒤 몸소 수레를 몰고 돌아와 상객上客으로 삼았다.

11. **막차幕次** 의식이나 행차 때 임시로 치는 천막.

람을 섬기고자 하는 마음을 가지면서 힘써 태후의 마음을 돌이키자 태후도 크게 깨닫는 바 있었다. 태후는 이미 공주와 정경패를 양소유의 두 부인으로 삼기로 마음먹었으나 정경패의 얼굴을 반드시 보고 싶어 공주로 하여금 정경패를 속여 데려오게 했던 것이다.

정경패가 막차에 잠시 앉아 있는데, 안으로부터 궁녀 두 사람이 의복을 담은 함을 들고 나와 태후의 분부를 전했다.

"정소저는 대신의 딸로서 재상의 폐백을 받았으나 아직 처녀의 옷차림을 하고 있다 하니 편복[12]으로 조현[13]할 수 없으므로 2품 명부[14]의 장복[15]을 보내노라 하십니다."

정경패가 일어나 절하고 말했다.

"신첩臣妾이 처녀의 몸으로 어찌 감히 명부의 복색을 하겠습니까? 신첩이 입은 옷은 비록 간소하지만 부모를 뵐 때 입던 옷입니다. 태후 낭랑께서는 만백성의 부모이시니 부모를 뵐 때 입던 옷을 입고 조현하기를 청하옵니다."

궁녀가 들어갔다.

❄ ❄ ❄
12. **편복便服** 평복平服. 평상시에 입는 옷.
13. **조현朝見** 조정에 나아가 임금을 뵙는 일.
14. **명부命婦** 나라에서 작위를 받은 부인. 궁정의 비빈妃嬪 등은 내명부內命婦, 궁궐 밖 관원의 모친이나 아내는 외명부外命婦라고 한다.
15. **장복章服** 해·달·별 등의 문양을 새긴 예복.

이윽고 태후가 정경패를 불러들였다. 정경패가 궁녀를 따라 궁전 뜰에 들어와 서자 아름다운 빛이 구중궁궐에 쏘이니, 그 광경을 본 사람들이 혀를 차고 손뼉을 치며 말했다.

"천하 사람 중에 우리 귀주 한 분이 최고인 줄 알았더니 어찌 또 정소저가 있단 말인가!"

정경패가 예를 올리자 궁녀가 인도하여 궁전 위로 오르게 했다. 태후가 자리에 앉힌 뒤 하교했다.

"지난번에 딸아이의 혼사 문제로 조서詔書를 내려 양씨 집의 폐백을 거두게 했는데, 이는 국가의 고사故事에 따른 것이지 내가 처음 만들어 낸 일이 아니었다. 그렇긴 하나 딸아이가 내게 '저의 혼인을 위해 옛 언약을 저버리라 하는 것은 군주가 인륜을 극진히 하는 뜻이 아닙니다'라며 함께 한 사람을 섬기기를 진정으로 바란다고 힘써 간언하더구나. 내가 이미 황제와 의논해서 딸아이의 아름다운 뜻을 따라 양상서가 조정으로 돌아오는 대로 폐백을 도로 네게 보내고 너도 함께 정실부인이 되게 하려 한다. 이는 옛날에도 없던 은전이니 특별히 네게 알린다."

정경패가 일어나 대답했다.

"성은聖恩이 이러하시니 신첩의 몸을 갈아 가루가 되게 한들 만의 하나도 보답할 수 없습니다. 다만 저는 신하의 딸이니 어찌 감히 공주와 자리를 나란히 할 수 있겠습니까? 제가 비록 순종하려 한들 제 부모가 죽음을 무릅쓰고 명을 받들지 않을 것입니다."

태후가 말했다.

"네 겸손한 뜻이 비록 아름다우나 정씨 가문은 여러 대 동안 제후를 지낸 집안이요, 정사도는 선대先代 황제의 노신老臣이거늘, 어찌 잉첩[16]의 천한 이름을 더할 수 있겠느냐?"

정경패가 말했다.

"신하가 군주를 섬기는 것은 만물이 천명에 순종하는 것과 같으니, 첩이 되든 노비가 되든 오직 명하시는 대로 따를 뿐 신첩이 어찌 감히 조금이라도 한스러워하겠습니까? 여염의 여자가 공주를 섬기게 된다면 이 또한 영화로운 일이 아니겠습니까? 다만 어려운 형편이 있으니, 정실부인을 첩으로 삼는 일[17]은 『춘추』春秋에서 경계한 바여서 양소유가 하려 들지 않을 듯합니다."

태후가 말했다.

"그 말이 참으로 좋다만 네가 부인도 될 수 없고 첩도 될 수 없다면 내 딸의 혼사를 다른 집에 의논해야 할 듯하구나. 하지만 내 딸과 양상서는 실로 천명을 받은 사이이니, 어찌 천명을 거스를 수 있겠느냐?"

꽃꽃꽃꽃

16. **잉첩**媵妾   귀인에게 시집가는 여인이 데리고 가던 시첩侍妾.
17. **정실부인을 첩으로 삼는 일**   저본에는 "以妾爲妻"(첩을 정실부인으로 삼음)로 되어 있고, 『춘추곡량전』春秋穀梁傳 노魯 희공僖公 9년 9월조에도 역시 "첩을 정실부인으로 삼지 말라"(毋以妾爲妻)라고 되어 있으나, 문맥상으로는 '처를 첩으로 삼는다'는 의미여야 옳다. 한글본에 "처로써 첩 삼음"으로 되어 있는바, 이에 따랐다.

그러고는 퉁소 곡조로 인연을 알게 된 이야기를 했다. 정경패가 말했다.

"제가 어찌 다른 생각이 있겠습니까? 신첩은 형제가 없고 부모는 아들이 없으니, 천명을 순순히 받들어 부모가 세상을 뜰 때까지 봉양하는 것이 자식의 바람 아니겠습니까?"

태후가 말했다.

"네 효성이 비록 그러하나, 내 어찌 차마 한 여자가 돌아갈 곳을 얻지 못하게 하겠느냐? 하물며 네 용모가 이렇듯 빼어나고 덕행이 이렇듯 빼어나며 재주와 학식이 이렇듯 빼어나고 언변이 이렇듯 빼어나니, 양상서가 어찌 너를 버리고 다른 사람을 구하겠느냐? 그리 된다면 네 인연과 내 딸의 혼사가 다 어그러질 게야. 내가 본래 딸 둘을 두었는데, 난양의 언니가 열 살에 죽은 뒤로 늘 난양의 외로운 처지를 염려해 왔다. 지금 너의 용모와 재기가 참으로 난양의 자매라 할 만하니 마치 죽은 딸을 보는 듯하구나. 이제 너를 양녀로 삼고 황제께 아뢰어 위호[18]를 정하려 한다. 이렇게 하면 첫째 내가 죽은 딸을 그리워하던 마음을 표할 수 있고, 둘째 난양이 너를 친애하는 마음을 이룰 것이며, 셋째 내 딸과 함께 양상서를 따르되 여러 가지 불편한 일이 없을 것이다. 네 생각은 어떠하냐?"

꾳꾳꾳꾳
18. 위호位號 작위와 그 지위를 표시하는 명칭.

정경패가 머리를 조아리고 말했다.

"이처럼 하교하시니 신첩이 복을 잃어 죽게 될 것입니다. 오직 명령을 도로 거두어 주시기를 바랄 뿐이옵니다."

태후가 말했다.

"내가 우선 황제와 의논한 일이니 경솔히 사양하지 말라."

태후가 난양공주를 불러 정경패를 보게 하니, 공주가 위의威儀와 장복章服을 성대하게 차리고 나왔다. 태후가 말했다.

"네가 정녀와 자매가 되기를 바라더니 이제 진짜 자매가 되었다. 네 생각은 어떠냐?"

그러고는 정경패를 양녀로 삼은 일을 알려 주니 공주가 말했다.

"낭랑의 처분이 지당하시옵니다."

태후가 정경패에게 술을 내리고 조용히 문장과 서사[19]에 대해 토론하다가 정경패에게 말했다.

"너의 문재文才는 난양을 통해 자세히 들었다. 궁중에 일이 없고 봄날이 한가하니 한번 붓을 휘둘러 내 기쁜 마음을 더해 보아라. 옛사람 중에 칠보시[20]를 지은 사람이 있거니와 네가 능히 할 수 있겠느냐?"

정경패가 대답했다.

꒯꒯꒯

19. **서사書史** 유가 경서經書와 역사서.
20. **칠보시七步詩** 위나라 문제文帝 조비曹조가 아우인 조식曹植의 죄를 물어 일곱 걸음 안에 시를 짓지 못하면 처형하겠다고 하자 조식이 지었다고 하는 시.

"낭랑의 분부가 계시니 신첩이 어찌 감히 까마귀를 그려[21] 한 바탕 웃게 해 드리지 않을 수 있겠습니까?"

태후가 매우 기뻐하며 궁녀 중에 발이 작고 허리가 가늘고 걸음이 어여쁜 자를 뽑아 궁전 안에 세워 두고 시제詩題를 내려 하는데, 공주가 말했다.

"혼자 시를 짓게 하는 것은 마땅치 않으니, 저도 한번 같이 지어 보겠습니다."

태후가 기뻐하며 말했다.

"네가 짓고 싶다면 더욱 좋다만 시제는 반드시 어려운 것을 내야겠다."

이때는 봄이 이미 저물어 궁전 앞에 벽도화碧桃花가 활짝 피었는데 문득 희작喜鵲(까치)이 날아와 가지에 앉더니 두어 번 지저귀었다. 태후가 매우 기뻐하며 말했다.

"내가 너희 두 사람의 혼사를 정하는데 까치가 꽃 위에서 지저귀니, 좋은 조짐이로구나! '벽도화 위에서 까치가 지저귀는 소리'를 시제로 삼아 칠언절구[22] 한 편을 짓되 시 속에 너희들이 정혼하는 뜻을 담아 보이도록 해라."

문방사우文房四友를 각각 앞에 두고 두 사람이 붓을 잡았다. 궁녀

---

21. **까마귀를 그려** 서툰 시를 짓는다는 뜻.
22. **칠언절구七言絕句** 일곱 자씩 네 구句로 이루어진 한시 형식.

가 벌써 걸음을 옮기며 마음속으로는 두 사람이 미처 시를 짓지
못할까 걱정되어 눈으로 붓 휘두르는 모습을 보며 발꿈치를 천천
히 들어 올리는데, 두 사람의 붓 놀리는 기세가 비바람과 같아 한
번에 써서 태후 앞에 바치니, 겨우 다섯 걸음을 걸었을 뿐이었다.

태후가 정경패의 시를 보았다.

　　궁궐의 봄빛에 벽도화 취했는데
　　어디서 온 길조吉鳥가 지저귀나.
　　누각의 궁궐 기녀가 새로운 노래를 전하니
　　소남召南의 「하피농의」[23]와 「작소」[24]로구나.

공주의 시는 다음과 같다.

　　봄 깊은 궁궐에 온갖 꽃 만발하니
　　까치가 날아와 기쁜 소식 전하네.
　　너희는 힘써 은하수에 다리를 놓거라
　　두 천손[25]이 동시에 그 다리 건너갈 테니.

23. 「하피농의」何彼穠矣 『시경』 소남召南의 편명(篇名). 이 시는 주周나라 공주가 제후에게 시
　　집가는 내용으로, 여기서는 난양공주와 양소유의 혼인을 뜻한다.
24. 「작소」鵲巢 『시경』 소남의 편명. 이 시는 제후의 딸이 제후에게 시집가는 모습을 그린 노래
　　로, 여기서는 정경패와 양소유의 혼인을 뜻한다.

태후가 크게 칭찬하여 말했다.

"내 두 딸은 여자 중의 청련靑蓮(이백李白의 호)과 조자건曹子建(조식曹植)이로구나! 조정에서 만일 여자 진사進士를 뽑는다면 응당 장원과 탐화26가 되었을 것이다."

두 시를 정경패와 공주에게 보이니 두 사람이 각각 탄복했다. 공주가 태후에게 아뢰었다.

"제가 요행히 한 편의 시를 이루기는 했으나 제가 지은 시의 뜻이야 누구인들 생각해 내지 못하겠습니까? 오직 저저의 시가 완곡하고 정밀하니, 제가 미칠 수 있는 경지가 아닙니다."

태후가 말했다.

"정말 네 말대로다. 하지만 네 시 또한 영민해서 사랑스럽구나."

이때 선대 황제 때부터 있던 늙은 궁녀 소상궁蘇尙宮이라는 이가 태후를 모시고 있다가 태후에게 아뢰었다.

"저는 천성이 둔하여 소싯적에 10년 동안 글을 배우기는 했으나 시에 담긴 깊은 뜻을 끝내 알지 못하겠사옵니다. 바라옵건대 낭랑께서 두 시의 뜻을 풀이하여 하교해 주시옵소서. 좌우에 모시고 있는 이들이 모두 듣고 싶어 하옵니다."

❀❀❀❀

25. **천손天孫** 천제天帝의 손녀인 직녀織女를 말한다.
26. **장원壯元과 탐화探花** 과거의 최종 시험인 전시殿試의 수석 합격자와 3등 합격자.

태후가 웃으며 말했다.

"이 두 편의 시는 모두 아래 구절에 의미가 담겨 있다. 정가鄭家 딸아이의 글은 복사꽃에 난양蘭陽을 비유하고 까치를 자신에 비유했어. 『모시』毛詩 소남召南에 실린 공주가 하가하는 시[27]에 '복사꽃 오얏꽃처럼 아름답구나'라고 했고, 제후의 딸이 시집가는 시[28]에 '까치가 둥지를 두니'라고 했다. 이 두 시를 음악 곡조로 전하면 두 사람의 혼사가 자연히 그 가운데 있지.

옛사람의 시에 '궁녀가 곡조를 지작루에 전한다'[29]라고 했는데, 정가 딸아이의 시 셋째 구절에서 이 시를 인용하되 '까치 작鵲' 자를 감춘 것[30]이 정묘하고 완곡하여 그 덕성을 보는 듯하니, 난양이 탄복하는 것도 당연해. 난양의 시에서는 까치에게 경계하는 말로 '은하수 다리를 힘써 만들라. 옛날에는 한 사람의 직녀織女가 건넜지만 지금은 두 사람의 직녀가 건너리라'라고 했다. 공주의 혼인에 오작교烏鵲橋 고사를 인용하는 것은 으레 있는 일이지. 하지만 내가 정녀를 양녀로 삼자 정녀가 감당하지 못하겠다며 『모

꿍꿍꿍꿍

27. 공주가 하가下嫁하는 시 『시경』 소남 「하피농의」를 말한다.
28. 제후의 딸이 시집가는 시 『시경』 소남 「작소」를 말한다.
29. 궁녀가 곡조를 지작루鳷鵲樓에 전한다 당나라의 시인 이기李頎가 쓴 「악부樂府를 바치러 서울로 가는 강흡康洽을 전송하며」(送康洽入京進樂府詩) 중 "시름 견딜 만한 새 노래 있으니/궁궐의 기녀가 지작루에 전하리라"(新詩樂府唱堪愁, 御妓應傳鳷鵲樓)라는 구절을 말한다. '지작루'는 한나라 무제武帝가 감천궁甘泉宮에 세운 누각 이름이다.
30. 이 시를~감춘 것 정경패가 이기(李頎)의 시를 인용하되 '지작루'(鳷鵲樓)라는 말을 생략하여 정경패 자신을 비유한 까치(鵲)를 감추었다는 뜻.

시』를 인용하여 제후의 딸로 자처했거늘, 난양의 시에서는 정녀가 자기와 마찬가지로 천손天孫이라 했으니, 진실로 내 마음을 아는 것이다. 참으로 영민하지 않으냐?"

소상궁이 매우 기뻐하며 모든 사람들과 함께 만세를 불렀다.

양상서는 천상계에 노니는 꿈을 꾸고

가춘운은 거짓으로 유언을 전하다

이때 황제가 태후에게 저녁 문안을 왔다. 태후는 난양공주에게 분부하여 정경패와 함께 잠깐 곁방에 피해 있도록 한 뒤 황제에게 말했다.

"난양의 혼사를 위해 정사도 딸의 폐백을 거두는 것은 풍속을 교화하는 데 해롭겠고, 정사도 딸을 난양과 나란히 부인으로 삼으려 한다면 정사도 집에서 감당하지 못할 테고, 정사도 딸을 첩으로 삼는 것은 더욱 마땅치 않소. 그래서 내가 정사도 딸을 불러보니 그 재주와 용모가 난양과 형제 되기 마땅하기에 벌써 양녀로 삼았소. 훗날 함께 양상서에게 시집보내려 하는데 나의 처사가 어떻소?"

황제가 매우 기뻐하며 하례하여 말했다.

"낭랑의 처사와 성대한 덕이 천지 같으시니 근래의 후비后妃 중 미칠 이가 없을 것입니다."

태후가 정경패를 불러 황제에게 인사하게 하니 황제가 전殿에 오르라 하고 태후에게 말했다.

"정씨가 이제 어매御妹가 되었거늘 왜 아직도 편복便服을 입고
있습니까?"

태후가 말했다.

"황제께 아직 아뢰지 못하여 고명¹이 없었기에 장복章服을 사양
하더이다."

황제가 여중서女中書에게 난새와 봉황새를 수놓은 비단 고명誥命
한 축軸을 가져오라 하니 진채봉이 받들어 바쳤다. 황제가 붓을
들어 쓰려다가 붓을 멈추고 태후에게 말했다.

"정씨를 이미 공주로 봉했다면 국성²을 주어야겠습니다."

태후가 말했다.

"나도 그러려고 했으나 다시 생각해 보니 정사도가 연로한데
다른 자제가 없다오. 내가 차마 성을 빼앗지 못하겠으니 성은 고
치지 맙시다."

황제가 어필로 크게 썼다.

황태후의 성지聖旨를 받들어 양녀 정씨를 영양공주滎陽公主로
삼는다.

---

1. **고명誥命** 황제가 관작을 내리는 명령.
2. **국성國姓** 임금의 성씨.

중서中書에게 황제와 태후의 옥새를 찍게 한 뒤 정경패에게 내려 주니, 궁녀들이 공주의 장복을 받들어 정경패에게 입혔다. 정경패가 사은謝恩하고 올라와 난양공주와 좌석의 차례를 정하는데 정경패의 나이가 난양공주보다 한 살 많았지만 감히 윗자리에 앉지 못했다. 그러자 태후가 말했다.

"영양榮陽은 이제 내 딸이거늘 왜 이리 남의 식구 대하듯 하느냐?"

정경패가 머리를 조아리고 말했다.

"오늘의 좌석 차례가 곧 훗날의 차례가 될 터인데, 어찌 감히 어지럽힐 수 있겠습니까?"

난양이 말했다.

"춘추시대 조최의 아내는 진晉 문공의 딸이었으나 먼저 결혼한 북방 여자에게 정실부인의 자리를 사양했거니와,[3] 저저는 제 언니인데 무슨 주저할 일이 있습니까?"

정경패가 오랫동안 사양하다가 태후가 형제의 차례로 앉으라 분부하니, 그 뒤로 궁중에서는 모두 정경패를 영양공주라 불렀다.

태후가 두 사람의 시를 황제에게 보여주니 황제가 감탄하며 말

---

3. **춘추시대 조최趙衰의 ~자리를 사양했거니와** 조최는 춘추시대 진晉 문공文公의 최측근 신하로, 젊은 시절 문공이 북방의 적국翟國에 망명할 때 수행하다가 북방 여자 숙외叔隗와 결혼하여 아들을 두었다. 훗날 문공이 진나라 군주에 오른 뒤 딸 조희趙姬를 조최와 결혼하게 했는데, 조희는 숙외에게 정실부인 자리를 양보했다.

했다.

"두 시가 모두 절묘합니다만 영양의 시는 『모시』毛詩를 인용하여 후비后妃의 덕으로 귀결시켰으니 더욱 마땅한 체모를 얻었습니다."

태후가 "옳은 말씀입니다"라고 했다.

황제가 조용히 태후에게 말했다.

"낭랑께서 영양을 대우하신 것은 옛날에 없던 큰 덕을 베푼 일이니, 저 또한 청할 일이 있습니다."

마침내 진중서秦中書의 전후 사정을 자세히 이야기하고 말했다.

"진중서의 사정이 매우 가엾고 그 아비가 비록 죄를 받아 죽었으나 조상 대대로 조정의 신하였으니, 이제 그 소원을 이루어 어매가 시집갈 때 데려가는 잉첩媵妾으로 삼고자 하는데 어떠하겠습니까?"

태후가 난양을 돌아보자 난양공주가 말했다.

"진씨가 제게 이 일을 말했습니다. 저와 진씨가 정분情分이 심상치 않으니 헤어지지 않고 싶습니다."

태후가 진채봉을 불러 하교했다.

"딸아이가 너와 헤어지지 않고자 하므로 특별히 너를 양상서의 첩이 되게 하겠다. 네 소원을 이루었으니 더욱 정성을 다해 딸아이를 섬기도록 해라."

진채봉이 눈물을 비 오듯 흘리며 머리를 조아리고 은혜에 감사

했다.

태후가 진채봉에게 말했다.

"두 딸의 혼사를 정하고 까치의 길조吉兆가 있기에 각각 시를 지었는데, 이제 중서도 돌아갈 곳을 얻었으니 시 한 수를 지을 수 있겠느냐?"

진채봉이 명을 받들어 즉시 시를 지어 바쳤다.

까치가 지저귀며 궁궐을 맴도니
복사꽃 위로 봄바람 일어나네.
남쪽으로 안 날아가도 둥지가 편안하나니[4]
서너 너덧 드문드문 별이 동쪽에 떠 있네.[5]

태후가 황제와 함께 그 시를 보고 칭찬하여 말했다.

"사도온[6]이라도 미치지 못하겠구나! 시 가운데 『모시』를 인용하여 첩의 분수를 지킨 것이 더욱 아름답다."

ꕤꕤꕤꕤ

4. **남쪽으로 안~둥지가 편안하나니** 원문은 "安巢不待南飛去"로, 후한 말 조조曹操의 「단가행」短歌行 중 "달 밝으니 별빛은 희미한데/까마귀와 까치들은 남쪽으로 날아가네"(月明星稀, 烏鵲南飛)와 두보杜甫의 「세병마」洗兵馬 중 "남쪽으로 날아간 이는 새가 편안한 둥지에 깃듦을 깨닫네"(南飛覺有安巢鳥)에서 따온 말이다.

5. **서너 너덧~떠 있네** 원문은 "三五星稀正在東"으로, 『시경』 소남 「소성」小星의 "반짝이는 저 작은 별/서너 너덧 별이 동쪽에 있네"(嘒彼小星, 三五在東)에서 따온 말이다. 「소성」은 부인의 은덕이 첩에게 미쳐 첩들이 군주를 모실 때 분수를 지키며 정성을 다함을 노래한 시이다.

6. **사도온謝道韞** 동진東晉의 여성 문인. 시재詩才가 빼어나고 총명하기로 유명했다.

난양이 말했다.

"까치를 노래한 시에 쓸 글감이 본래 많지 않은데 저와 영양榮
陽이 먼저 시를 지었고, 조조曹操의 시에서 까치를 일컬었으나 본
디 길한 말이 아니라[7] 인용하기 지극히 어렵거늘, 이 시는 조조의
시와 두보의 시[8]와 『모시』의 구절[9]을 합하여 이루되 진씨의 오늘
을 위해 기쁜 마음으로 지은 듯하니, 이런 재주는 옛날에도 있기
어려울 것입니다."

태후가 옳다 하고 또 말했다.

"천고千古의 여자 중에 시 잘하는 이는 반첩여[10]·탁문군·채문
희·사도온·소약란[11] 등 몇 사람뿐이거늘, 지금 동시에 재녀 세
사람이 모였으니 성대하다 할 만하다."

난양이 말했다.

"영양의 시녀 가춘운이라는 자의 시재詩才가 매우 볼만합니다."

꽃꽃꽃

7. **조조曹操의 시에서~말이 아니라** 조조의 「단가행」短歌行 중 "달 밝으니 별빛은 희미한데/까
마귀와 까치들은 남쪽으로 날아가네./나무를 몇 바퀴나 맴돌지만/의지할 가지가 없네"(月明
星稀, 烏鵲南飛. 繞樹三匝, 何枝可依?) 구절을 말한다. 『삼국지연의』에서는 조조가 적벽대전을
앞두고 벌인 잔치에서 「단가행」을 지어 부르자 양주 자사揚州刺史 유복劉馥이 이 구절이 불길
하다 말했고 이에 격분한 조조가 유복을 죽인 뒤 후회했다고 서술했다.
8. **두보杜甫의 시** 「세병마」洗兵馬를 말한다. 앞의 주4 참조.
9. **『모시』의 구절** 『시경』 소남 「소성」小星을 말한다. 앞의 주5 참조.
10. **반첩여班婕妤** 한나라 성제成帝의 후궁으로, 재주가 빼어나고 시를 잘 지었다.
11. **소약란蘇若蘭** 남북조시대 전진前秦의 여성 문인. 남편 두도竇滔가 지방 임지로 애첩 조양
대趙陽臺만 데리고 간 뒤 소식을 끊자 남편의 마음을 돌리기 위해 자신이 지은 시를 비단에
수놓아 보내 남편의 사랑을 되찾았다는 고사가 전한다.

태후가 말했다.

"그 여자를 한번 보고 싶구나."

이날 두 공주가 한곳에서 잤다.

이튿날 정경패가 일찍 일어나 태후에게 문안하고 집으로 돌아갈 것을 청하여 말했다.

"제가 궁궐에 들어올 때 온 집안이 깜짝 놀랐을 터이니 나가서 가족들을 만나보고 낭랑의 은덕과 제 영화를 알리겠습니다."

태후가 말했다.

"네가 이제 궁중을 어찌 쉽게 떠날 수 있겠느냐? 내가 사도 부인을 보고 의논할 일이 있다."

즉시 정부鄭府에 전교하여 최부인을 들어오게 했다. 이때 정경패가 데려왔던 여종이 먼저 집으로 가서 소식을 전하자 정사도 부처는 깜짝 놀랐다가 겨우 마음을 진정하고 있던 터였다. 부인이 명을 받들고 들어와 태후를 뵙자 태후가 말했다.

"영양공주를 당초에 데려온 것은 그 얼굴을 보고자 해서만이 아니라 실은 난양의 혼인을 위해서였는데, 한번 본 뒤로 사랑하는 정이 마음속에서 일어나 난양과 차이가 없으니, 생각건대 내 전생의 딸이 금세에 부인에게 태어난 게 아닐까 싶소. 국성國姓을 내려 마땅하나 부인의 외로운 처지를 생각해서 정씨 성을 고치지 않았으니, 부인은 내 지극한 뜻을 알아주시오."

최부인이 감격하고 황공해할 따름이었다.

태후가 또 말했다.

"영양이 이제는 내 딸이니 부인은 찾지 마오."

부인이 말했다.

"어찌 감히 찾겠습니까? 다만 신첩의 딸이 이렇게 된 뒤 저희 부부가 연로하니 다시 보지 못하는 것이 서글픕니다."

태후가 웃으며 말했다.

"혼인 전에만 그러자는 것에 불과하오. 혼인 후에는 난양도 부인에게 맡기리다."

태후가 난양을 불러 부인과 만나게 하니, 부인은 전일前日에 설만褻慢함을 거듭 사과했다. 태후가 말했다.

"부인 집에 재녀 가춘운이 있다던데 만나보고 싶소."

부인이 분부에 따라 가춘운을 불렀다. 춘운이 뜰 아래 머리를 조아리고 인사하니 태후가 말했다.

"참으로 미인이구나!"

태후는 춘운을 앞으로 나오게 한 뒤 말했다.

"난양의 말로는 네가 시 짓기를 잘한다던데 내 눈 앞에서 지을 수 있겠느냐?"

춘운이 말했다.

"시제詩題를 들어 보고자 합니다."

태후가 세 사람이 지은 희작시를 보여주고 말했다.

"너도 이런 시를 지을 수 있겠느냐? 남은 글감이 없을까 싶구나."

춘운이 붓과 벼루를 청하더니 즉시 시를 지어 바쳤다.

기쁜 소식 알리는 미미한 정성 스스로 아나
순임금의 궁정에 봉황을 따라왔네.
진루[12]의 봄빛이 일천 꽃가지에 가득하니
세 바퀴 맴도나니 앉을 가지 하나 빌릴 수 있을지?

태후가 두 공주에게 보여주며 말했다.
"가녀賈女(가춘운)가 재주 있다 하더니 이처럼 대단할 줄은 미처
몰랐다!"

난양공주가 말했다.
"자신을 까치에 비유하고 저저를 봉황에 비유한 것이 참으로
체모를 얻었습니다. 아래 구절에서는 제가 가녀를 용납하지 않을
까 의심하여 가지 하나를 빌리고 싶다고 했는데, 옛사람의 시를
합하여 구절을 이루되 그 의미가 절묘합니다. '나는 새가 사람에
게 의지하면 사람이 그 새를 사랑한다'[13]는 옛말이 있더니, 참으
로 가녀를 이르는 말입니다."

꒰꒱꒰꒱

12. **진루秦樓**　진秦 목공穆公이 딸 농옥弄玉을 위해 지어 준 누각 이름. 퉁소의 명인 소사簫史와
　　그 아내 농옥이 이곳에서 퉁소를 불면 봉황이 날아와 주변에 머물렀다는 전설이 있다.
13. **나는 새가~새를 사랑한다**　당나라 태종이 신하들의 인물 품평을 하는 자리에서 저수량褚遂

난양공주가 춘운을 데리고 물러나와 진채봉과 인사하게 하며 말했다.

"이 여중서는 화음현華陰縣 진씨秦氏 낭자라네. 춘랑(가춘운)과 평생을 함께 지낼 사람이지."

춘운이 말했다.

"혹「양류사」楊柳詞를 지은 진낭자秦娘子 신가요?"

진채봉이 놀라 물었다.

"낭자가 어디서「양류사」를 보셨습니까?"

"양상서가 말씀하시더이다."

진채봉은 서글픔을 이기지 못하며 말했다.

"양상서가 아직도 저를 기억하고 계시군요!"

"낭자는 어찌 그런 말씀을 하셔요? 양상서는 낭자의「양류사」를 몸에 간직해서 잠시도 떼놓지 않으시고 낭자 이야기를 할 때마다 눈물을 흘리신답니다. 낭자는 어찌 상서의 정을 알지 못하십니까?"

"상서가 이처럼 저를 잊지 않고 계시다니 저는 죽어도 한이 없습니다!"

진채봉이 환선시紈扇詩 짓던 이야기를 하자 춘운이 웃으며 말했다.

良이 항상 임금에게 충성을 다하며 친근하게 대하는 점을 칭찬하여 했던 말. 『자치통감』自治通鑑에 보인다.

"제 몸에 있는 비녀며 반지가 모두 그날 얻은 겁니다."

문득 궁녀가 와서 알렸다.

"정사도 부인이 돌아가십니다."

두 공주가 가서 태후를 모셔 앉자 태후가 최부인에게 말했다.

"양상서가 머잖아 조정에 돌아오면 이전의 폐백을 자연 돌려 보낼 텐데, 내 생각에는 이미 물렀던 폐백을 도로 받는 것이 퍽 구차하오. 하물며 영양이 내 딸이 되었으니, 두 딸의 혼례를 동시에 거행하고 싶은데, 부인은 허락해 주겠소?"

최부인이 말했다.

"분부대로 하겠습니다."

태후가 웃으며 말했다.

"양상서가 영양을 위해 조정의 명령을 세 번이나 거역했으니 나도 한번 양상서를 속여 보려 하오. '말이 흉하면 일이 길하다' 는 속담이 있으니, 상서가 조정에 돌아온 뒤 속여서 '정소저가 병을 얻어 불행하게 되었다' 하시오. 상서가 제 입으로 '정녀鄭女(정 경패)를 만나보았노라' 했으니 과연 알아볼지 살펴보고 싶소."

최부인이 "그렇게 하겠습니다" 하고는 하직하고 집으로 돌아 왔다.

정경패는 궁전 문에서 최부인을 전송하고 춘운을 불러 양소유 에게 전할 말을 넌지시 일러 보냈다.

이때 양소유는 백룡담 물을 군마에게 먹이고 대군을 지휘하여 북을 울리며 나아갔다. 토번 찬보는 이미 심요연이 보낸 진주를 본 데다가 당나라 군대가 반사곡을 통과했다는 소식까지 듣고 크게 두려워하여 어찌할 바를 몰랐다. 그러자 토번의 장수들이 찬보를 묶어 당나라 진영에 바치고 항복했다. 양원수楊元帥는 군용軍容을 정제整齊하여 토번의 도읍에 들어가 백성들을 위무하고 곤륜산[14]에 올라 비碑를 세워 당나라의 공덕을 기록한 뒤 개가凱歌를 부르며 삼군을 돌려 서울로 향했다.

진주[15]에 이르니, 때는 벌써 가을이라 산천이 소슬하고 기러기 울음소리가 나그네의 마음을 서글프게 했다. 양소유는 객관客館에 들어 밤 깊도록 고향 생각에 잠 못 이루며 생각했다.

'집 떠난 지 3년인데 어머니는 평안하실까? 나랏일이 바빠 지금껏 아내를 두지 못했거늘 정사도 댁의 혼사 인연은 과연 어떠할까? 내가 이제 빼앗겼던 5천 리 땅을 회복하고, 황제를 칭하던 강적을 평정했으니, 그 공이 작지 않다. 천자께서 반드시 제후에 봉하는 상을 내리실 터인데, 내가 만약 관작을 다 내놓고 정사도 댁과의 혼사를 청한다면 천자께서 어찌 들어주시지 않겠는가?'

이렇게 생각하니 마음이 조금은 편안해져 잠들 수 있었다.

문득 꿈을 꾸었다. 천상에 올라가니 칠보[16]로 장식한 궁궐에 오

❀❀❀❀

14. **곤륜산崑崙山** 티베트 고원 북쪽의 곤륜산맥崑崙山脈.
15. **진주秦州** 감숙성 동남부 지역.
16. **칠보七寶** 불경에서 이르는 일곱 가지 보배. 불경에 따라 다른데, 대략 금, 은, 유리, 수정,

색구름이 영롱했다. 시녀 두 사람이 양소유에게 말했다.

"정소저가 청하십니다."

양소유가 시녀를 따라 들어가니 넓은 뜰에 선계仙界의 꽃이 흐드러지게 피었고, 백옥으로 만든 누각 위에는 선녀 세 사람이 나란히 앉아 있었다. 성대한 옷차림은 후비后妃 같고, 푸른 눈썹과 맑은 눈에서 빛이 나 서로를 비추었다. 선녀들은 바야흐로 난간에 기대 시녀들이 공을 던지며 노는 모습을 보고 있다가 양소유를 보고는 일어나 읍했다. 자리를 정해 앉은 뒤 상석上席에 앉은 선녀가 물었다.

"서방님께서는 그간 무고하셨습니까?"

양소유가 보니 바로 자신이 거문고를 연주할 때 음악을 평하던 소저의 얼굴과 똑같았다. 양소유가 기쁘고도 슬퍼 말을 이루지 못하고 있자 소저가 말했다.

"저는 이제 인간세계를 떠나 하늘 궁전에 올라왔습니다. 옛일을 생각하자니 이 사이에 어찌 약수[17]가 가로막고 있을 뿐이겠습니까? 서방님께서 제 부모님을 만나신들 제 소식은 듣지 못하실 것입니다."

그러고는 곁에 있는 두 선녀를 가리키며 말했다.

산호, 호박, 진주 등을 꿴다.

17. **약수弱水**   험난해서 건널 수 없다는, 전설상의 강 이름. 3천 리 길이에 부력이 매우 약해 새의 깃털도 가라앉는다고 한다.

"이 사람은 직녀성군[18]이고, 저 사람은 피향옥녀[19]입니다. 모두 서방님과 전생 인연이 있으니, 제 생각은 하지 말아 주십시오. 이 인연을 이루시면 저도 의탁할 곳이 있을 것입니다."

양소유가 두 선녀를 보니 말석末席에 앉은 사람은 얼굴이 익은 듯했지만 누구인지 기억해 낼 수 없었다.

문득 원문[20]에서 울리는 북소리와 피리 소리에 잠을 깼다. 꿈속의 일을 생각하니 아주 불길해서 마음이 불안하고 몹시 걱정스러웠다.

오래지 않아 전군前軍(선두 부대)이 서울에 도착했다. 황제가 위교[21]까지 몸소 나와 맞이했다. 양소유가 봉시자금회[22]를 쓰고, 황금쇄자갑[23]을 입고, 천리대완마[24]를 타고, 황제가 내린 백모와 황월[25]을 들고, 용과 봉황을 그린 깃발[26]을 앞뒤로 옹위하게 하여 토

꽃꽃꽃꽃

18. **직녀성군織女星君** 직녀. 도교에서 직녀성織女星을 신격화한 존재.
19. **피향옥녀披香玉女** 도교 전설에 나오는 선녀. 천상의 피향전披香殿에서 향을 피우는 선녀로, 『서유기』 제31회에 그 후신後身인 공주 백화수百花羞가 등장한다.
20. **원문轅門** 군문軍門, 곧 군영軍營의 입구.
21. **위교渭橋** 장안 북쪽을 흐르는 위수渭水에 있던 다리.
22. **봉시자금회鳳翅紫金盔** 귀덮개 부분에 봉황의 날개 모양 장식을 단 자금색 투구.
23. **황금쇄자갑黃金鎖子甲** 황금 사슬을 엮어 만든 갑옷.
24. **천리대완마千里大宛馬** 대완국大宛國에서 나는 천리마. 대완국은 지금의 중앙아시아 페르가나 분지 일대에 있던 나라를 가리키는데, 명마의 산지로 유명했다.
25. **백모白旄와 황월黃鉞** 흰 깃발과 황금 도끼. 주周나라 무왕武王이 상商나라를 칠 때 오른손에는 백모, 왼손에는 황월을 들고 군사를 지휘했다고 한다.
26. **용과 봉황을 그린 깃발** 황제의 군대를 상징하는 깃발.

번 왕을 함거²⁷에 싣고 왔으며, 서역西域의 서른여섯 군장君長이 각
각 조공하는 보물을 들고 그 뒤를 따르니, 양소유 군대의 성대한
위의威儀는 고금에 없는 일이었다. 구경하는 사람들이 100여 리에
이어져 장안 성안이 텅 비었다.

　황제가 나랏일에 애쓴 양소유를 위로한 뒤 공을 의논하여 상
을 내리면서 곽분양의 고사²⁸에 따라 왕에 봉하려 했다. 양소유
가 머리를 조아리고 지극정성으로 사양하자 황제가 그 마음을 아
름답게 여겼다. 마침내 황제가 조서調書를 내려 양소유를 승상丞相
으로 삼고 위국공魏國公에 봉하여 식읍²⁹ 3만 호戶를 내렸다. 또 이
와 별도로 황금 1만 근, 백금 10만 근, 촉나라 비단³⁰ 10만 필, 준
마 1천 필, 그밖에 이루 다 기록할 수 없는 각색의 진귀한 보물을
상으로 내렸다. 양소유가 대궐에 가서 사은謝恩하니, 황제가 태평
연³¹을 베풀어 임금과 신하가 함께 즐기고, 양소유의 얼굴을 능연
각³²에 그리게 했다.

　양소유가 대궐을 떠나 정사도 집에 가니, 정씨 집 자제들이 외

<hr />

෴෴෴෴

27. 함거檻車　죄인을 실어 나르는, 우리처럼 만든 수레.
28. 곽분양郭汾陽의 고사故事　당나라 현종 때 곽자의郭子儀가 안록산의 난 등 여러 차례의 변
　　란을 진압하여 분양왕汾陽王의 봉호를 받은 일을 가리킨다.
29. 식읍食邑　나라에서 왕족이나 공신에게 내리는 영지領地.
30. 촉蜀나라 비단　삼국시대 촉나라가 있던 사천성 일대에서 생산되는 고급 비단.
31. 태평연太平宴　전쟁에서 승리한 뒤에 베푸는 잔치.
32. 능연각凌煙閣　당나라 공신들의 초상을 그려 넣어 보관한 누각.

당外堂에 모여 있다가 양소유를 맞이하고 공을 이룬 것을 축하했다. 양소유가 정사도 부부의 안부를 묻자 정십삼이 말했다.

"숙부님과 숙모님이 간신히 몸을 보전하셨건만, 누이의 상을 당한 뒤로 연로한 분들이 지나치게 애통해하셔서 기운이 작년과 크게 달라지셨소. 승상이 와도 외당에 나와 보시지 못하니 저와 함께 들어가 보십시다."

양소유가 그 말을 듣고 바보처럼 멍하니 오랫동안 말을 하지 못하다가 물었다.

"무슨 상을 당하셨다는 거요?"

정십삼이 말했다.

"숙부님께서 아들 없이 딸 하나만 두셨다가 이 지경에 이르렀으니 어찌 애통하지 않으시겠소? 승상은 숙부님을 뵐 때 서글픈 말일랑 절대 하지 마세요."

양소유가 저도 모르게 눈물을 흘리며 슬퍼하자 정십삼이 위로하여 말했다.

"승상과 종매從妹(사촌누이)의 혼약이 비록 심상한 일이 아니나, 지금은 마땅히 예의禮義를 돌아보아야 합니다. 이런 행동을 해서는 안 됩니다."

양소유가 감사 인사를 하고 눈물을 거둔 뒤 정십삼과 함께 들어가 정사도 부부를 만났다. 정사도 부부는 양소유가 공을 이루고 영예를 얻은 일을 축하할 뿐 정경패에 관한 말은 일절 하지 않았다. 양소유가 말했다.

"제가 조정의 위엄과 덕에 힘입어 외람되이 봉작封爵을 얻었으니, 바야흐로 봉작을 사양하고 제 사정을 조정에 알려 예전 인연을 이루고자 했거늘, 일이 이 지경에 이르렀으니 참담함을 견디지 못하겠습니다."

정사도가 말했다.

"세상만사가 모두 하늘에 달렸으니, 사람의 힘으로 어찌하겠는가? 오늘은 승상에게 매우 기쁜 날이니 다른 말은 하지 말게."

정십삼이 자주 눈짓을 하자 양소유가 말을 그쳤다.

양소유가 화원으로 가니, 춘운이 맞이해 고개를 숙였다. 양소유가 춘운을 보니 더욱 슬픔을 참을 수 없어 흐르는 눈물로 옷깃을 적셨다. 춘운이 말했다.

"승상! 오늘이 승상께서 슬퍼하실 날입니까? 눈물을 거두고 제 말씀을 들어 보십시오. 우리 낭자는 본래 하늘나라 선녀가 적강謫降한 존재인데, 천상으로 돌아가던 날 제게 이런 말을 했습니다.

'네가 양상서를 떠나 나를 따랐으나 이제 내가 속세를 버리게 됐으니, 너는 반드시 돌아가서 상서를 모시도록 해라. 상서가 돌아오면 필시 나 때문에 애통해하실 테니, 네가 상서께 내 뜻을 전해라. 내 집에서 상서에게 폐백을 돌려보낸 뒤로 상서와 나는 완전히 남남이야. 게다가 나는 일전에 상서의 거문고 연주를 들은 혐의가 있으니, 상서가 지나치게 슬퍼한다면 이는 임금의 명령을 거역하는 일이요, 죽은 사람에게 누를 끼치는 일이다. 더구나 상서가 제청³³과 무덤에 곡을 한다면 이는 나를 음란하고 방탕한 여자로 대하는 것이니, 내가 눈을 감지 못할 거야.'

또 이런 말을 했습니다.

'상서가 돌아오면 틀림없이 황상께서 공주의 혼사를 다시 의논하실 게다. 듣자니 공주가 유순하고 조용하며 지조가 굳고 단정해서 군자의 배필이 되기에 마땅하다고 하니, 반드시 황명을 순종하시라고 전해라.'"

양소유가 그 말을 듣고 더욱 슬퍼하여 말했다.

"소저의 유언이 그렇다 해도 내 어찌 슬프지 않겠느냐? 더구나 소저가 임종하는 순간까지도 나를 그토록 염려해 주었으니, 내가 열 번 죽은들 소저의 은혜를 갚기 어렵겠구나!"

그러고 나서 객관客館에서 꾼 꿈 이야기를 하자 춘운이 말했다.

"소저는 천당天堂에 계신 게 틀림없습니다. 세상만사 모두가 미리 정해져 있는 법이니, 승상께서는 너무 슬퍼하지 마십시오."

양소유가 말했다.

"소저가 그밖에 또 무슨 말씀을 하시더냐?"

"말씀이 있긴 했으나 아뢰기 어렵습니다."

"무슨 말이든 해 봐라."

꾸꾸꾸꾸

33. **제청祭廳** 장사지낼 때 제사를 지내기 위해 무덤 옆에 마련한 곳.

"'나와 춘랑은 한 몸이니, 양상서께서 나를 잊지 않으신다면 춘랑을 버리지 말아 주십시오'라고 말했습니다."

양소유가 더욱 서글퍼하며 말했다.

"내가 어찌 춘랑을 저버릴 리 있겠나? 하물며 소저의 유언까지 있으니, 내가 직녀織女를 아내로 삼고 복비[34]를 첩으로 삼는다 한들 맹세코 춘랑은 잊지 않겠네."

꽃꽃꽃꽃

34. 복비宓妃 복희씨伏羲氏의 딸로. 낙수에 빠져 죽어 낙수의 여신이 되었다는 전설이 있다.

제13회

합근석에서[1] 꽃과 비단이 광채를 발하고
헌수연에서[2] 적경홍과 계섬월이 좌중을 압도하다

1. **합근석合卺席** 신랑과 신부가 결혼한 날 술잔
   을 주고받는 의식을 치르는 신방.
2. **헌수연獻壽宴** 장수를 비는 잔치.

이튿날 황제가 양소유를 인견하고 말했다.

"지난번 어매의 혼사로 인하여 태후 낭랑께서 엄명을 내리셨을 때 짐朕의 마음이 편치 못했는데, 이제 정사도의 딸이 이미 불행하게 되었다는 소식을 듣고 어매의 혼사를 위해 경卿이 조정으로 돌아오기만 기다렸네. 경이 비록 정사도 집을 염려하겠지만 경은 지금 나이가 젊고 더구나 위로 대부인이 계시니, 승상부丞相府(승상의 집)에 여군女君(정실부인)이 없을 수 없고 위국공魏國公의 가묘家廟에 아헌[3]을 비울 수 없지 않겠나. 짐이 벌써 승상부와 공주궁公主宮을 한 곳에 지어 놓고 기다리거늘, 지금도 어매와의 혼인을 허락하지 못하겠나?"

양소유가 머리를 조아리고 말했다.

꽃꽃꽃꽃

3. 아헌亞獻 제사지낼 때 두 번째로 잔을 올리는 일. 또는 그 잔을 올리는 사람. 여기서는 두 번째로 잔을 올리는 좨주祭主의 부인. 곧 양소유의 정실부인을 말한다.

"신이 전후로 거역한 죄가 참형을 당해 마땅하나 이처럼 하교하시니 황공하여 죽고만 싶습니다. 신이 일전에 황상의 명을 따르지 못한 것은 실로 인륜에 구애됨이 있어 만만 부득이한 일이었습니다. 그러나 지금은 정사도의 딸이 이미 없으니 다시 무슨 말을 하겠습니까? 다만 저의 빈한한 가문과 용렬한 자질이 금련 禁臠(부마)에 걸맞지 않을까 합니다."

황제가 매우 기뻐하며 길일吉日을 물으니 흠천감[4]에서 9월 15일을 택하여 아뢰었는데, 여러 날이 남지 않았다.

황제가 또 양소유에게 말했다.

"일전에는 혼사가 가부간可否間에 있었기에 자세히 말하지 않았거니와, 짐에게 어매 두 사람이 있는데 모두 현숙하다네. 이제 두 사람을 함께 경에게 내리겠네."[5]

양소유가 일전에 꾼 꿈을 생각하고 더욱 기이하게 여기며 말했다.

"신이 부마에 뽑힌 것도 본디 외람된 일이거늘, 하물며 두 공주를 한 사람에게 내리는 것은 국조國朝에 없던 일이니 신이 어찌 감당하겠습니까?"

황제가 말했다.

꙳꙳꙳

4. **흠천감欽天監** 천문과 기상 현상을 관측하고 달력을 편찬하며 국가 대사의 길흉을 점치는 일을 담당하던 관서.
5. **내리겠네** 원문은 "釐降"(리강)인데, 『서경』 「요전」堯典에서 요임금이 순임금에게 두 딸을 시집보낼 때 쓴 표현이다.

266

"경의 공이 지극히 중하므로 이로써 갚는 것이요, 또한 어매 두 사람이 우애가 지극하여 떠나지 않고자 하므로 태후 낭랑의 특명이 있었으니, 경은 부디 사양 말게. 또 궁녀 진씨가 본래 사족士族으로 자색이 있고 문장에 능하여 어매가 아끼기에 또한 시집갈 때 데려가는 잉첩으로 삼았으니 경은 알고 있게."

양소유는 연거푸 머리를 조아리며 은혜에 감사할 따름이었다.

이때 영양공주는 궁중에서 지낸 지 한 달 동안 태후를 섬기매 정성과 효도를 다하고 난양공주·진채봉과 더불어 친형제 같은 정을 나누니 태후가 더욱 사랑했다.

국화꽃 피는 아름다운 계절이 벌써 돌아오자 영양이 조용히 태후에게 아뢰었다.

"당초에 난양과 자리를 정할 때 제가 윗자리에 앉은 것이 실로 외람한 일이었으나 낭랑의 양육하시는 은덕을 외대外待하는 듯하여 본뜻을 지키지 못하였습니다. 이제 양가楊家로 시집가서 난양이 여전히 제일위第一位를 사양한다면 이는 천고에 없던 일이니, 낭랑과 성상聖上께서 미리 정해 주시기를 바랍니다."

난양공주가 말했다.

"제가 일전에 조희[6]의 고사를 인용한 것은 바로 이 일을 위해

<hr/>

6. **조희趙姬** 조최의 아내. 춘추시대 진晉 문공文公의 측근 신하였던 조최는 젊은 시절 문공이 북방의 적국翟國에 망명할 때 수행하다가 북방 여자 숙외叔隗와 결혼하여 아들을 두었다. 훗날 문공이 진나라 군주에 오른 뒤 딸 조희를 조최와 결혼하게 했는데, 조희는 숙외에게 정실

서였습니다. 저저의 덕성과 재학才學이 모두 제가 미칠 바 아니니, 비록 정사도 댁에 있다 한들 제가 오히려 조희처럼 자리를 양보하겠거늘, 지금 형제가 된 후에 어찌 높고 낮음이 있겠습니까? 저는 비록 둘째 부인이 되어도 공주의 존귀함에 조금도 손상될 것이 없거니와, 만일 제일위에 처한다면 낭랑께서 저저를 양육하신 뜻이 어디 있겠습니까? 제게 꼭 양보하려 한다면 양씨에게 시집가는 것을 진정으로 바라지 않습니다."

태후가 황제에게 묻자 황제가 말했다.

"어매가 괴로이 사양하는 것이 천고에 없던 높은 뜻이니 아름다운 일을 이루어 주시기를 청합니다."

태후가 옳다 여기고 하교했다.

"영양공주를 위국魏國 좌부인左夫人에 봉하고, 난양공주를 위국 우부인右夫人에 봉하며, 진씨는 본디 벼슬하던 가문의 자손이니 숙인7으로 삼는다."

예전부터 공주가 하가下嫁할 때는 궁궐 밖의 공사公舍(관사官舍)에서 친영8하는 것이 예였는데, 태후가 특명을 내려 궁중에서 혼례를 거행하게 했다.

부인 자리를 양보했다. 제12회 서두에 실린 난양공주와 정경패의 대화 중에 난양공주가 조희의 고사를 언급한 바 있다.

7. 숙인淑人 조선 시대 정3품 당하관堂下官의 아내에게 내리던 품계.

8. 친영親迎 혼례 때 신랑이 신부의 집에 가서 신부를 직접 맞이하는 의식.

길일이 되자 양소유가 기린포9를 입고 옥대玉帶를 띠고 두 공주와 맞절을 하니 위의威儀의 성대함이 산 같고 물 같아 이루 다 기록할 수 없었다.

혼례를 마치고 자리에 드니 진숙인秦淑人(진채봉) 또한 양소유 앞에 나와 예를 올리고 공주를 곁에서 모셨다. 양소유는 진채봉이 앉을 자리를 정해 주었다.

이날 선녀 셋이 한 곳에 모이니 광채가 동방洞房(신방)에 가득하고 오색찬란한 광채가 발했다. 양소유는 눈이 어질어질하고 정신이 아찔하여 꿈이 아닐까 의심했다.

이날 영양공주와 함께 밤을 지내고 아침 일찍 일어나 태후를 문안했다. 태후가 양소유를 위해 잔치를 베풀자 황제와 월왕越王이 태후를 모시고 종일토록 즐겼다. 둘째 날은 난양공주와 함께 밤을 지내고 이튿날 또 잔치를 열었다.

셋째 날은 진채봉의 방으로 갔다. 비단 휘장을 치고 은촉銀燭을 꺼내는데 진채봉이 문득 눈물을 흘렸다. 양소유가 놀라 물었다.

"숙인이 즐거운 날에 슬퍼하니 혹시 마음에 숨기고 있는 게 있소?"

진채봉이 말했다.

"승상께서 저를 몰라보시니 저를 잊으셨음을 알겠습니다."

꿀꿀꿀꿀

9. **기린포麒麟袍** 신하들이 조정에서 입는, 기린 문양이 있는 조복朝服.

양소유가 홀연 깨닫고는 진채봉의 손을 잡고 말했다.

"그대는 화주華州 진낭자秦娘子가 아니오?"

진채봉은 저도 모르게 오열하며 울음소리를 냈다. 양소유가 주머니에서 「양류사」楊柳詞를 꺼내자 채봉 역시 양소유의 시를 꺼냈다. 두 사람은 서글퍼하고 한스러워하며 오래도록 마주 보았다.

진채봉이 말했다.

"승상께서는 「양류사」 인연만 알고 환선시紈扇詩 인연은 모르시는군요."

상자를 열어 시가 적힌 부채를 꺼내 보이며 일의 전말을 다 이야기한 뒤 말했다.

"이것이 모두 태후 낭랑과 황상 폐하와 공주 낭랑의 은덕입니다."

양소유가 말했다.

"화음현에서 반란군에게 쫓긴 뒤로 당신이 살아 있는지 알지 못해 다시 혼사를 의논했으나 화산과 위수를 지날 때마다[10] 얼굴에 가시가 박힌 듯했거늘, 오늘에야 하늘이 사람의 소원을 이루어 준다는 걸 알겠소. 다만 당신을 소성小星(첩)의 자리로 떨어뜨린 게 부끄러울 따름이오."

꽃꽃꽃꽃

10. 화산華山과 위수渭水를 지날 때마다   제2회에서 양소유가 진채봉에게 "저 화산이 영원히 푸르고 위수가 끊어지지 않듯 이 약속은 변치 않을 겁니다"라며 변치 않는 사랑을 맹세했기에 한 말.

진채봉이 말했다.

"제 운명이 기박한 줄 스스로 알고 있어서 당초에 유모를 보낼 때부터 서방님께서 만일 정혼한 곳이 있으면 소실이 되기를 스스로 원했던 것인데, 이제 공주의 다음 자리에 있는 것을 어찌 감히 한스러워하겠습니까?"

이날 밤 옛정을 말하고 새로운 즐거움을 나누니 첫째 날과 둘째 날 밤보다도 더욱 친밀한 사랑과 기쁨이 있었다.

이튿날 양소유와 난양공주가 영양공주의 방에 모여 조용히 술잔을 전하다가 영양공주가 나지막한 소리로 시녀를 불러 진채봉을 불러 오게 했다. 양소유는 영양공주의 목소리를 듣고 문득 마음이 움직였다. 당초 정부鄭府에 가서 거문고를 탈 때 정경패의 목소리가 그 얼굴보다 익숙했던 것인데, 이날 영양공주의 목소리가 완연히 정경패와 같다고 느끼고 다시 영양공주의 얼굴을 보니 더욱 정경패와 같음을 깨닫게 되었다. 양소유는 속으로 생각했다.

'세상에 똑같은 사람이 있을 수가! 내가 정소저와 정혼할 적에는 생사를 함께할 생각이었다. 나는 지금 배필과 함께 즐거움을 얻었거늘 외로운 무덤 속의 소저는 뉘에게 의탁할꼬?'

이리 생각하며 안색이 애처로웠다. 정경패는 영리한 여자니 어찌 그 뜻을 모르겠는가? 옷깃을 여미고 양소유에게 물었다.

"제가 듣기로는 '주군이 근심하는 것은 신하의 치욕이다'[11]라는 말이 있습니다. 여자가 낭군을 섬기는 것이 군신 관계와 같거

늘, 상공께서 술자리에서 슬픈 빛이 계시니 감히 그 까닭을 여쭙
니다."

양소유는 자신이 실수했음을 깨달았지만 달리 말하기 어려워
곧이곧대로 말했다.

"귀주를 속이지 않으리다. 내가 예전 정사도 댁과 정혼했을 때
정소저를 보았는데, 지금 영양의 용모와 목소리가 참으로 비슷하
기에 옛일을 생각하다가 나도 모르게 얼굴에 드러냈소. 이 때문
에 부인에게 심려를 끼쳤으니 매우 마음이 미안하오."

영양공주가 이 말을 듣고 안색이 잠깐 붉어지더니 일어나 안으
로 들어가서 오랜 시간이 흐르도록 나오지 않았다. 양소유가 시
녀를 시켜 나오게 했으나 부르러 간 시녀도 나오지 않았다. 난양
공주가 말했다.

"저저는 태후 낭랑의 총애를 받아 성품이 오만하니, 쇠잔하고
유약한 저와는 다릅니다. 아까 상공께서 저저를 정소저에 비기시
니 이 때문에 마음이 불편한 듯합니다."

양소유가 진채봉을 보내 사죄의 말을 전하게 했다.

"내가 술이 취해 망발을 했으니, 귀주가 나오면 마땅히 진 문
공을 본받아 사죄하겠소."[12]

〰〰〰〰

11. **주군이 근심하는 것은 신하의 치욕이다** 『구당서』舊唐書 「이정전」李靖傳에서 당나라 태종이
   이정의 공로를 기리며 한 말.
12. **진晉 문공文公을 본받아 사죄하겠소** 『춘추좌전』春秋左傳 희공僖公 23년조에 다음의 고사가

진채봉이 들어갔다가 한참 뒤에 나왔으나 아무 말도 하지 않았다. 양소유가 물었다.

"귀주가 뭐라시던가?"

진채봉이 말했다.

"귀주께서 대단히 노하여 언사가 매우 지나치기에 감히 전하지 못하겠습니다."

양소유가 말했다.

"숙인의 허물이 아니니 자세히 전하게."

진채봉이 말했다.

"영양공주께서 이렇게 말씀하시더이다.

'제가 비록 누추하나 태후 낭랑의 사랑하시는 딸이요, 정소저가 비록 아름답다 하나 여염의 미천한 여자에 지나지 않습니다. 예문¹³에 〈임금이 타신 말을 보면 허리를 굽힌다〉¹⁴라고 했으니, 이는 말을 공경함이 아니라 임금을 공경하기 때문입니다. 상공이

보인다. 춘추시대 진晉나라의 공자公子 중이重耳(훗날의 진 문공)가 진秦나라에 망명하던 시절 진秦 목공穆公의 딸 회영懷嬴과 결혼했다. 어느 날 중이가 세수할 때 회영이 곁에서 시중을 들었는데 중이가 무례한 행동을 했다. 회영이 화를 내며 진秦나라와 진晉나라는 대등한 국가이거늘 왜 자신을 멸시하느냐고 하자 중이는 곧바로 잘못을 깨닫고 웃옷을 벗어 죄수의 모습을 한 채 사죄했다. '사죄하겠소'의 원문은 "自囚"인데, 이에 해당하는 『춘추좌전』의 원문 "降服而囚"는 '죄수처럼 웃옷을 벗어 사죄의 뜻을 표하다'라고 해석하는 것이 일반적이다. 한글본에서는 한문본을 직역하여 "스스로 갇히리이다"로 옮겼다.

13. **예문禮文** 예법에 관한 글.
14. **임금이 타신~허리를 굽힌다** 『소학』小學의 "임금의 수레를 끄는 말을 보면 예를 갖추어 공경하는 뜻을 다한다"(式路馬, 所以廣敬也)라는 구절에서 따온 말.

만일 조정을 공경하신다면 저를 어찌 정소저에 비길 수 있습니까? 하물며 정소저는 남녀의 혐의를 돌아보지 않고 미모를 자랑하며 언어로 수작했으니 문란하기 그지없고, 또 혼사가 어긋남을 한스러워하다가 울울히 병을 얻어 젊은 나이에 요절했으니 박명하기 그지없는바, 제가 비록 용렬하나 부끄러이 여깁니다. 옛날 노나라 추호가 뽕 따는 여자를 황금으로 희롱하자 추호의 아내가 물에 빠져 죽었으니,[15] 이는 진실로 행실 없는 사람의 아내가 된 것을 부끄러워해서입니다. 상공이 이미 정소저의 용모와 목소리를 아시니, 이는 필시 거문고로 집적이고 향을 훔친 일[16]이 있었던 것이니 행실의 비천함이 추호보다 심합니다. 저는 비록 옛사람이 강물에 투신한 일은 본받지 못하나 깊은 궁궐에서 늙기로 맹세했습니다. 제 아우는 성품이 유순하니 해로하시기를 바랍니다.'"

양소유가 속으로 노하여 생각했다.

'천가天家(제왕가帝王家) 여자가 세력을 믿고 이렇게 구니 부마 노

꿏꿏꿏

15. **노魯나라 추호秋胡가~빠져 죽었으니** 유향劉向의 『열녀전』列女傳에 다음의 고사가 보인다. 춘추시대 노나라의 추호가 진陳나라에서 벼슬하다가 5년 만에 집으로 돌아오던 중 뽕 따는 여인을 황금으로 유혹했으나 거절당했는데, 집에 와 보니 그 여인이 바로 자신의 아내였다. 아내는 추호의 음탕함을 꾸짖은 뒤 강물에 몸을 던져 자살했다.

16. **거문고로 집적이고 향香을 훔친 일** 각각 한나라 무제武帝 때의 문인 사마상여司馬相如가 과부가 되어 친정에 머물던 탁문군卓文君을 거문고 연주로 유혹한 일, 진晉나라의 한수韓壽가 가오賈午와 사통한 일이 가오가 부친에게 선물 받은 고급 향香의 향기 때문에 발각된 일을 말한다.

룻하기가 과연 어렵구나!'

난양공주에게 말했다.

"내가 정소저와 만나본 데에는 곡절이 있거늘 지금 영양이 음란하고 방탕한 짓을 했다고 모욕하니, 나는 상관없지만 죽은 사람에게 욕이 미치는 것이 참으로 한스럽소!"

난양공주가 말했다.

"제가 들어가 저저를 타일러 보겠습니다."

들어가더니 날이 저물도록 소식이 없었다. 방 안에 이미 등불을 밝혔는데 난양공주가 시녀를 시켜 말을 전했다.

"저저를 백단百端으로 타일러 보았지만 마음을 돌리지 않습니다. 저는 당초에 저저와 생사고락을 함께하고자 했으니, 저저가 깊은 궁궐에서 늙겠다면 저 또한 깊은 궁에서 늙겠습니다. 상공은 숙인의 방에 가서 편히 쉬시기 바랍니다."

양소유는 뱃속 가득 노기가 차올랐지만 차마 드러내지 않았다. 빈 방에 있기가 몹시 무료해서 눈을 들어 진채봉을 보았다. 그러자 진채봉이 등불을 켜 들고 양소유를 제 방으로 모시고 가더니 금향로에 향을 피우고 상아 침대에 비단 이불을 편 뒤 양소유에게 말했다.

"저는 비록 천한 사람이지만, 『예기』에 '정실이 부재중인 때라도 아내가 모실 차례인 밤에 첩이 감히 대신 모셔서는 안 된다'[17]라는 구절이 있다고 들었습니다. 상공께서는 홀로 편안히 계서요. 저는 물러갑니다."

그러고는 천연히 일어나 떠나는 것이었다. 양소유는 붙잡기 곤란하다 여겨 머물라 하지 않았는데, 이날 진채봉의 기상이 퍽 냉담해 보였다. 양소유는 생각했다.

'이 무리들이 결당結黨하여 장부를 희롱하니, 내가 어찌 저들에게 구걸할까? 내가 예전에 정사도 댁 화원에 있던 시절 낮에는 정십삼과 주루酒樓에서 술 취하고 밤에는 춘운과 등불 아래 마주 앉아 술잔을 나누며 일생 유쾌하지 않을 때가 없었다. 그랬건만 이제 부마 된 지 사흘 만에 남의 절제를 받는구나!'

마음이 자못 어지러워 창문을 열고 보니 은하수가 궁궐에 드리웠고 달빛이 뜰에 가득했다. 신발을 끌며 옥계18 위를 배회하다가 멀리 영양공주의 방을 바라보니 비단 창에 불빛이 환하디 환했다. 양소유는 생각했다.

'궁녀들이 아직 안 자고 있나? 그게 아니라면 영양이 나를 속여 진숙인 방으로 보내 놓고 도로 방에 온 걸까?'

신발 소리를 내지 않고 차츰 다가가니, 방 안에서 두 공주의 담소하는 소리와 쌍륙19 하는 소리가 났다. 창틈을 엿보니 진채봉이

᭶᭶᭶᭶

17. 정실正室이 부재중인~모셔서는 안 된다 『예기』「내칙」內則에 나오는 말.
18. 옥계玉階 옥으로 만들거나 장식한 섬돌.
19. 쌍륙雙六 편을 둘로 갈라 차례로 두 개의 주사위를 던져서 말을 움직이는 놀이. 각각 검은 말 16개와 흰말 16개를 말판의 지정된 위치에 놓은 뒤, 주사위 두 개를 던져 나온 눈의 합에

276

공주 앞에서 한 여자와 쌍륙판 앞에 마주앉아 '홍紅 나와라!' 빌고 '백白 나와라!' 외치는데,[20] 그 여자가 몸을 돌려 등불 심지를 자르는 것을 보니 바로 가춘운이었다. 가춘운은 공주의 혼례를 보기 위해 들어온 지 여러 날이 되었으나 몸을 감추고 양소유를 만나지 않았던 것이다. 양소유가 깜짝 놀라서 생각했다.

'춘랑이 여기 왜 왔을까? 공주가 보고 싶어서 부른 것일 테지.'

문득 채봉이 쌍륙판을 엎으며 말했다.

"그저 쌍륙을 하는 게 흥이 없으니 춘랑과 내기를 해야겠네."

춘운이 말했다.

"저는 곤궁한 사람이라 내기에 이겨 술 한 잔과 음식 한 그릇만 얻어도 다행으로 여깁니다만 숙인은 귀주를 모시고 궁중에 거처하셔서 몸은 수놓은 비단옷을 싫증내고 입은 여덟 진미[21]에 물렸을 텐데, 제가 무슨 물건으로 감당한단 말입니까?"

채봉이 말했다.

"내가 지면 내 몸에 걸친 옷이든 머리 장식이든 춘랑이 달라는 대로 아끼지 않을 것이거니와 춘랑이 지거든 내 청을 들어 주게. 이 일이 춘랑에겐 손해될 게 없으니."

따라 말들을 움직여 말판의 밖에 있는 궁에 먼저 들어가게 하는 쪽이 승리한다.
20. **홍紅 나와라~나와라 외치는데**   쌍륙에서 자신이 원하는 숫자가 나오기를 빌며 외치는 모습. '홍'은 주사위의 1, '백'은 6을 뜻한다.
21. **여덟 진미珍味**   순오淳鰲·순모淳母·포돈炮豚·포장炮牂·도진擣珍·지漬·오熬·간료肝膋의 여덟 진미에 대한 기록이 『예기』「내칙」에 보인다.

춘운이 말했다.

"무슨 일입니까?"

채봉이 말했다.

"내가 전에 두 분 공주께서 조용히 말씀하시는 걸 들으니 춘랑이 귀신이 되어 승상을 속였다던데 곡절을 알지 못하겠네. 춘랑이 지거든 옛날이야기 하듯 자세히 말해 주게."

춘운이 쌍륙판을 밀치고는 영양공주를 돌아보고 말했다.

"소저, 소저! 우리 소저가 항상 저를 사랑하시더니 이런 말을 왜 공주께 하셨습니까? 숙인이 들었으니 누군들 듣지 못하겠습니까? 제가 이제는 남들이 볼까 얼굴을 들지 못하겠습니다."

채봉이 웃으며 말했다.

"왜 춘랑의 소저신가? 우리 영양공주는 승상 부인이시고 위국공魏國公의 소군²²이시거늘, 나이가 아무리 젊다 한들 도로 춘랑의 소저가 되실 수 있겠나?"

춘랑이 말했다.

"10년 부르던 말을 갑자기 고치기 어려워 그러지요. 꽃가지를 두고 다투던 일이 어제 같아 공주가 되고 부인이 되셔도 두렵지 않습니다."

난양공주가 웃으며 정경패에게 물었다.

---

22. 소군小君 제후의 부인을 높여 이르는 말.

"춘랑의 말은 저도 자세히 듣지 못했습니다. 승상이 과연 속던 가요?"

정경패가 말했다.

"왜 속지 않았겠어? 겁내는 꼴이나 보려 했을 뿐이었는데, 어리석고 무디기 그지없어 귀신 꺼릴 줄도 모르더군. 여색 밝히는 사람을 '색중아귀'色中餓鬼라 한다더니 허튼 말이 아니었어. 귀신이 어찌 귀신을 두려워하겠어?"

모두들 깔깔 웃었다.

양소유는 그제야 영양공주가 바로 정경패임을 깨달았다. 옛일을 생각하니 정을 참을 수 없어 창을 열고 들어가려 하다가 문득 생각했다.

'저들이 나를 속이려 했으니 나도 저들을 속여야겠다.'

가만히 진채봉 방으로 돌아와 잠자리에 나아가 잤다.

이튿날 진채봉이 와서 시녀에게 물었다.

"승상께서 일어나셨느냐?"

시녀가 대답했다.

"일어나지 않으셨습니다."

진채봉이 오랫동안 휘장 밖에서 기다렸으나, 양소유는 해가 중천에 뜨도록 일어나지 않은 채 때때로 신음하는 소리를 냈다. 진채봉이 나아가 물었다.

"상공! 기운이 불편하십니까?"

양소유가 짐짓 곁눈질해 보고는 사람을 못 알아보는 척하고 이 따금 헛소리를 해대자 진채봉이 물었다.

"상공께선 왜 섬어[23]를 하십니까?"

양소유가 오랫동안 멍하니 있다가 비로소 진채봉을 알아보는 체하고 말했다.

"밤새도록 귀신과 이야기를 나눴으니 어찌 기운이 편할 리 있겠소?"

진채봉이 다시 물었으나 대답하지 않고 돌아누웠다. 진채봉은 몹시 안타까워서 시녀를 시켜 정경패와 난양공주에게 알리게 했다.

"승상이 기운이 불편하시니 속히 와 보십시오."

정경패가 말했다.

"어제까지 아무 병도 없던 사람이 무슨 병이 났을까? 우리를 불러내려는 꾀에 불과해."

이윽고 진채봉이 와서 말했다.

"승상께서 정신이 흐릿해서 사람을 못 알아보고 어두운 곳을 향해 계속 섬어를 그치지 않으십니다. 성상聖上께 아뢰어 태의太醫(어의御醫)가 와서 보도록 해야겠습니다."

이렇게 의논하고 있을 때 태후가 소식을 듣고 두 공주를 불러 질책했다.

❧❧❧❧

23. 섬어譫語 앓는 사람이 정신을 잃고 중얼거리는 말.

280

"너희가 승상을 속여 희롱하고 병이 있다고 하는데도 가 보지 않는다니, 이 무슨 도리냐? 급히 가서 문병해라. 진실로 병이 있다면 태의에게 하교하겠다."

정경패가 어쩔 수 없이 난양공주와 함께 양소유의 처소로 가서 자신은 마루에 머물러 있고 난양공주와 진채봉만 방으로 들여보냈다. 양소유가 오랫동안 쳐다보고 있다가 문득 알아보는 것처럼 행동하더니 긴 한숨을 쉬고 말했다.

"내 목숨이 장차 다하게 됐소. 이제 영원히 이별하게 됐거늘, 영양은 어디 있소?"

난양공주가 말했다.

"상공이 아무 병도 없으신데, 왜 이런 말을 하십니까?"

양소유가 말했다.

"간밤에 비몽사몽간에 정녀鄭女가 나더러 약속을 저버렸다고 하며 노하여 꾸짖고는 진주를 집어 주기에 내가 받아먹었는데, 이는 흉한 징조요. 눈을 감으면 정녀가 내 앞에 와 서 있으니, 내 목숨이 오래가지 못할 거요. 영양을 보고 싶소."

말을 다 마치기 전에 또 정신이 흐릿한 모양 어두운 곳을 향해 헛소리를 했다. 난양공주가 안타까이 여기며 나와서 정경패에게 말했다.

"승상의 병이 의심 때문에 생겼네요. 저저가 아니면 고칠 수 없겠습니다."

그러고는 양소유가 하던 말을 전했다. 정경패가 반신반의하며 머뭇거리자 난양공주가 손을 잡고 함께 들어갔다. 양소유는 여전히 헛소리를 하고 있었는데, 모두 정경패와 대화하는 말이었다. 난양공주가 큰소리로 말했다.

"영양 저저가 왔습니다. 눈을 떠 보세요!"

양소유가 손을 들어 일어나고자 하는 모습을 보이자 진채봉이 침상으로 다가가서 부축해 앉혔다. 양소유가 두 공주에게 말했다.

"제가 황은皇恩을 입어 두 공주와 백년해로하기를 바랐으나, 나를 데려가려고 재촉하는 사람이 있어 머물지 못하겠습니다."

정경패가 말했다.

"승상은 이치를 아는 대장부시거늘, 어찌 이런 괴이한 말씀을 하십니까? 설사 정녀의 쇠잔한 혼령이 있다 한들 구중궁궐에 온갖 신들이 호위하고 있는데, 정녀가 어떻게 들어와 사람을 해칠 수 있겠습니까?"

양소유가 말했다.

"정녀가 지금 내 곁에 있거늘, 어찌 없다고 하시오?"

난양공주가 참지 못하고 말했다.

"옛사람이 활 그림자를 보고는 뱀인 줄 알고 놀랐다더니[24] 승상이 그러시군요. 승상께서 정소저의 귀신을 본다고 하시니, 살

꽃꽃꽃꽃

24. 활 그림자를~알고 놀랐다더니 쓸데없는 의심을 품고 지나치게 근심한다는 말. 다음 고사

아 있는 정소저가 있다면 어찌 하시겠습니까?"

양소유가 고개를 젓고만 있자 정경패가 말했다.

"승상께서는 살아 있는 정녀를 보고 싶으십니까? 그렇다면 제가 바로 정경패입니다."

양소유가 말했다.

"어찌 그럴 리가 있겠소?"

난양공주가 말했다.

"우리 태후 낭랑께서 정소저를 사랑하셔서 공주에 봉하시고 저와 함께 서방님을 섬기게 하셨습니다. 참말입니다. 그렇지 않으면 저저의 용모와 목소리가 어떻게 정소저와 똑같겠습니까?"

양소유가 한참 동안 대답하지 않고 있다가 말했다.

"정사도 댁에 있을 때 정소저의 여종 춘운이라는 이가 내 심부름을 해 주었소. 이를 말이 있으니 춘운을 불러 보고 싶소."

난양공주가 말했다.

"춘운이 지금 저저를 만나러 들어와 있습니다."

춘운이 창밖에 대기하고 있다가 들어와서 말했다.

"상공의 귀체가 어떠십니까?"

양소유가 말했다.

에서 유래하는 말이다. 한나라 사람 두선杜宣이 응침應郴의 초청을 받았는데, 응침이 주는 술잔 속에 뱀이 얼핏 보였으나 억지로 술을 마신 뒤 근심하다가 병이 났다. 훗날 응침의 집 벽에 걸려 있던 활이 술잔 속에 비쳐 뱀처럼 보였다는 것을 알고 병이 나았다.

"춘운만 있고 모두 잠깐 나가 주시오."

두 부인과 진채봉이 밖으로 나가서 기다렸다. 양소유가 세수하고 의관을 정제한 뒤 춘운으로 하여금 세 사람을 부르게 하니, 춘운이 웃음을 머금고 세 사람에게 말했다.

"상공이 청하십니다."

네 사람이 함께 들어갔다. 양소유가 머리에 화양건²⁵을 쓰고 몸에 궁금포²⁶를 입고 손에 백옥여의²⁷를 쥐고 안석²⁸에 기대앉아 있는데, 기상이 봄바람 같고 정신이 추수秋水 같아 병색이라고는 조금도 없었다. 정경패는 속았다는 것을 알고 미소 지으며 고개를 숙였다. 난양공주가 물었다.

"상공의 병환이 어떠십니까?"

양소유가 정색하고 말했다.

"제가 본래 병이 없었으나 요사이 풍속이 크게 잘못되어 여자들이 도당徒黨을 이루어 몹시 방자하게도 지아비를 속이니, 이 때문에 병이 생겼습니다."

난양공주와 진채봉이 웃음을 머금고 대답하지 못하고 있는데, 정경패가 말했다.

ꍑꍑꍑꍑ

25. 화양건華陽巾 도사나 은자들이 쓰던 두건.
26. 궁금포宮錦袍 궁중에서 사용하는 화려한 비단으로 만든 도포.
27. 백옥여의白玉如意 백옥으로 만든, 막대 모양의 기물.
28. 안석案席 앉아서 몸을 뒤로 기대는 데 사용하는 방석.

"그 일은 저희들이 알 바 아닙니다. 상공께서 병을 고치고 싶으시면 태후 낭랑께 여쭤 보시지요."

양소유가 참지 못하고 껄껄 웃으며 정경패에게 말했다.

"제가 후생後生(내생來生)에 부인을 만나기를 빌었거늘, 이게 꿈이 아닙니까?"

정경패가 말했다.

"이게 다 태후 낭랑과 황상의 성덕이요, 난양공주의 은혜입니다."

그러고는 난양공주와 함께 태후를 뵙고 윗자리를 사양하던 이야기를 했다. 그러자 양소유가 난양공주에게 사례하여 말했다.

"공주의 성대한 덕은 옛날의 열녀들이라 해도 미치지 못할 바라 제가 은혜를 갚을 길이 없습니다. 오직 백년해로하기를 바랄 뿐입니다."

난양공주가 겸손하게 사양하여 말했다.

"이 모두 저저의 재주와 덕성이 천심天心(임금의 마음)을 감동시킨 것이지 제가 무슨 공이 있겠습니까?"

태후가 궁녀를 시켜 승상을 문병하게 했다. 진채봉이 궁녀와 함께 태후에게 가서 양소유가 하던 말을 전하니, 태후가 큰소리로 웃으며 말했다.

"처음부터 내가 의심했었다."

태후가 양소유를 불러 보자 양소유가 두 공주와 함께 태후를 뵈었다. 태후가 말했다.

"듣자니 승상이 옛날 정녀와의 인연을 이루었다던데 참으로 기쁜 일이오."

양소유가 말했다.

"성은이 끝없이 넓어 천지의 조화와 다름이 없으니, 신臣의 몸이 다 사라진들 만분지일도 갚기 어렵습니다."

태후가 웃으며 말했다.

"우연히 장난한 일이니 무슨 은혜가 있겠소? 승상이 내 딸을 버리지 않으면 그게 보답이오."

양소유가 머리를 조아리고 분부를 받았다.

이날 황제가 선정전²⁹에서 조회를 열어 정사政事를 보았는데, 신하들이 아뢰었다.

"요사이 경성慶星(경사스러운 별)이 보이고 감로³⁰가 내리며, 황하黃河의 물이 맑고 풍년이 들었습니다. 게다가 삼진³¹의 절도사가 땅을 바치고 들어와 조회하니, 이는 모두 성덕聖德으로 이루신 일입니다."

ꙬꙬꙬ

29. **선정전宣政殿**　당나라 장안성 대명궁大明宮의 대전大殿. 이곳에서 조회를 열었다.
30. **감로甘露**　불교에서 수미산須彌山 정상의 도리천忉利天에 있다고 하는 감미로운 물. 고통을 치료하고 불로장생하게 하는 효험이 있다고 한다. 후대에는 태평성대에 출현하는 상서祥瑞로 보았다.
31. **삼진三鎭**　하북河北 삼진三鎭. 앞서 반란을 일으켰던 연燕·위魏·조趙나라를 말한다.

286

황제가 겸손하게 사양하며 모든 공을 신하들에게 돌렸다. 신하
들이 또 아뢰었다.

"양승상이 교객³²이 된 뒤로 퉁소를 불어 봉황을 길들이느라
진루秦樓에서 내려오지 않는지라 묘당廟堂(조정)의 공무가 자못 적
체되었습니다."

황제가 껄껄 웃으며 말했다.

"태후 낭랑께서 연일 불러 보시기에 나오지 못한 것이오. 낭랑
께서 이제 내보내실 게요."

양소유가 조당朝堂(조정)에 나아가 국사國事를 다스린 뒤 황제에
게 상소하여 휴가를 얻어 모친을 모셔오기를 청했다. 황제가 허
락하고 속히 돌아오도록 분부했다.

양소유가 16세에 집을 떠나 3~4년 사이에 승상의 위엄 있는
차림으로 위국공魏國公 인수印綬를 차고 고향으로 돌아가 모친을
뵈니 기쁘기 그지없어 눈물을 흘렸다. 양소유가 류부인을 모시고
길을 나서자 여러 도道의 방백方伯이며 자사刺史와 현령縣令들이 분
주히 모시고 따라가니, 그 영화로운 광채는 옛날에도 비길 자가
없었다.

양소유가 낙양을 지날 때 계섬월과 적경홍을 찾아가니 하인들
이 말했다.

৵৵৵৵

32. **교객嬌客** 사위를 친근하게 이르는 말.

"벌써 서울로 올라간 지 오랩니다."

양소유는 공교롭게 길이 어긋난 데 탄식했다.

양소유가 며칠 더 가서 대궐에 나아가 절했다. 황제와 태후가 불러 보고 금은과 비단 열 수레를 상으로 내려 류부인에게 헌수[33] 하도록 했다.

양소유가 날짜를 가려 류부인을 모시고 나라에서 내린 새집에 들어갔다. 정경패·난양공주·진채봉을 이끌고 가서 폐백을 받들어 신부新婦의 예를 올리게 하니, 거룩한 위의와 류부인의 기쁨은 말로 다 표현할 수 없을 지경이었다.

양소유가 태후와 황제가 내린 금과 은으로 사흘을 연이어 헌수 연獻壽宴을 베푸니, 황제가 음악을 내리고 조정의 내외 빈객이 모두 모였다. 양소유가 색동옷을 입고 두 공주와 함께 차례로 일어나서 옥잔을 받들어 류부인에게 헌수하니, 류부인이 매우 즐거워하고 자리에 있던 모든 손님들이 축하했다. 그때 문지기가 아뢰었다.

"문밖에 섬월과 경홍이라고 하는 두 여자가 대부인과 두 부인께 문안드리기를 청합니다."

양소유가 말했다.

"경홍과 섬월 두 사람이 왔구나!"

꽃무늬

33. 헌수獻壽 장수를 비는 뜻으로 술잔을 올리는 일.

양소유가 류부인에게 아뢰고 두 사람을 불러들였다. 두 사람이 마루 아래에서 머리를 조아리니 손님들이 말했다.

"낙양 계섬월과 하북 적경홍의 명성을 들은 지 오래더니 과연 절색絶色이다! 양승상의 풍류가 아니면 어찌 이 사람들을 이르게 하겠나?"

경홍과 섬월이 나란히 일어나 진주로 장식한 신을 신고 비단 자리에 올라 긴 소매를 너울거려 예상우의무[34]를 추었다. 지는 꽃과 떠다니는 버들개지가 봄바람에 나부끼고 구름 그림자와 눈송이가 휘장 안에 맴도는 듯해서, 마치 한나라 조비연[35]이 세상에 다시 태어나고 금곡의 녹주[36]가 죽지 않고 살아 있는 것 같았다. 류부인과 두 공주가 경홍과 섬월에게 금은보석과 비단을 상으로 내렸다. 진채봉은 섬월과 옛일을 이야기하며 슬퍼하고 기뻐했다. 정경패는 따로 옥 술잔에 술을 따라 양소유와 자신의 혼인을 중매한 데 사례했다. 류부인이 양소유에게 말했다.

"너희가 섬월에게만 사례하고 내 사촌동생(두연사杜鍊師)은 잊고 있으니, 어찌 은혜를 갚는다 하겠느냐?"

---

34. **예상우의무霓裳羽衣舞** 「예상우의곡」에 맞추어 추는 춤. 「예상우의곡」은 당나라 현종이 만들어 도교 의식에 연주한 곡.
35. **조비연趙飛燕** 궁녀 출신으로 한나라 성제成帝의 총애를 받아 황후가 되었는데, 가무에 능했고 몸이 매우 가냘파서 손바닥 위에서 춤출 수 있다고 했다.
36. **금곡金谷의 녹주綠珠** 동진東晉의 부호 석숭石崇의 애첩. '금곡'은 석숭의 별장 금곡원金谷園을 말한다.

그리하여 자청관으로 사람을 보내 소식을 물었더니, 밖으로 나가 구름처럼 정처 없이 떠다닌 지 3년이 되었으나 아직 돌아오지 않았다고 했다. 류부인이 한탄해 마지않았다.

낙유원[1] 사냥 모임에서 봄빛을 다투고
유벽거[2]로 소요하며 풍광을 독점하다

1. **낙유원樂遊原**　장안長安 남쪽 교외에 있는 고
   지 평원. 한나라와 당나라 때 장안의 남녀들이
   노닐던 명승지였다.
2. **유벽거油壁車**　벽에 기름을 칠해 장식한 수레.

적경홍과 계섬월이 들어온 뒤 승상 양소유를 모시는 사람이 점점 많아지자 양소유가 각각 부인들의 거처를 정해 주었다. 정당³의 이름은 경복당慶福堂으로 류부인의 처소이다. 그 앞의 연희당燕喜堂은 좌부인左夫人 영양공주榮陽公主(정경패)의 처소이고, 경복당 서쪽의 봉소궁鳳簫宮은 난양공주의 처소이다. 연희당 앞의 응향각凝香閣과 그 앞의 청하루淸霞樓 두 집은 양소유가 평상시 거처하며 궁중에서 잔치하는 곳이다. 청하루 앞의 최사당催事堂과 그 앞의 외당外堂인 예현당禮賢堂 두 집은 양소유가 빈객을 만나고 공무를 보는 곳이다. 봉소궁 앞의 희진원希秦院은 숙인淑人 진채봉의 처소이다. 연희당 동남쪽의 별당은 이름이 영춘각迎春閣으로 가춘운의 처소이다. 청하루의 동쪽과 서쪽에 각각 작은 누각이 있는데, 푸른 창과 붉은 난간이 지극히 화려하고 행랑이 두루 통하여 청하루와

🎗🎗🎗🎗

3. **정당正堂**　한 집안에서 가장 중심이 되는 집채. 정실부인의 거처.

응향각으로 이어졌다. 동쪽 누각은 산화루山花樓, 서쪽 누각은 대월루待月樓로, 각각 계섬월과 적경홍의 처소이다.

궁중에서 음악을 담당하는 기녀 800여 명은 천하에 재주와 미모를 갖춘 이를 가려 뽑았다. 이들을 좌부와 우부로 나누어 좌부 400인은 계섬월이 거느리고 우부 400인은 적경홍이 거느려 가무歌舞와 관현管絃을 가르치고, 달마다 세 번씩 청하루에 모여 훈련하고 재주를 겨루었다. 이따금 양소유와 두 부인이 대부인을 모시고 직접 점수를 매겨 양편의 교사教師에게 상벌을 내렸다. 승자에게는 석 잔 술을 상으로 내리고 머리에 고운 꽃 한 가지를 꽂아주며, 패자에게는 물 한 그릇을 벌로 내리고 이마에 먹 한 점을 찍으니, 이 때문에 재주가 차츰 정밀해졌다. 위부⁴와 월궁越宮(월왕의 궁궐)의 여성 예인藝人들이 천하에 이름을 떨쳐, 비록 황제 직속의 이원⁵에 소속된 예인이라 할지라도 그에 미치지 못했다.

하루는 두 부인이 류부인을 모시고 이야기를 나누는데, 양소유가 손에 편지 한 통을 들고 들어와 난양공주에게 주며 말했다.

"월왕의 편지요."

난양공주가 편지를 펼쳐 보았다.

❊❊❊❊
4. 위부魏府 위국공魏國公 양소유의 집.
5. 이원梨園 당나라 현종이 소년 300명과 궁녀 수백 명을 뽑아 궁정에서 음악과 춤을 가르치던 곳.

지난날 국가에 일이 많고 공적인 일과 사적인 일이 모두 피폐하여 낙유원과 곤명지[6]에 노니는 사람이 끊어지니 가무를 즐기던 곳이 오래도록 거친 풀로 뒤덮였습니다. 이제 성상의 위덕威德과 승상의 근로에 힘입어 천하가 태평하고 백성이 안락하여 개원·천보[7] 시절의 성대함을 회복하게 되었습니다. 봄빛이 아직 저물지 않아 꽃과 버들이 참으로 좋으니, 승상과 낙유원에 모여 사냥하며 태평성대의 기상을 돕고자 합니다. 승상께서 괜찮으시다면 날짜를 정해 알려 주십시오.

난양공주가 웃으며 승상에게 물었다.

"월왕 오라버니의 편지에 담긴 뜻을 아시겠습니까?"

양소유가 말했다.

"무슨 깊은 뜻이 있겠소? 꽃 피는 시절에 놀고자 하는 데 지나지 않으니, 한가로운 귀공자의 예삿일 아니겠소."

난양공주가 말했다.

"승상은 잘 모르시는군요. 오라버니가 좋아하는 게 미색과 음악이라서 궁중에 절세미인이 한둘이 아닙니다. 요사이 또 총애하

---

6. **곤명지昆明池**　한나라 무제武帝가 장안 서쪽에 만든 연못 이름.
7. **개원開元·천보天寶**　당나라 현종의 연호. 서기 713~756년에 해당한다.

는 희첩姬妾 하나를 얻었는데, 무창[8] 사람으로 이름이 옥연玉燕이라
고 합니다. 제가 직접 보지는 못했으나 재주와 용모가 천하에 독
보한다 하더군요. 제 생각에는 월왕이 우리 궁중에 미인이 있다
는 소문을 듣고 왕개와 석숭의 대결[9]을 본받고자 하는 모양입니
다.”

양소유가 말했다.

“나는 예사롭게 보아 넘겼더니 월왕의 뜻을 공주가 아시는군
요.”

정경패가 말했다.

“비록 놀이라고는 하나 남에게 져서야 되겠습니까?”

적경홍과 계섬월을 보고 말했다.

“10년 동안 군사를 기르는 것은 하루아침을 위한 일[10]이라 하
니, 오늘의 일은 오로지 그대들 두 사람에게 달렸네. 부디 힘써
주게.”

계섬월이 말했다.

“저는 감히 감당하지 못하겠습니다. 월궁의 음악이 천하에 유

☙☙☙☙

8. **무창武昌** 호북성의 지명. 지금의 무한시武漢市 무창구武昌區.
9. **왕개王愷와 석숭石崇의 대결** 진晉나라의 부호 왕개와 석숭이 누가 더 부귀하고 호사를 부리
   는지 경쟁했던 일을 말한다.
10. **10년 동안~위한 일** 오랫동안 군대를 양성하는 것은 전쟁의 중요한 한 순간에 대비하기 위
   한 일이라는 말.『진병육국평화』秦并六國平話 등 송원대宋元代의 소설·희곡에 “1천 일 동안
   군사를 기르는 것은 하루아침에 쓰기 위함이다”(養兵千日, 用在一朝)라는 말이 보인다.

명하거니와 무창 기녀 옥연의 명성을 누가 듣지 못했겠습니까? 제가 남에게 비웃음당하는 건 아무 상관없지만 우리 위부가 모욕 당할까 참으로 두렵습니다."

양소유가 말했다.

"내가 낙양에서 계랑桂娘(계섬월)을 처음 만났을 때 강남의 만옥연萬玉燕과 '청루삼절'青樓三絶이란 말을 들었더니, 필시 그 사람이로군. 하지만 나는 청루삼절 중에 복룡과 봉추[11]를 얻었으니, 항우 휘하의 범증[12] 하나를 어찌 두려워하겠소?"

난양공주가 말했다.

"월왕의 희첩姬妾 중에 미녀가 많으니 옥연 한 사람뿐이 아닐 겁니다."

계섬월이 말했다.

"저는 실로 승부를 알지 못하겠으니 홍랑鴻娘(적경홍)에게 물어보십시오. 저는 본래 담이 약한 사람이라, 이 말을 듣고 나니 목구멍이 간질간질해서 노래를 부르지 못할 것 같고 낯가죽이 화끈화끈해지며 분가시[13]가 돋으려는 듯합니다."

적경홍이 분연히 말했다.

꾟꾟꾟꾟

11. **복룡伏龍과 봉추鳳雛** 『삼국지연의』에 나오는 제갈공명과 방통龐統의 별명. 여기서는 청루삼절로 꼽혔던 계섬월과 적경홍을 말한다.
12. **범증范增** 항우項羽의 모사謀士. 여기서는 만옥연을 말한다.
13. **분가시** 분의 독성 때문에 여자의 얼굴에 생기는 여드름 같은 부스럼.

"섬랑蟾娘(계섬월)! 거짓말이야, 참말이야? 우리 두 사람이 관동14 70여 주州에 횡행하며 이름난 미녀와 빼어난 음악을 접해 보지 못한 것이 없지만 남에게 져 본 적이 없거늘, 왜 유독 옥연에게만 윗자리를 사양하니? 지금 세상에 경국지색 이부인15과 구름이 되고 비가 되는 여신16이 있다면 조금이나마 사양할 수 있겠지만, 그게 아니라면 내 어찌 옥연을 두려워하겠어?"

섬월이 말했다.

"홍랑은 어쩌면 그리 말을 쉽게 해? 우리가 관동에 있을 때는 왕래하는 곳이 태수와 방백의 모임에 불과해서 강적을 만나지 못했어. 하지만 지금 월왕 전하께서는 하늘 같은 궁중에서 나고 자라셔서 눈이 산처럼 높고 옥연 또한 유명인사 아닌가? 그러니 어찌 하찮게 볼 수 있겠어?"

그러고는 양소유에게 말했다.

"홍랑의 자기 자랑이 심하니 제가 홍랑의 단점을 아뢰겠습니다. 홍랑이 처음 승상을 따라오던 때 연왕燕王의 천리마를 타고 한단邯鄲 소년인 체하여 승상을 속였으니, 그 몸매가 얼마나 날

꾳꽃꽃꽃

14. 관동關東 하남성 서부의 관문인 함곡관 동쪽 지역.
15. 이부인李夫人 한나라 무제武帝의 총애를 받던 후궁. 이부인이 젊은 나이에 죽자 무제가 이부인을 잊지 못해 방사方士로 하여금 이부인의 혼령을 불러내게 했다는 고사가 전한다.
16. 구름이 되고 비가 되는 여신 춘추시대 초나라 회왕懷王이 양대陽臺에서 만났다는 무산巫山 신녀神女를 말한다. 무산 신녀가 자신은 아침에는 구름이 되고 저녁에는 비가 된다고 말한 뒤 잠자리를 함께했다는 전설이 있다.

씬하고 아리따우면 홍랑을 남자로 보셨겠습니까? 또 홍랑이 처음 승상께 승은을 입던 때 캄캄한 밤에 저인 척 꾸몄으니, 이른바 '다른 사람의 힘에 의지해 일을 이룬 자'[17]입니다. 그래 놓고 지금 도리어 저를 향해 큰소리를 치니 참으로 우습지 않습니까?"

경홍이 말했다.

"사람 마음을 헤아리는 건 참으로 어렵구나! 제가 승상을 따르기 전에는 섬랑이 저를 천상계 사람처럼 기리더니 지금 와서는 한 푼어치도 안 되는 양 깎아내리는군요. 이는 승상이 저를 더럽다 여기지 않으시니 섬랑이 총애를 독차지하지 못해 투기하는 것에 다름 아닙니다."

여자들이 모두 큰소리로 웃었다. 정경패가 말했다.

"홍랑의 가녀린 몸매에 부족함이 있는 게 아니라 승상의 두 눈이 본래 청명하지 못한 탓이니, 이 때문에 홍랑의 가치를 떨어뜨릴 수 없지. 하지만 섬랑의 말은 역시 확론確論이네. 여자가 남자로 꾸며 남을 속인다면 그 여자는 필시 여인의 자태가 부족할 테고, 남자가 여자로 꾸며 남을 속인다면 그 남자는 필시 장부의 기골이 없는 자일 게야."

양소유가 웃으며 말했다.

"부인이 나를 조롱하는 말을 하지만, 이 또한 부인의 두 눈이

꙾꙾꙾꙾
17. **다른 사람의~이룬 자** 『사기』「평원군 열전」平原君列傳에서 모수毛遂가 한 말.

청명하지 못한 소치요. 부인은 내 용모가 잔약하다고 나무라나 능연각[18]은 나무라지 않더이다.”

모두들 크게 웃었다.

섬월이 말했다.

“강적과 대진對陣하고 있는데 우스개만 하실 겁니까? 저희 두 사람만 믿어서는 안 되니, 가유인賈孺人(가춘운)도 데려가시지요. 월왕은 외간 분이 아니시니 진숙인인들 가지 못할 이유가 어디 있겠습니까?”

진채봉이 말했다.

“홍랑! 섬랑! 여자 진사進士를 뽑는 과거 시험장에 가면서 우리더러 가자고 한다면 조금이나마 도울 수 있겠지만, 가무歌舞하는 곳에 우리를 데려가면 어디에 쓰겠소?”

가춘운이 말했다.

“가무를 못해서 저 하나 남에게 비웃음 당하는 일뿐이라면 이 신기한 모임에 왜 가 보고 싶지 않겠습니까? 하지만 제가 가면 승상께서 남에게 비웃음 당하실 것이고, 공주 낭랑께 근심을 끼칠 테니, 저는 못 가겠습니다.”

난양공주가 웃으며 말했다.

“춘랑이 가면 승상께서 왜 비웃음을 당하시고, 왜 내가 근심하

꽃꽃꽃꽃

18. **능연각凌烟閣** 당나라 때 공신들의 초상화를 걸어 두었던 누각 이름.

300

게 된다는 거지?"

가춘운이 말했다.

"비단 행보석[19]을 펴고 구름 장막을 걷어 올리며 '양승상의 총첩寵妾 가유인이 나온다!' 하고 제가 봉두난발에 귀신같은 얼굴로 사람들을 놀라게 하면 사람들은 우리 승상이 등도자[20]의 병이 있다 생각할 겁니다. 월왕 전하는 천인天人(황제의 혈통)이시라 일생 동안 추악한 것을 보지 않으시다가 속이 역해서 토하시면 공주 낭랑께서 어찌 근심하지 않으시겠습니까?"

난양공주가 말했다.

"춘랑의 겸손이 지나치군! 춘랑이 사람으로서 귀신인 체하고, 지금은 서자로서 무염인 체하니,[21] 춘랑의 말은 못 믿겠네."

그러고는 양소유에게 물었다.

"날짜를 언제로 정해서 답장하셨습니까?"

양소유가 말했다.

"내일 아침에 모이기로 했소이다."

※※※※

19. 행보석行步席 귀빈을 맞이할 때 귀빈이 들어오는 길에 까는 좁고 긴 자리.

20. 등도자登徒子 호색한. 본래 송옥宋玉의 「등도자호색부」登徒子好色賦에 나오는, 여색을 탐하는 인물.

21. 서자西子로서 무염無鹽인 체하니 '서자'는 춘추시대 월越나라의 절세미인 서시西施를 말한다. 월나라에서 미인계를 써서 서시를 오吳나라에 바치자 오나라 왕 부차夫差가 서시에 빠져 국정을 그르쳤다. '무염'은 전국시대 제齊나라 무염(지금의 산동성 동평東平) 출신의 추녀 종리춘鐘離春을 가리킨다. 천하의 추녀로 유명했으나, 제나라 선왕宣王의 과오와 국가의 문제점을 지적하여 왕후로 발탁되었다.

경홍과 섬월이 놀라 말했다.

"좌부와 우부 교방²²에 영을 내리겠습니다."

영이 내리니 위부의 예인 800여 명이 용모를 가다듬고 음악을 연습하며 거문고 줄을 새로 매고 치마허리를 단단히 동여매 절대로 상대편에 지지 않으려 했다.

이튿날 양소유가 일찍 일어나 융복戎服(군복)을 입고 좌우에 활과 화살을 찬 뒤 눈처럼 하얀 천리숙상마²³를 타고 사냥할 군사 3천 명을 징발하여 도성 남쪽으로 향했다. 계섬월과 적경홍은 신선처럼 몸단속을 하고 비룡 같은 말에 날아오르더니 수놓은 신으로 은등자²⁴를 밟고, 옥 같은 손으로 진주 고삐를 잡고 승상의 뒤를 가까이 따랐다. 기녀 800명이 지극히 화려하게 단장하고 또 그 뒤를 따랐다. 도중에 월왕을 만났는데, 월궁 군대의 성대한 위용과 여성 예인들의 화려한 차림은 더욱 대단하여 이루 형용할 수 없을 정도였다. 월왕이 승상과 말 머리를 나란히 하고 가며 물었다.

"승상께서 타신 말은 어느 땅에서 난 것입니까?"

양소유가 말했다.

꽃꽃꽃꽃

22. **교방教坊** 궁정 음악을 담당하는 기구.
23. **천리숙상마千里驌霜馬** 기러기처럼 털빛이 희고 목이 긴 천리마.
24. **은등자銀鐙子** 은으로 만든 등자. '등자'는 말을 타고 앉아 두 발로 디디게 되어 있는 물건. 안장에 달아 말의 양쪽 옆구리로 늘어뜨린다.

"대완국[25]에서 난 것입니다. 대왕께서 타신 말도 대완국 말인
듯합니다."

월왕이 말했다.

"맞습니다. 이 말의 이름은 천리부운총[26]입니다. 지난 가을에
황상을 모시고 상림원[27]에서 사냥할 때 말 1만 필이 바람처럼 달
렸으나 이 말에 미치는 것은 하나도 없었습니다. 장부마의 도화
총[28]과 이장군의 오추마[29]가 세상에 없는 말이라고 자랑하나, 모
두 이 말에는 미치지 못할 것입니다."

양소유가 말했다.

"작년에 토번을 칠 때 험한 길과 깊은 계곡에서 사람들은 발을
붙이지 못했으나 이 말은 평지를 가듯 지나갔으니, 제가 공을 이
룬 것은 실로 이 말의 힘이었습니다. 제가 돌아온 뒤 벼슬이 갑자
기 높아져서 날마다 편한 가마를 타고 천천히 조당朝堂(조정)에 나

꽃꽃꽃꽃

25. 대완국大宛國 지금의 우즈베키스탄 동부 페르가나 분지 일대에 있던 나라. 명마의 산지로
    유명했다.
26. 천리부운총千里浮雲驄 천리마. 한나라 문제文帝의 명마 이름인 '부운'浮雲에서 따온 말.
27. 상림원上林苑 장안과 함양咸陽 일대에 있던 거대한 궁중 정원. 진시황 때 만들어진 것을
    한나라 무제가 크게 확장하여 자연 경관을 즐기는 한편 군사 훈련을 겸한 사냥을 했다.
28. 장부마張駙馬의 도화총桃花驄 '도화총', 곧 도화마桃花馬는 흰 털에 붉은 반점이 있는 명
    마를 말한다. '장부마'는 당나라 현종의 사위 장게張垍가 아닐까 하나 확실치 않다.
29. 이장군李將軍의 오추마烏騅馬 '오추마'는 항우가 탔던 것으로 유명한 명마로, 온몸이 검고
    말굽 부분만 눈처럼 하얀 빛이어서 '척설오추마'踢雪烏騅馬라고도 불렀다. '이장군'은 대완
    국에서 탈취한 명마 한혈마汗血馬를 한나라 무제武帝에게 바친 장군 이광리李廣利가 아닐까
    하나 확실치 않다.

아가니 사람과 말이 오랫동안 한가히 지내다 병이 날까 싶습니다. 대왕과 함께 한번 채찍을 들어 걸음을 시험해 보았으면 합니다."

월왕이 매우 기뻐하며 말했다.

"제 뜻도 그러합니다."

마침내 종자에게 말했다.

"두 집의 빈객과 여악女樂(여성 예인)은 미리 막차幕次로 가서 기다리게 하라."

말에 채찍질을 하려 할 때 문득 사슴 한 마리가 군사들에게 쫓겨 월왕의 곁으로 펄쩍 뛰어 지나갔다. 월왕이 장수와 병사들에게 활을 쏘라 했으나 여럿이 쏘아도 맞히지 못했다. 월왕이 성이 나서 말을 달리며 화살 하나를 쏘아 사슴의 겨드랑이를 맞혔다. 사슴이 쓰러지자 모든 장수와 병사들이 천세[30]를 외쳤다.

양소유가 칭찬했다.

"대왕의 신묘한 활솜씨는 옛날의 양왕[31]도 미치지 못할 것입니다."

월왕이 말했다.

"어찌 그렇겠습니까? 승상의 활 쏘는 법을 보고 싶습니다."

❧❧❧❧
30. 천세千歲 제후에 대해 경축하거나 환호하는 뜻으로 두 손을 높이 들면서 외치는 소리.
31. 양왕養王 춘추시대 초나라의 장군 양유기養由基를 말한다. 춘추시대 제일의 신궁神弓으로 꼽혔다.

그렇게 말하고 있을 때 천아天鵝(고니) 한 쌍이 구름 사이로 높이 날아올랐다. 병사들이 말했다.

"이 새가 가장 잡기 어려우니 해동청海東靑(사냥용 매)을 풀어야 겠습니다."

양소유가 웃으며 말했다.

"잠시 기다리라."

양소유가 허리에서 황제가 내린 보조궁[32]과 금비전[33]을 빼내어 몸을 비틀더니 화살 하나로 천아의 머리를 맞혀 말 아래 떨어뜨 렸다. 왕이 크게 칭찬했다.

"승상의 신묘한 재주는 사람이 미칠 수 있는 바가 아닙니다."

두 사람이 일제히 산호백옥편[34]을 들어 한 번 내리치니, 두 마리 말이 별이 흐르고 번개가 치듯 순식간에 큰 들판을 지나 높은 언덕에 올랐다. 두 사람은 갈대밭에 나란히 서서 산천 풍경을 바라보며 활 쏘는 법과 검법을 의논했다. 종자가 그제야 땀을 흘리며 따라와서 두 사람이 활로 쏘아 잡은 짐승의 고기를 구워 은반에 담아 바쳤다. 두 사람이 솔숲으로 내려와 풀밭에 앉더니 차고 있던 칼을 뽑아 고기를 베고 술을 두어 사발 기울였다. 멀리 바라보니 붉은 옷을 입은 관원이 여러 사람을 데리고 도성 안의 길에

꽃꽃꽃꽃
32. **보조궁寶雕弓** 보석으로 장식하고 꽃문양이 있는 활.
33. **금비전金鈚箭** 금으로 장식한 화살.
34. **산호백옥편珊瑚白玉鞭** 산호와 백옥으로 장식한 채찍.

서 바삐 말을 달려 오고 있었다. 종자가 아뢰었다.

"황상과 태후께서 선온[35]하십니다."

양소유와 월왕이 천천히 천막으로 가서 기다리니, 황궁과 태후궁의 태감太監이 황색 종이로 밀봉한 어주[36]를 따라 권했다. 황제가 어제시御製詩를 내렸기에 두 사람이 머리를 조아려 네 번 절한 뒤 술을 마시고 각각 화답하는 시를 지어 손수 써서 태감에게 주어 보냈다.

이윽고 두 집의 빈객이 차례로 앉고 술과 음식이 차려졌다. 낙타의 혹과 성성이의 입술[37]이 푸른 가마솥에서 나오고, 남월의 여지[38]와 영가의 황감[39]이 옥 쟁반에 그득하니, 서왕모의 요지 잔치[40]는 몰라도 인간세계의 진귀한 음식이라면 없는 것이 없었다. 두 집의 여성 예인 2천 명이 자리에 둘러앉으니, 그 화려한 빛은 1천 그루 꽃과 버들의 아름다움을 무색하게 하고, 그 풍악 소리

꿀꿀꿀꿀

35. **선온宣醞** 임금이 신하에게 궁중에서 빚은 술을 하사하는 것.
36. **어주御酒** 임금이 신하에게 내리는 술.
37. **낙타의 혹과 성성이의 입술** 중국 고대의 아홉 진미로 꼽히는 요리 재료. '성성이의 입술'[猩脣]은 성성이(오랑우탄)의 입술이 아니라 사슴의 뺨이라는 설도 있다.
38. **남월南越의 여지荔支** '남월'은 진秦나라 말부터 전한前漢 초까지 90여 년 동안 베트남 북부 지역 및 중국 광동성·광서성 지역에 존재했던 나라. '여지'는 중국 남방에서 나는 아열대 과일.
39. **영가永嘉의 황감黃柑** '영가'는 절강성 동남부의 지명. '황감'은 감귤의 일종.
40. **서왕모西王母의 요지瑤池 잔치** '서왕모'는 티베트 고원 북쪽의 곤륜산에 산다는 선녀. '요지'는 곤륜산에 있다는 연못. 서왕모가 요지에서 3천 년에 한 번 열매 맺는다는 반도蟠桃(신선 세계의 복숭아)를 내놓고 잔치를 벌였다는 전설이 있다.

는 곡강曲江 물을 들끓게 하고 종남산終南山을 움직였다.

취기가 오르자 월왕이 양소유에게 말했다.

"승상의 보살핌을 입었으나 구구한 정을 표할 방법이 없어 어린 첩 몇 사람을 데려왔습니다. 이들을 불러내 노래하고 춤추며 승상께 헌수獻壽하게 하기를 청합니다."

양소유가 감사를 표하며 말했다.

"제가 감당하지 못할 듯합니다만 혼인 관계를 맺은 사이에 사양하지 못하겠습니다. 저의 첩들 중에도 구경하고 싶어 따라온 이가 있으니 대왕께 인사드려 답례하겠습니다."

적경홍·계섬월과 월궁의 네 미인이 명을 받들고 천막 안에서 나와 머리를 조아려 인사하자 각각 자리를 정해 주었다. 양소유가 말했다.

"옛날 영왕에게 한 미인이 있었는데, 이태백이 그 노래 소리만 겨우 듣고 얼굴은 보지 못했다지요.[41] 하지만 저는 하루에 네 선녀를 보았으니 제 소득이 이태백보다 열 배는 많습니다. 미인들의 꽃다운 이름은 무엇입니까?"

꽃꽃꽃꽃

41. 옛날 영왕寧王에게~보지 못했다지요 '영왕'은 당나라 현종의 맏형인 이성기李成器(이헌李憲)의 왕작王爵.『개원천보유사』開元天寶遺事에 다음 고사가 보인다. 영왕의 궁궐에 아름답고 노래를 잘하는 기녀 총저寵姐가 있었는데, 영왕은 총저를 매우 아껴 손님들에게 보이지 않았다. 영왕이 베푼 잔치에 참석한 이백이 술에 취해 총저를 보여달라고 간청하자 영왕은 화려한 병풍을 쳐 총저의 모습을 가리고 노래만 부르게 했다. 이백은 총저의 노래를 듣고 감탄하며 "비록 얼굴은 보지 못했지만 노래를 들은 것만 해도 다행입니다"라고 말했다.

네 미인이 일어나 대답했다.

"저희는 금릉[42]의 두운선杜雲仙, 진류[43]의 설교오薛嬌五, 무창武昌의 만옥연萬玉燕, 장안長安의 해연연海燕燕이옵니다."

양소유가 왕에게 말했다.

"제가 선비 시절에 양경兩京(장안과 낙양)에 다니면서 옥연 낭자의 명성을 듣고 마치 천상의 사람인 것처럼 여겼는데, 지금 그 용모를 보니 명성 이상입니다."

월왕도 적경홍과 계섬월 두 사람의 이름을 묻고 말했다.

"두 미인은 천하 모두가 추앙하는 사람이거늘, 이제 승상을 따르니 주인을 얻었다고 할 만합니다. 승상은 언제 두 미인을 얻으셨습니까?"

양소유가 말했다.

"계씨는 제가 과거 보러 가면서 낙양을 지날 때 따르기를 원했고, 적씨는 연燕나라 궁중에 있다가 제가 사신으로 연나라에 갔을 때 도망 나와 도중에 따라왔습니다."

월왕이 손뼉을 치며 웃고 말했다.

"홍랑의 협기俠氣는 홍불기[44]도 그보다 더할 수 없겠습니다. 그

꙼꙼꙼꙼

42. **금릉金陵** 남경南京의 옛 이름.
43. **진류陳留** 하남성 개봉開封의 지명. 지금의 개봉시 진류진陳留鎭.
44. **홍불기紅拂妓** 당나라의 전기傳奇 「규염객전」虯髯客傳의 등장인물. 권력자 양소楊素의 시비侍婢였던 홍불기는 양소를 방문한 젊은 선비 이정李靖에게 마음이 끌려 양소 몰래 이정을

러나 적낭자狄娘子가 승상을 만났을 때는 승상이 한림학사로 옥절[45]을 들고 있었으니 봉황과 기린을 알아보기 쉬웠을 것이지만, 계낭자桂娘子가 승상을 따를 때는 승상이 곤궁하던 시절이니 더욱 기이합니다. 대체 어떻게 만나신 겁니까?"

양소유가 웃으며 말했다.

"제가 그때 일을 말하자니 실로 우습습니다. 먼 지방에서 나귀 타고 온 서생書生이 시골 주점에서 탁주濁酒를 과하게 마시고 천진天津 주루酒樓에 들렀습니다. 주루에서 낙양洛陽의 재자才子 수십 인이 창기를 끼고 술을 마시며 글을 짓고 있었는데, 섬월도 그 자리에 있었습니다. 제가 해진 베옷에 비 맞은 두건 차림으로 술기운을 빌려 자리에 나아가니, 그곳에 모인 선비들의 경마잡이 종도 저처럼 추레한 이는 없었습니다. 취중이라 움츠림 없이 거칠고 조잡한 시를 무슨 말인지도 모르는 채 지었더니, 여러 시 중에서 섬월이 제 시를 뽑아 노래를 불렀습니다. 선비들이 이미 약속한 것이 있어 감히 섬월을 두고 다투지 못했으니, 이 또한 인연인 듯합니다."

월왕이 껄껄 웃으며 말했다.

"승상이 양장[46] 장원壯元이 된 것을 천하의 쾌사快事(통쾌한 일)로

만나고 그날로 탈출하여 이정을 따랐다.
45. **옥절玉節** 옥으로 만든 부절符節. 관직을 받을 때 함께 받았다.
46. **양장兩場** 과거의 초시初試와 복시覆試를 아울러 이르는 말. '초시'는 지방별로 시행되는

알았더니, 이날의 통쾌함은 그보다 더하군요. 그 시가 묘할 듯한데, 들어 볼 수 있겠습니까?"

양소유가 말했다.

"한때 취중에 지은 시라 벌써 잊은 지 오래입니다."

월왕이 섬월을 돌아보고 말했다.

"승상은 기억하지 못해도 낭자는 기억할 듯한데."

섬월이 말했다.

"제가 기억하고 있습니다. 붓으로 써 드리리까? 노래로 부르리까?"

월왕이 매우 기뻐 말했다.

"아름다운 사람의 소리까지 겸해 들으면 더욱 쾌사가 되겠군."

섬월이 옥이 부서지는 듯한 아름다운 목소리로 삼장시[47]를 차례로 노래하니, 좌중에 있던 모든 이들이 감동하여 얼굴빛이 달라졌다. 월왕이 감탄하여 말했다.

"승상의 시와 섬랑의 미모와 소리는 진실로 삼절三絶이라 이를 만합니다! 두 번째 시에서 '아름다운 그대 앞에 꽃가지도 부끄러워하거늘/가녀린 노래 시작하지도 않았는데 기운이 벌써 향기롭네'라고 한 말이 완연히 섬랑을 그려 냈으니, 승상은 이태백과 한

1차 시험을 말하고, '복시'는 초시 합격자들이 서울에 모여 치르는 2차 시험을 말한다.
47. 삼장시三章詩 제3회에서 양소유가 계섬월 앞에서 지었던 시 3수를 말한다.

무리요. 그러니 낙양의 범상한 무리가 어찌 감히 바라겠소?"

그러고는 금 술잔에 술을 따라 계섬월을 칭찬했다.

적경홍과 계섬월이 월궁의 네 미인과 함께 맑은 노래와 묘한 춤을 주인과 빈객에게 바쳤다. 봉황이 쌍쌍이 울고 청란[48]이 마주 보고 춤을 추는 듯했는데, 참으로 좋은 맞수여서 조금도 들쭉날쭉 어긋남이 없었다. 더욱이 옥연의 자색姿色이 적경홍·계섬월과 어깨를 나란히 했고, 나머지 세 미녀는 비록 옥연만 못했으나 또한 세상에 드문 미모인지라 피차가 서로 공경하니, 월왕 역시 위부에 뒤지지 않음을 보고 마음속으로 기뻐했다.

술이 얼큰히 취하자 술잔을 차례로 돌리기를 그치고 빈객들과 함께 천막 앞으로 나가서 무사들이 활로 짐승을 쏘는 모습을 구경했다. 월왕이 말했다.

"미녀가 말을 탄 채 활 쏘는 모습이 좋은 볼거리인데, 내 궁중 여기女妓 중에 활쏘기와 말타기에 정통한 자가 수십 명 있습니다. 승상 부중府中에도 북방北方 여자가 있을 테니, 모두 모아서 꿩을 쏘게 해 봅시다."

양소유도 좋다고 하고 활쏘기에 능한 자 20명을 뽑아 재주를 겨루게 했다. 그때 적경홍이 양소유에게 아뢰었다.

"첩이 활쏘기를 익히지는 못했으나 다른 사람들이 하는 모습

❀❀❀❀
48. **청란青鸞** 신선들이 타고 하늘을 난다는, 전설상의 새.

을 본 적이 있으니 한번 쏘아 보겠습니다."

양소유가 활과 화살을 풀어 주니 적경홍이 여성들을 돌아보고 말했다.

"맞히지 못해도 낭자들은 비웃지 마시오."

나는 듯이 말에 올라 천막 앞을 이리저리 다니는데, 꿩 한 마리가 개에게 쫓겨 높이 날아올랐다. 적경홍이 가는 허리를 돌려 활시위를 당기자 아름다운 오색 깃털이 공중에서 떨어지니, 양소유와 월왕이 껄껄 웃었다. 적경홍이 다시 말을 달려 천막 앞으로 오더니 말에서 내려 남자 절을 하고 활과 화살을 도로 양소유에게 바쳤다. 조용히 자리로 들어가니 여성들이 모두 축하했다.

이때 사냥한 짐승이 구름처럼 쌓였고 여성들이 말 타고 활을 쏘아 잡은 꿩과 토끼도 많았다. 월왕과 양소유는 공功에 등급을 매겨 금과 비단을 상으로 내렸다.

월왕과 양소유가 다시 천막 안으로 돌아와 풍악을 그치게 하고 주인과 빈객이 자리를 정해 앉은 뒤 여섯 미인으로 하여금 피리와 거문고를 번갈아 연주하게 했다. 섬월이 생각했다.

'우리 두 사람이 비록 월궁 미녀들에게 지지는 않겠지만, 저쪽은 네 사람인데 우리는 두 사람뿐이니 자못 고단하겠어. 춘랑을 데려오지 못한 게 참으로 애석하구나! 춘랑이 가무에는 능하지 않지만 그 미모와 말솜씨가 어찌 두운선 등을 압도하지 못하겠나?'

문득 건너편 거리에 두 사람이 떨어진 꽃과 아름다운 풀 위로 유벽거油壁車를 몰고 점점 가까이 오는 모습이 보였다. 문지기가 물으니 수레를 모는 하인이 말했다.

"양승상의 소실小室인데, 사정이 있어 함께 오지 못했습니다."

군중에서 양소유에게 아뢰니 양소유가 생각했다.

'춘운이 구경하러 온 게로구나. 그런데 차림이 왜 이리 단출한고?'

불러들이게 하니, 수레가 천막 앞에 이르렀다. 주렴을 걷고 두 여자가 나서는데, 앞에 있는 이는 바로 심요연이었고, 뒤에 있는 이는 꿈속에서 만난 동정洞庭 용녀龍女가 분명했다. 두 여자가 양소유 앞에 나아가 머리를 조아려 인사하자 양소유가 월왕을 가리키며 말했다.

"이분은 월왕 전하시니 예의를 갖추어 인사드리도록 하오."

예를 마치자 자리를 정해 주어 적경홍·계섬월과 함께 앉게 한 뒤 양소유가 월왕에게 말했다.

"이 두 사람은 서번西藩(토번)을 칠 때 얻은 첩입니다. 미처 집에 데려오지 못했는데, 제가 대왕을 모시고 즐기고 있다는 소식을 듣고 구경하러 왔나 봅니다."

월왕이 두 사람을 보니 용모의 수려함이 경홍·섬월과 우열을 가릴 수 없되 속세를 초탈한 기상은 더욱 뛰어났다. 월왕은 매우 신기하게 여겼고, 월궁 미인들은 압도당해 기운을 빼앗겼다. 월왕이 물었다.

"두 미인의 이름은 무엇이고, 어느 땅 사람인가?"

두 사람이 대답했다.

"저 요연은 성이 심씨이고, 서양주[49] 사람이옵니다."

"저 능파凌波는 성이 백씨白氏이고, 집은 동정洞庭과 소상강[50] 사이에 있는데 환란患亂을 만나 서쪽 변방에 가서 살다가 승상을 따라 왔사옵니다."

월왕이 말했다.

"두 낭자의 용모와 기질이 참으로 천상계 사람인데, 할 줄 아는 풍악이 있는가?"

심요연이 대답했다.

"저는 변방 사람이라 사죽관현[51]의 소리를 들어 보지 못했으니, 무엇으로 대왕을 즐겁게 해 드리리까? 어릴 적에 부질없이 검무劍舞를 배웠을 뿐인데, 이는 군중의 유희인지라 귀인께서 보시기에 마땅치 않을 듯하옵니다."

왕이 기뻐하며 양소유에게 말했다.

"현종玄宗 때 공손대랑[52]의 검무가 천하에 유명했거늘 지금은

49. **서양주西凉州** 양주凉州, 곧 감숙성 서북부 무위武威 일대.
50. **소상강瀟湘江** 소수瀟水와 상수湘水를 함께 이르는 말로, 모두 중국 호남성에 있는 강 이름.
51. **사죽관현絲竹管絃** 현악기와 관악기를 아울러 이르는 말.
52. **공손대랑公孫大娘** 당나라 현종 때 검무劍舞의 일인자로 꼽혔던 여성. 두보가 「공손대랑의

곡조가 전하지 않아서 매번 두자미杜子美(두보)의 시를 읊조릴 때마다 그 검무를 보지 못한 것을 한탄해 왔습니다. 그런데 이 낭자가 검무를 한다니 참으로 유쾌한 일입니다."

드디어 월왕과 양소유가 각각 허리에 찬 보검을 풀어 요연에게 주었다. 요연이 소매를 걷고 허리띠를 푼 뒤 비단 자리 위에서 한 곡조 춤을 추니, 붉은 단장과 흰 태양이 서로 광채를 발해 3월의 눈이 도화 숲에 뿌리는 듯했다. 점점 춤이 빨라지더니 검광劍光이 천막 안에 가득하여 검무를 추는 사람이 보이지 않았다. 이윽고 흰 무지개가 하늘에 쏘이면서 찬바람이 천막을 찢는 듯하더니, 자리에 있던 사람들 모두 뼈가 시리고 머리카락이 쭈뼛 솟았다. 요연이 자기 재주를 다 보이면 월왕이 놀랄까 싶어 보검을 땅에 던지고 머리를 조아린 뒤 물러났다.

월왕이 비로소 정신을 차리고 요연에게 물었다.

"사람의 검무가 어찌 이 경지에 이를 수 있는가? 내가 듣기로는 신선 중에 검술을 하는 이가 있다던데, 낭자가 그 사람이 아닌가?"

요연이 말했다.

"서쪽 변방의 풍속이 무기를 유희로 삼기에 어린 시절부터 보

제자가 추는 검무를 보고」(觀公孫大娘弟子舞劍器行)라는 시에서 젊은 시절 보았던 공손대랑의 절륜한 검무 솜씨를 회상한 바 있다.

고 익힌 것이옵니다. 무슨 도술이 있겠사옵니까?"

월왕이 말했다.

"내가 돌아가서 궁녀 중에 몸이 가뿐하고 춤을 잘 추며 총명한 여자를 뽑아 보낼 테니, 낭자는 수고를 아끼지 말고 가르쳐 달라."

요연이 말했다.

"삼가 분부대로 하겠사옵니다."

월왕이 또 능파에게 말했다.

"낭자는 무슨 재주를 지니셨소?"

능파가 대답했다.

"저의 집은 옛날 아황과 여영[53]이 노닐던 곳인지라 바람이 맑고 달 밝은 밤이면 지금도 음악 소리가 구름과 물 사이에 있습니다. 제가 어려서부터 그 소리를 흉내 내어 때때로 혼자 즐겼습니다만 대왕께서 들으실 만한 것은 못 될까 싶습니다."

월왕이 말했다.

"과인이 책에서는 상령[54]이 거문고 타는 이야기를 보았으나 그 곡조가 전한다는 말은 듣지 못했거늘, 낭자가 연주할 수 있다면

꽃꽃꽃꽃

53. 아황娥皇과 여영女英 순舜임금의 두 아내. 순임금이 죽자 상수湘水에서 울다 투신해 죽었는데, 그들이 죽은 후 피눈물 자국이 있는 대나무가 물가에 자라났다는 전설이 있다.
54. 상령湘靈 상수湘水의 여신. 곧 아황과 여영.

316

어찌 백아伯牙와 사광[55]을 낭자에 비견할 수 있겠소?"

능파가 수레 가운데에서 25현금을 꺼내 한 곡조를 타니, 서글프고 원통하며 맑고 처절하여 삼협[56]에 물이 떨어지고 가을에 기러기가 울부짖는 듯했다. 좌중의 모든 이들이 근심에 잠겨 서글픈 기색이 짙더니, 이윽고 1천 숲에 쏴아아 바람이 불어 가을 소리를 내며 병든 잎이 어지러이 떨어졌다. 월왕이 몹시 기이하게 여겨 말했다.

"인간의 곡조가 천지의 조화를 돌이킬 수 있다는 것을 믿지 못하겠으니, 생각건대 낭자는 세상 사람이 아니군요! 이 곡조를 세상 사람이 배울 수 있겠소이까?"

능파가 대답했다.

"저는 불과 옛 음악을 전한 데 불과하니, 무슨 기이함이 있겠으며 어찌 배우지 못하겠습니까?"

문득 옥연이 월왕에게 아뢰었다.

"제가 비록 재주가 없으나 한번 제가 다루는 악기로 백낭자白娘子(백능파)의 「상령곡」湘靈曲을 옮겨 보겠습니다."

옥연이 진쟁[57]을 안고 13현으로 25현 소리를 일일이 옮겼는데,

---

55. **사광師曠** 춘추시대 진晉나라의 악사樂師. 귀가 밝아 음을 잘 분별했던 것으로 유명하다.

56. **삼협三峽** 사천성과 호북성의 경계를 이루는, 양자강 중류의 구당협瞿塘峽·무협巫峽·서릉협西陵峽의 세 협곡.

57. **진쟁秦箏** 전국시대 진秦나라 몽염蒙恬이 만들었다고 전하는 현악기. 슬瑟과 비슷한 모양으

손놀림이 정밀하고 적절하며 물 흐르듯 해서 조금도 차이가 없었다. 능파가 놀라 말했다.

"이 낭자의 총명은 채문희[58]도 미치지 못하겠습니다!"

양소유와 적경홍·계섬월이 모두 칭찬해 마지않았고, 월왕이 가장 기뻐했다.

로, 본래 열두 줄이었으나 후대에 열여섯 줄까지 늘어났다.

58. 채문희蔡文姬　후한後漢의 문인 채옹蔡邕의 딸로, 문학·음악·서예에 두루 뛰어났다. 음악에 천부적인 재능이 있어 아홉 살 때 아버지 채옹이 거문고를 타던 중에 줄 하나가 끊어지자 몇 번째 줄이 끊어졌는지 알아맞혔다는 고사가 전한다.

제15회

부마는 벌로 금치주를 마시고
군주는 은혜로이 취미궁을 내려 주다[1]

1. **취미궁翠微宮** 당나라 태종 때 장안 남쪽 종남
산終南山 기슭에 지은 황제의 별궁別宮.

이날 낙유원 잔치에 심요연과 백능파가 뒤늦게 와서 주인과 빈객의 즐거움을 도우니 높은 흥취가 넉넉했다. 날이 이미 저물어 잔치를 마치며 두 집에서 각각 금은과 비단을 사례 물품으로 내리니 진주가 몇 섬(斛)이나 되고 쌓인 비단이 자각봉紫閣峰만큼 높았다.

월왕과 승상이 말에 올라 달빛을 띠고 성문 안으로 들어갔다. 두 집의 여성 예인들이 앞서거니 뒤서거니 뒤를 따르니, 패옥佩玉 소리가 흐르는 물 같고 향기로운 바람이 10리에 끊이지 않았으며, 떨어진 비녀와 부서진 진주가 길 위에 깔려서 말발굽에 밟혀 소리가 났다. 장안長安의 남녀들이 집을 비우고 나와 거리를 가득 메웠고, 백 세 노인은 눈물을 흘리며 말했다.

"아이 때 보았던 현종 황제의 화청궁華淸宮 거둥이 꼭 이랬지. 늙어서 태평성대의 기상을 다시 보게 될 줄 미처 몰랐네!"

이때 두 부인이 진채봉·가춘운과 함께 류부인을 모시고 양소유가 돌아오기를 기다리고 있었다. 양소유가 심요연과 백능파를 이끌어 류부인과 두 부인에게 인사시키자 정경패가 말했다.

"승상께서 매번 두 낭자가 승상의 위태로움을 구해 국가에 공을 세웠다고 말씀하시기에 날마다 만나보기를 바랐거늘, 어찌 이리 늦게 오셨어요?"

심요연과 백능파가 대답했다.

"저희는 서울에서 멀리 떨어진 고을에 살아 사리에 어두운 사람임에도 승상의 돌보심을 입었으나 두 부인께서 좋지 않게 여기실까 염려하여 오랫동안 주저했습니다. 서울에 이르러 사람들의 말을 들으니 부인의 덕행이 「관저」와 「규목」² 같다고 칭송하지 않는 이가 없었습니다. 그리하여 비로소 문하에 찾아뵙고자 했는데, 마침 승상이 교외에 나가신 때를 만나 다행히 성대한 잔치에 참석하게 되었습니다."

난양공주가 승상을 보고 웃으며 말했다.

"우리 궁중에 바야흐로 화색花色이 성하니, 상공相公은 당신의 풍채를 따라왔다 여기시겠지만 실은 우리 자매의 공이라는 걸 아셔야 합니다."

양소유가 껄껄 웃으며 말했다.

---

2. 「관저」關雎와 「규목」樛木 『시경』 국풍國風의 편명. 「관저」와 「규목」은 문왕文王의 비妃인 태사太姒의 덕, 특히 투기하는 마음 없이 첩을 은혜로 대한 미덕을 노래했다.

322

"귀인은 칭찬 듣기를 좋아한다는 말이 과연 옳구려. 저 두 사람이 새로 왔기에 공주 낭랑의 위엄을 두려워하여 아첨하는 것입니다."

모두 큰소리로 웃었다.

정경패가 경홍과 섬월에게 물었다.

"오늘 승부는 어떻게 됐나?"

섬월이 대답했다.

"위부[3]의 욕辱은 간신히 면했습니다."

경홍이 말했다.

"섬랑은 제가 큰소리친다고 기를 꺾었지만, 제가 화살 하나로 월궁 사람들의 기운을 빼앗았습니다. 제가 허튼 말을 하는지 섬랑에게 물어보셔요."

섬월이 말했다.

"홍랑의 활 쏘고 말 타는 재주는 영특하다 하겠으나, 월궁 사람들이 기운을 빼앗긴 것은 모두 새로 온 두 낭자(심요연과 백능파)의 신선 같은 모습과 재주 덕분이지, 그게 어찌 홍랑의 공인가? 내가 홍랑에게 고사를 얘기해 주지. 춘추시대에 가대부賈大夫가 못생기기로 천하에 유명해서 혼인한 뒤 3년 동안 아내가 웃지 않았다지. 그러다 가대부가 아내와 함께 들에 나가 꿩을 활로 쏘아 잡자 아내가 처음으로 웃었다고 해.[4] 이번에 홍랑이 꿩을 쏜 일이 가대부와 같은 경우 아닐까?"

경홍이 말했다.

"못생긴 가대부가 활쏘기 재주로 아내를 웃게 했으니, 자도[5] 같은 미남이 꿩을 쏘아 맞혔다면 사람들이 더욱 사랑하지 않았겠어?"

섬월이 말했다.

"홍랑의 자기 자랑이 갈수록 심합니다. 이게 다 승상께서 홍랑을 교만하게 만드신 탓입니다."

양소유가 웃으며 말했다.

"섬랑의 재주야 오래전부터 알고 있었으나 경술[6]이 있는 줄은 몰랐네. 『춘추좌전』春秋左傳은 언제 공부했나?"

섬월이 말했다.

"한가할 때 희진원[7]에 가서 들었습니다."

이튿날 양소유가 조정에서 퇴근해 집으로 돌아가려 하는데, 태

☙☙☙

4. **춘추시대에 가대부**賈大夫**가~웃었다고 해** 『춘추좌전』 소공昭公 28년조에 다음의 고사가 보인다. 춘추시대 가賈나라(지금의 산서성 임분臨汾 일대)의 대부가 미인과 결혼했다. 미인은 남편이 추남인 데 실망하여 3년 동안 말도 하지 않고 웃지도 않다가 가대부가 꿩을 활로 쏘아 맞히는 재주를 보이자 처음으로 웃음 짓고 말하기 시작했다.

5. **자도**子都 춘추시대 정鄭나라의 미남자 공손자도公孫子都를 말한다.

6. **경술**經術 유가 경서經書를 연구하는 학문.

7. **희진원**希秦院 진채봉의 처소.

324

후가 승상(양소유)과 월왕을 함께 불러 보았다. 두 사람이 들어가니 영양공주와 난양공주가 이미 부름을 받고 와 있었다. 태후가 월왕에게 물었다.

"어제 승상과 춘색春色을 다투었다고 딸아이들이 이야기하던데 승부가 과연 어찌 되었나?"

월왕이 웃으며 아뢰었다.

"매부의 복록福祿은 사람이 대적할 바가 아니었습니다. 다만 승상의 이러한 복이 누이에게 복이 될지 그렇지 않을지 승상에게 물어보십시오."

양소유가 아뢰었다.

"월왕이 신에게 못 이겼다고 하는 것은 이백李白이 최호[8]에게 압도되어 기운을 빼앗겼다는 말과 똑같습니다. 공주에게 복이 될지 그렇지 않을지는 당사자에게 물으시기 바랍니다."

태후가 두 공주를 돌아보니 난양공주가 대답했다.

"부부는 한 몸이라 영욕榮辱과 고락苦樂에 다름이 있을 수 없습니다. 그러니 승상에게 복이 된다면 저희들에게도 복이지요."

월왕이 말했다.

"누이의 말이 좋은 말이지만 진정眞情은 아닙니다. 예로부터 부

꽃꽃꽃꽃

8. **최호崔顥** 당나라 현종 때의 시인. 이백이 호북성 무한武漢의 양자강 기슭에 있는 황학루黃鶴樓에 올라 새로운 시를 지으려다 누각에 걸려 있던 최호의 「황학루」 시보다 좋은 시를 지을 수 없어 포기했다는 고사가 『당재자전』唐才子傳 등에 전한다.

마 중에 양승상처럼 방자한 자가 없었으니, 이 또한 나라의 기강에 관계된 일입니다. 양소유를 유사有司(담당 관아)에 내려 조정을 두려워하지 않는 죄를 다스리실 것을 청합니다."

태후가 큰소리로 웃으며 말했다.

"양부마楊駙馬(양소유)가 진실로 죄가 있으나 만일 법으로 다스리면 내 딸들이 근심할 테니, 왕법王法을 굽혀야 할 형편이로구나."

월왕이 말했다.

"그렇기는 하나 양소유를 어전御前에서 추문⁹하고 그 대답하는 것을 본 뒤 처치해야 합니다."

태후가 그 말에 따라 추문했다.

"옛날의 부마들이 감히 희첩을 두지 못한 것은 조정을 경외敬畏했기 때문이다. 더구나 영양과 난양 두 공주는 용모와 재주와 덕이 천상계 사람 같거늘, 양소유는 공경하여 받들 생각을 하지 아니하고 미인을 찾아 모으는 일을 그치지 않았으니, 신하의 도리에 지극히 어긋난 것이다. 숨기지 말고 바른 대로 아뢰라!"

양소유가 사죄의 뜻으로 관冠을 벗고 아뢰었다.

"신臣 소유는 나라의 은혜를 입어 벼슬이 삼태¹⁰에 이르렀으나 나이가 아직 젊어 소년 풍정風情을 금하지 못하고 집안에 음악 하는 이를 몇 사람 두었으니, 황공하여 처벌을 기다립니다. 그러나 가만히 국가의 법령法令을 보니 명령이 있기 전에 벌어진 일은 분간[11]하게 되어 있습니다. 제 집에 비록 여러 사람이 있으나, 숙인 진씨(진채봉)는 황상께서 사혼[12]하신 사람이니 논의 대상에 들지 않습니다. 첩 계씨는 제가 서생 시절에 얻은 사람입니다. 첩 가씨·적씨·심씨·백씨, 이 네 사람이 저를 따른 것은 모두 제가 부마가 되기 전입니다. 그 뒤로 집에 거둔 첩은 공주의 권유를 따른 것이지 제 마음대로 한 일이 아닙니다."

태후가 분간하라고 명하자 월왕이 아뢰었다.

"비록 공주가 권유한 일이 있다 한들 양소유의 도리로는 첩을 집에 두는 것이 마땅치 않으니 다시 추문하기를 청합니다."

양소유가 황급히 머리를 조아리고 아뢰었다.

"제 죄는 만 번 죽어 마땅하나, 예로부터 죄 지은 사람에 대해 공로를 고려해 처벌을 논하는 규정이 있습니다. 제가 황상께 임무를 받아 동쪽으로 삼진三鎭을 항복시키고 서쪽으로 토번을 평정하여 공이 적지 않으니, 이 일로 속죄할 수 있을 듯하옵니다."

태후가 큰소리로 웃으며 말했다.

꽃꽃꽃꽃
11. **분간分揀** 죄를 저지른 형편을 보아 너그럽게 판결하는 일.
12. **사혼賜婚** 임금의 명령으로 혼인하는 일.

"양랑楊郎은 사직지신[13]이니 내가 어찌 사위로 대우하겠나?"

그러고는 사모[14]를 쓰게 했다.

월왕이 말했다.

"승상이 비록 큰 공이 있어 죄를 주지 못하나 완전히 사면할 수 없으니 벌주를 내려야 합니다."

태후가 웃으며 그 말에 따랐다. 궁녀가 옥으로 만든 술잔을 받들어 오자 월왕이 말했다.

"승상의 주량이 고래 같거늘, 작은 잔으로 어찌 벌할 수 있겠느냐?"

월왕이 손수 지시하여 한 말 들이 황금 술잔에 술을 가득 따라 양소유에게 벌주를 주었다. 양소유가 네 번 절하고 술잔을 받아 한 번에 다 마셨다. 양소유가 비록 주량이 크다 하나 한 말 술을 단번에 마셨으니 어찌 취하지 않겠는가? 그리하여 머리를 조아리고 아뢰었다.

"견우는 직녀를 몹시 사랑하여 장인이 노했고, 저는 집에 희첩을 두어 장모의 벌을 받으니, 천가天家의 사위 되기가 과연 어렵습니다! 제가 만취했으니 이만 물러가기를 청하옵니다."

양소유가 일어나다가 거꾸러지자 태후가 크게 웃고 궁녀로 하

---

13. **사직지신社稷之臣** 나라의 안위安危와 존망存亡을 맡은 중신重臣.
14. **사모紗帽** 신하가 관복을 입을 때, 혹은 신랑이 혼례식 때 쓰는 관冠.

여금 부축하여 내보내게 한 뒤 두 공주에게 말했다.

"양랑이 술에 시달려 기운이 편치 못할 것이니, 너희가 함께 나가서 옷을 벗기고 차를 올리도록 해라."

두 공주가 웃으며 말했다.

"저희들이 아니어도 옷 벗겨 줄 사람이 부족하지 않습니다."

태후가 말했다.

"그래도 부녀의 도리를 차리지 않아서는 안 되느니라."

두 공주가 승상을 따라 집으로 돌아갔다.

이때 류부인이 마루 위에 등불을 밝히고 기다리다가 양소유가 만취한 것을 보고 물었다.

"예전에는 선온宣醞이 있어도 과하게 취한 적이 없거늘, 오늘은 왜 이리 취했느냐?"

양소유가 취한 눈으로 난양공주를 오랫동안 쳐다보다가 고했다.

"공주의 오빠가 태후께 소자의 죄를 얽어 아뢰자 태후께서 진노하셔서 사태가 장차 어찌될지 알 수 없었는데, 소자가 말을 잘해서 간신히 풀려났습니다. 그런데도 월왕이 소자를 해코지하려고 태후께 권유해 독주毒酒를 마시는 벌을 내리게 해서 거의 죽을 뻔했습니다. 이는 월왕이 미인 겨루기에서 이기지 못한 데 유감을 품고 보복하고자 한 계책이지만, 또한 난양이 저의 희첩을 투기하여 월왕과 공모해서 저를 곤란하게 만든 것이기도 하니, 일전에 했던 어진 말을 어찌 믿을 수 있겠습니까? 어머니께서 난양에게 벌주를 먹여 소자의 분을 풀어 주시기를 청합니다."

류부인이 웃으며 말했다.

"난양의 죄가 분명치 아니하고 본래 술을 마시지 못하니, 꼭 벌을 주어야겠거든 술 대신 차를 먹여야겠다."

양소유가 말했다.

"꼭 술로 벌을 주고 싶습니다."

류부인이 난양에게 말했다.

"공주가 벌주를 마시지 않으면 취객이 화를 풀지 못하겠소."

류부인이 시녀를 시켜 난양공주에게 벌주를 보냈다. 난양공주가 술을 받아 마시려 할 때 양소유가 의심스러워 잔을 빼앗아 마셔 보려 하니, 난양이 양소유의 손을 뿌리치며 술을 급히 바닥에 쏟았다. 술잔 바닥에 남은 술이 있기에 양소유가 손가락으로 찍어 맛보니 설탕물이었다. 양소유가 포효하더니 술을 가져오게 해서 손수 한 잔을 따라 난양공주에게 보냈다. 난양공주가 마지못해 받아 마셨다.

양소유가 또 유부인께 고했다.

"소자에게 벌을 준 것이 난양의 계교이나 정씨도 관여한 바가 없지 않으며 태후 앞에서 소자가 고달파하는 모습을 보고 난양과 마주 눈짓을 하며 웃었으니, 그 속마음을 헤아릴 수 없습니다. 벌을 내려 주시기를 청합니다."

류부인이 웃으며 정경패에게 술 한 잔을 보내니, 정경패가 공경을 표하여 자리를 옮겨 앉은 뒤 술잔을 받아 마시고 다시 자리로 돌아왔다. 그러자 류부인이 말했다.

"태후 낭랑께서 소유가 희첩 둔 일을 벌하셨다. 이 때문에 주모主母(정실부인) 두 사람이 모두 벌주를 마셨으니, 희첩이 어찌 편안히 있을 수 있겠느냐? 경홍·섬월·요연·능파 모두에게 벌주 한 잔씩 내리겠다."

네 사람이 무릎 꿇고 술을 받아 마셨다. 섬월과 경홍이 류부인에게 고했다.

"태후 낭랑께서 승상을 벌하신 것은 희첩 둔 일을 질책하신 것이지 낙유원 잔치 때문이 아닙니다. 요연과 능파, 두 신인[15]은 아직 낭군을 모시지 못해서 부끄러움에 얼굴을 들지 못하고 있음에도 저희와 똑같이 벌주를 마셨습니다. 그러나 가유인(가춘운)은 그토록 오랫동안 승상을 모시며 그토록 큰 총애를 받았으면서도 낙유원에 가지 않았다는 이유로 혼자 벌을 면하니, 저희들의 하정下情이 모두 불편하옵니다."

류부인이 옳다고 여겨 큰 잔으로 춘운에게 벌주를 내리니 춘운이 웃음을 머금고 벌주를 마셨다.

이때 모든 사람이 벌주를 마셔 자못 어수선하고 난양공주는 술에 시달려 견디지 못했는데, 오직 진채봉만이 단정히 앉아 말하

꽃꽃꽃꽃
15. 신인新人 새색시. 혹은 새로 얻은 첩.

지도 웃지도 않고 있었다. 양소유가 말했다.

"진씨가 진실한 체하면서 남들의 흠을 쳐다보고 있으니 벌주지 않을 수 없네."

한 잔 술을 보내니 진채봉이 웃으며 마셨다.

류부인이 물었다.

"공주의 기운이 어떻소?"

난양공주가 대답했다.

"두통이 심하옵니다."

류부인이 진채봉으로 하여금 공주를 부축해 침실로 데려가게 했다. 그러고 나서 가춘운에게 술을 따라 오라고 한 뒤 술잔을 들고 말했다.

"나의 두 며느리는 천상의 신선인지라 내가 늘 복을 잃을까 두렵더니, 지금 소유가 미치광이처럼 주정을 부려 난양의 몸을 불편하게 만들었다. 태후 낭랑께서 들으시면 필시 크게 근심하실 것이니, 신하로서 임금께 근심을 끼친 것이 지극하구나. 이 모두 이 늙은이가 아들을 잘 가르치지 못한 죄이니, 이 잔으로 나 자신을 벌하겠다."

류부인이 술을 다 마시자 양소유가 황공하여 무릎을 꿇고 고했다.

"어머니께서 스스로 벌을 받아 저를 가르치시니 소자의 죄가 큽니다."

적경홍에게 큰 그릇에 술을 따라 오라고 한 뒤 일어나 절하고 말했다.

"소유가 어머니의 가르침을 순종하지 못했으니 벌주를 마시겠습니다."

다 들이키고는 만취해서 똑바로 앉아 있을 수 없자 응향각[16]으로 가려 했다. 정경패가 가춘운에게 부축해 가라고 하자 춘운이 말했다.

"제가 감히 가지 못하겠습니다. 계낭자와 적낭자가 꾸짖습니다."

적경홍과 계섬월더러 가라고 하자 섬월이 말했다.

"춘랑이 제가 한 말 때문에 가지 않겠다니 저는 더욱 혐의가 있습니다."

경홍이 웃고 일어나 양소유를 부축해 가니, 여성들이 각각 흩어졌다.

양소유는 심요연과 백능파가 산수를 좋아하므로 화원 안에 그들의 거처를 정해 주었다. 맑은 연못이 강과 호수처럼 넓었는데, 그 가운데 화려한 누각이 있으니 이름이 영아루迎迓樓로 능파가 거처하게 했다. 연못 북쪽에 가산[17]이 있어 1만 개의 옥이 산처럼 높이 솟았는데, 노송나무와 여윈 대나무가 그늘을 이룬 곳에 정자

꽃꽃꽃꽃

16. **응향각凝香閣** 양소유의 처소.
17. **가산假山** 인공적으로 산처럼 만들어 놓은 조형물.

가 있으니 이름이 빙설헌氷雪軒으로 요연이 거처하게 했다. 그리하여 여성들이 화원에서 노닐 때에는 이 두 사람이 주인이 되었다.

여성들이 조용히 용녀龍女(백능파)에게 물었다.

"낭자의 신통한 변화를 볼 수 있을까요?"

용녀가 말했다.

"그건 제 전신前身 때의 일입니다. 제가 천지조화에 힘입어 사람의 몸을 얻을 때 허물을 벗으면서 뼈와 비늘이 산처럼 쌓였습니다. 참새가 조개로 변한 뒤에 어찌 양 날개로 높이 날 수 있겠습니까?"

심요연은 류부인과 양소유 앞에서 이따금 검무를 추어 즐겁게 했으나 자주 하지는 않았는데, 그 이유를 이렇게 말했다.

"처음 검술을 빌려 승상을 만났으나 살벌한 일은 평상시의 볼거리가 아닙니다."

그 뒤로 두 부인과 여섯 낭자가 수족처럼 친하게 지냈고 여덟 여성에 대한 양소유의 은정도 한결같았다. 모든 사람들의 아름다운 덕성 덕분이었으나 실은 당초에 아홉 사람이 남악南岳에서 발원發願한 것이 이러했기 때문이다.

하루는 두 부인이 의논하여 말했다.

"옛날에는 여러 자매가 한 나라로 시집가서 그중에 처도 있고 첩도 있었지. 이제 우리 2처 6첩이 비록 저마다 성씨는 다르지만 마땅히 형제가 되어 서로 자매라 불러야겠네."

여섯 사람은 모두 감당할 수 없다고 했고, 가춘운·적경홍·계섬월은 더욱 굳게 사양했다. 그러자 정경패가 말했다.

"유비劉備·관우關羽·장비張飛는 군신君臣 관계가 되어서도 형제의 의리를 저버리지 않았거늘, 나와 춘랑은 본래 규중閨中의 벗이니 어찌 형제가 되지 못하겠나? 야수부인[18]은 부처님의 아내이고 등가녀[19]는 음란한 창녀였지만 함께 부처님의 제자가 되어 마침내 정과[20]를 얻었으니, 애초의 미천한 신분 때문에 거리낌이 있어서야 되겠나?"

두 부인이 여섯 낭자를 데리고 관음보살상 앞에 나아가 분향하고 아뢰었다.

"모년 모월 모일 제자 정경패·이소화·진채봉·가춘운·계섬월·적경홍·심요연·백능파가 남해대사南海大師(관음보살)께 삼가 아룁니다.

제자 여덟 사람이 비록 각각 다른 집에서 태어났으나 성장해서는 한 사람을 섬겨 마음과 기운이 같습니다. 비유컨대 한 나무에

---

18. **야수부인耶輸夫人** 석가모니의 부인 야수다라耶輸陀羅. 석가모니의 부친인 정반왕淨飯王이 세상을 뜬 뒤 출가하여 비구니가 되었다.
19. **등가녀登伽女** 마등가녀摩登伽女. 곧 천민 여성. '마등가'는 산스크리트어 마탕가Mātaṅga 의 음차音借로, 인도의 카스트에서 가장 낮은 계급인 수드라 아래에 있는 최하위 천민을 일컫는 말이다. 매음굴의 천민 여성이 석가세존의 제자인 아난존자를 주술로 유혹하여 계율을 어기게 했으나 석가의 가르침을 받고 깨달음을 얻었다는 내용이 『능엄경』楞嚴經에 실려 있다.
20. **정과正果** 수행한 결과 얻은 깨달음.

서 핀 꽃이 바람에 날려 혹은 구중궁궐에 떨어지고 혹은 규방에 떨어지고 혹은 시골집에 떨어지고 혹은 거리에 떨어지고 혹은 변방에 떨어지고 혹은 강호江湖에 떨어진 것과 같으니, 그 근본을 따진다면 어찌 다름이 있겠습니까? 오늘부터 형제가 되어 사생고락을 함께할 것을 맹세하나니, 혹시 다른 마음을 품은 자가 있거든 하늘과 땅이 용납하지 않을 것입니다. 엎드려 바라옵건대 남해대사께서는 복을 내리시고 재앙을 없애 주시어 백 년 뒤 함께 극락세계로 가게 해 주소서."

이후 여섯 사람은 각자의 분수를 지켜 감히 형제라 부르지 못했지만 두 부인은 항상 자매라 부르며 은혜로운 뜻이 더욱 극진했다.

여덟 사람이 각각 자녀를 두었는데, 두 부인과 가춘운·심요연·적경홍·계섬월은 아들을 두고, 진채봉과 백능파는 딸을 두었다. 모두 한 번 아기를 낳은 뒤로 더는 잉태하지 않았으니, 이 또한 보통 사람들과 달랐다.

이때 천하가 태평하여 조정에 일이 없었다. 그리하여 양소유는 밖에 나가면 황제를 모시고 상림원上林苑에서 사냥을 즐겼으며, 집에 들어오면 대부인大夫人(류부인)을 모시고 북당²¹에서 잔치를 베풀었다. 춤추는 소매에 세월이 흐르고 풍악 소리가 광음光陰(세월)을

꒰꒰꒰꒰

21. 북당北堂 류부인의 처소 경복당慶福堂을 말한다.

재촉하여 양소유가 승상의 지위에 머문 지도 수십 년이 지났다.

류부인과 정사도 부부가 상수²²에 이르러 별세하고, 양소유의 모든 아들이 이미 조정에 섰다. 6남 2녀가 모두 부모의 풍채를 닮아 옥수와 지란²³이 문정門庭(가문)을 빛냈다. 장남의 이름은 대경大卿이니 정경패의 아들로 예부상서禮部尙書가 되었다. 차남은 차경次卿이니 적경홍 소생으로 경조윤²⁴이 되었다. 삼남은 숙경叔卿이니 가춘운 소생으로 어사중승²⁵이 되었다. 사남은 계경季卿이니 난양공주의 아들로 이부시랑吏部侍郞이 되었다. 오남은 유경有卿이니 계섬월 소생으로 한림학사가 되었다. 육남은 치경致卿이니 심요연 소생으로 15세에 용력이 절륜했다. 황제가 그를 아껴 금오상장군²⁶으로 삼고 경영군²⁷ 10만을 거느려 대궐을 호위하게 했다. 장녀의 이름은 전단全丹이니 진채봉 소생으로 월왕越王의 아들 낭야왕²⁸의 부인이 되었다. 차녀의 이름은 영락永樂이니 동정 용왕의 외손으로 황태자의 첩이 되어 양제²⁹에 봉해졌다.

꒞꒞꒞

22. 상수上壽 백 세 이상의 나이.
23. 옥수玉樹와 지란芝蘭 '옥수'는 신선 세계에 있다는, 옥으로 이루어진 나무. '지란'은 지초芝草와 난초. 모두 뛰어난 재능과 맑은 자질을 지닌 사람을 비유하는 말이다.
24. 경조윤京兆尹 수도의 장관長官.
25. 어사중승御史中丞 어사대御史臺의 차관次官. 어사대는 문무백관을 감찰하고 풍속을 교정하던 사정司正 기관.
26. 금오상장군金吾上將軍 황제 친위군의 최고 지휘관.
27. 경영군京營軍 수도방위군.
28. 낭야왕瑯琊王 산동성 임기臨沂 일대에 봉토를 가진 제후.
29. 양제良娣 황태자의 첩 중 태자비太子妃 바로 다음 서열의 첩에게 주는 칭호.

양소유가 일개 서생書生으로 자신을 알아주는 군주를 만나 무武로 변란을 진정시키고 문文으로 태평을 이루었다. 부귀공명이 곽분양30과 명성을 나란히 하되, 곽분양은 60세에 장상將相이 되었고, 양소유는 20세에 승상이 되었으니, 전후로 승상의 지위를 누린 것이 곽분양의 24고31를 능가했고, 군신君臣이 함께 태평을 누렸으니, 복록의 완전함이 실로 천고에 없던 일이었다.

양소유는 자신이 승상의 지위에 있은 지 오래고 가문의 번영이 지나치다고 여겨 벼슬을 그만두고 은퇴하기를 청하는 상소를 올렸다. 그러자 황제가 직접 비답批答을 내렸다.

"경卿의 훈업勳業이 세상을 뒤덮고 덕택이 백성에게 가득하니, 국가가 의지하고 과인이 우러르고 있소. 옛날 태공과 소공32은 백세의 나이에도 성왕과 강왕33을 도왔거늘, 지금 경은 노쇠한 나이가 아니오. 하물며 경은 장자방34과 같은 도인의 골격이 보통 사

〰〰〰〰

30. **곽분양郭汾陽** 당나라의 장군 곽자의郭子儀(697~781)를 말한다. 현종 때 안록산의 난 등 여러 차례의 변란을 진압하여 병부상서가 되고 분양왕汾陽王의 봉호를 받았으며, 대종代宗 때 장안을 함락시킨 위구르와 토번을 격퇴하는 등 혁혁한 무공을 세워 임금이 존경하는 신하에게 주는 상부尙父라는 호칭을 받았다.
31. **곽분양의 24고考** 곽자의가 재상에 해당하는 중서령中書令 벼슬을 오랫동안 지내면서 관리들의 인사고과 업무를 24회나 주관했던 일을 말한다.
32. **태공太公과 소공召公** '태공', 곧 강태공姜太公은 일흔 살에 주周나라 문왕文王을 도와 새 왕조 창업의 기틀을 마련했다. '소공'은 문왕의 아들로, 주공周公과 함께 조카인 성왕成王 및 그 아들 강왕康王을 잘 보필하여 주나라의 기틀을 잡았다.
33. **성왕成王과 강왕康王** 주나라 제2대 왕과 제3대 왕.
34. **장자방張子房** 한漢나라 고조高祖를 도와 패업을 이루게 한 재상 장량張良을 말한다. '자

람과 다르고 이업후[35]와 같은 신선의 풍모가 속세를 초탈하여, 풍채는 옥당玉堂에서 조서詔書를 짓던 시절과 같고 정신은 위교渭橋에서 도적을 토벌하던 시절과 같소. 마땅히 기산의 높은 뜻[36]을 돌이켜 세상을 당우唐虞(요순 시대)에 이르도록 해야 하니, 상소에서 청한 말을 허락할 수 없소."

양소유는 본래 불가佛家의 고제高弟이고, 여덟 낭자는 남악 선녀여서 품부 받은 기운이 신령스럽고 기이했다. 게다가 양소유는 남전산藍田山 도인의 선방[37]까지 전해 받았기에 나이가 많아도 아홉 사람의 용모가 더욱 젊어졌다. 그리하여 당시 사람들은 이들이 신선이 아닐까 의심했던바, 조서에 그런 내용이 들어 있었다.

양소유가 10여 차례나 상소하며 더욱 간절한 뜻을 알리니 황제가 인견하여 말했다.

"경의 뜻이 이러하니 짐이 어찌 높은 절개를 이루어 주지 않겠는가? 다만 경이 봉한 나라에 가면 서울에서 천 리 밖이나 떨어져 있어 국가 대사를 의논하기 어렵고, 황태후께서 세상을 뜨신

방'은 그 자字이다. 한나라가 중원을 차지한 뒤 적송자赤松子(신농씨 때 비를 다스렸다는 신선)를 따라갔다는 전설이 있다.

35. **이업후李鄴侯** 당나라 현종 때의 문신 이필李泌을 말한다. 항주 자사杭州刺史 등을 지내고 훗날 '업후'에 봉해졌다. 숭산嵩山·화산華山·종남산終南山 등지에서 노닐며 신선술을 흠모했다.

36. **기산箕山의 높은 뜻** 기산에 숨어 살던 허유許由와 소부巢父가 요임금의 초빙을 거절하고 귀를 씻었다는 고사를 가리킨다.

37. **선방仙方** 신선의 비방秘方.

뒤로 짐이 난양과 떨어지는 것을 더욱 참을 수 없소. 도성 남쪽 40리 땅에 이궁[38]이 있는데 이름이 취미궁으로, 옛날 현종 황제께서 기왕[39]에게 빌려 피서하던 곳이오. 이곳이 만년을 한가로이 지내기에 가장 좋으니, 이제 경에게 주어 거처하게 하겠소."

마침내 조서를 내렸다.

위국공魏國公 양소유에게 태사[40] 벼슬을 더하고, 식읍食邑 5천 호戶를 더 봉하며, 승상의 인수印綬는 거둔다.

38. 이궁離宮 임금이 임시로 머물던 별궁別宮.
39. 기왕岐王 당나라 현종의 아우 이융범李隆范의 왕작王爵.
40. 태사太師 원로 대신에게 주는 가장 영예로운 명예직. 임금의 고문 역할을 했다.

340

양승상은 산에 올라 먼 곳을 바라보고
성진 스님은 뿌리를 찾아 근원으로 돌아가다

양소유가 성은聖恩에 감격하여 머리를 조아려 감사 인사를 한 뒤 온 가족을 데리고 취미궁으로 옮겨 가 살았다. 이 궁궐은 종남산 가운데 있는데, 웅장하고 화려한 누대와 기묘하고 빼어난 경치가 완연히 봉래산¹의 선경仙景과 같았다. 왕유王維 학사學士의 시 중에 이런 말이 있다.

신선의 집이 이보다 나을 수 없으리니
푸른 하늘 향해 퉁소를 불어 무엇 하리?²

❧❧❧❧
1. **봉래산蓬萊山** 신선이 산다는 바닷속 산.
2. **신선의 집이~무엇 하리** 왕유王維의 시 「기왕岐王에게 구성궁九成宮을 빌려주어 피서하게 하신 황제의 명에 응하여 짓다」(敕借岐王九成宮避暑應製) 중 일부로, 이곳 외에 다른 선경仙境을 찾을 필요가 없다는 뜻. '기왕'은 당나라 예종睿宗의 아들 이범李范이 받은 왕작王爵. '구성궁'은 섬서성 보계시寶鷄市에 있는 궁궐 이름으로, 당나라 황제가 여름 피서처로 쓰던 별궁이었다. 당시 왕유는 기왕과 함께 구성궁에 가서 이 시를 썼는데, 시 중에 구성궁을 '취미궁' 翠微宮이라 표현한 구절이 보인다.

이 구절 하나로 그 경치를 알 만하다.

양소유가 정전³을 비워 그곳에 조서詔書와 어제시문⁴을 봉안奉安하고, 나머지 누각과 정자에 여덟 낭자들이 나누어 거처하게 했다. 낭자들은 날마다 양소유와 함께 물가에서 매화를 찾고 구름 속 절벽에 시를 쓰며 거문고를 타 솔바람 소리에 화답하니, 그 맑고 한가로운 복이 더욱 남들의 부러움을 샀다.

양소유가 한가로운 곳으로 간 지 몇 해가 지났다. 8월 20일 무렵은 양소유의 생일이라 자녀들이 모두 모여 열흘 동안 연이어 잔치를 베풀었으니, 그 화려하고 성대한 모습은 옛날에도 듣지 못한 것이었다.

잔치가 끝나고 자녀들이 모두 돌아간 뒤 문득 국화가 피는 9월 아름다운 계절이 돌아왔다. 국화꽃이 노랗고 수유 열매가 붉게 물드니 바야흐로 등고⁵의 시절이었다. 취미궁 서쪽에 높은 대臺가 있는데, 그 위에 오르면 800리 진천⁶이 손바닥 보듯 환히 보여 승상이 가장 사랑하는 곳이었다. 이날 두 부인과 여섯 낭자를 데리고 대에 올라 머리에 국화를 꽂고 가을 경치를 즐겼다. 입은 여덟 진미도 물리고 귀는 어떤 화려한 관현악도 싫증을 내는지라, 다

3. 정전正殿 임금이 조회朝會를 하는 궁전.
4. 어제시문御製詩文 임금이 손수 지은 시와 문장.
5. 등고登高 음력 9월 9일 중양절重陽節에 높은 곳에 올라 하루를 즐기던 세시풍속.
6. 진천秦川 섬서성 진령秦嶺 북쪽의 평원 지대.

만 가춘운에게 과일 그릇을 들리고 계섬월에게 옥 술병을 가져가게 할 뿐이었다. 국화주를 가득 부어 처첩들이 차례로 헌수獻壽했다.

이윽고 비낀 해가 곤명지昆明池에 감돌고 구름 그림자가 진천秦川에 떨어졌다. 눈을 들어 보니 가을빛이 아득했다. 양소유가 옥통소를 잡고 두어 곡을 연주하는데, 흐느끼는 소리가 원망하는 듯, 하소연하는 듯, 누군가를 그리는 듯, 슬피 우는 듯, 형가가 역수를 건널 때 고점리와 이별하는 듯,[7] 항우가 막사에서 마지막 주연酒宴을 베푼 자리에서 일어나 우희를 돌아보는 듯[8] 들렸다. 미인들은 처연하여 큰 슬픔에 잠겼다. 두 부인이 옷깃을 여미고 물었다.

"승상께선 공명을 이미 이루고 부귀가 이미 지극하여 만민이 부러워하는 존재시니 천고에 듣지 못한 일입니다. 이 좋은 계절 아름다운 풍경 속에 향기로운 술이 잔에 가득하고 미인이 곁에 있으니 이 또한 인생의 즐거운 일이거늘 퉁소 소리가 왜 이러한지요? 오늘의 퉁소 소리는 지난날의 퉁소 소리와 다릅니다."

꧁꧂꧁꧂

7. **형가荊軻가 역수易水를~이별하는 듯** '형가'는 전국시대 연燕나라의 자객으로 진시황을 살해하려 했으나 실패하여 죽임을 당했다. '고점리'高漸離 역시 연나라 사람으로, 형가가 죽은 뒤 재차 진시황을 살해하려 했으나 실패하여 죽임을 당했다. '역수'는 하북성 서부에 있는 강으로, 형가가 진시황을 살해하기 위해 진나라로 들어갈 때 연나라 태자 단丹과 고점리가 이곳에서 형가를 전송했다.

8. **항우項羽가 막사에서~우희虞姬를 돌아보는 듯** 초나라 항우가 한나라 군대에 포위되어 패배를 예감하고 마지막 주연을 베푼 자리에서 사랑하던 여인 우희와의 이별을 슬퍼하며 눈물짓던 일을 말한다. 우희는 초나라의 패망이 임박하자 항우의 칼로 자결했다.

양소유가 퉁소를 내려놓고 부인과 낭자들을 부르더니 난간에 기댄 채 손을 들어 가리키며 말했다.

"북쪽을 바라보면 평평한 들판과 무너진 언덕에 석양이 시든 풀을 비치는 저곳은 진시황의 아방궁[9]입니다. 서쪽을 바라보면 차가운 숲에 슬픈 바람이 불고 저물녘의 구름이 빈산을 뒤덮은 저곳은 한나라 무제武帝의 무릉[10]입니다. 동쪽을 바라보면 석회를 바른 성가퀴가 푸른 산을 두르고 붉은 용마루가 하늘에 어리비치며 밝은 달이 오고가는데 옥난간에 기댄 사람 하나 없는 저곳은 현종玄宗 황제가 양귀비와 노닐던 화청궁[11]입니다. 이 세 임금은 천고의 영웅으로, 사해四海를 집으로 삼고 수많은 이를 신첩臣妾으로 삼아 눈부시게 아름다운 호기豪氣로 백 년도 오히려 짧게 여겼건만, 지금은 모두 어디 있단 말입니까!

나는 회남淮南의 가난한 선비로 황상의 은혜를 입어 벼슬이 장상將相에 이르렀습니다. 그동안 낭자들과 함께 지내며 백 년을 하루같이 정을 나누었으니, 전생의 인연이 아니라면 어찌 이럴 수 있었겠습니까? 사람이 태어나 인연으로 만났다가 인연이 다하면 각자 돌아가는 것이 천지의 당연한 이치겠지요. 우리도 백 년이 지나면 우리가 노닐던 높은 누대는 무너지고 굽이진 연못은 메워

9. **아방궁阿房宮** 진시황의 궁전.
10. **무릉茂陵** 한나라 무제의 능.
11. **화청궁華清宮** 당나라 현종이 노닐던 별궁.

질 것이며 노래하고 춤추던 곳은 시든 풀과 안개로 덮인 황무지로 변할 테니, 나무꾼과 목동이 이곳을 오르내리며 이렇게 탄식하지 않겠습니까?

'여기가 양승상과 그 부인들이 노닐던 곳이야. 하지만 승상의 부귀 풍류와 부인들의 아리따운 모습이 지금은 모두 어디로 갔단 말인가!'

그러고 보면 인생이란 얼마나 덧없는 것입니까?

생각건대 천하에 유도儒道와 선도仙道와 불도佛道가 가장 높으니, 이것을 삼교三敎라 합니다. 유도는 생전의 사업은 있으나 죽은 뒤에 이름을 남길 뿐입니다. 신선은 예로부터 추구하여 얻은 자가 드무니, 진시황과 한나라 무제와 현종 황제가 그러했습니다. 내가 벼슬에서 물러난 뒤로 밤에 잠이 들면 그때마다 포단蒲團(부들 방석) 위에서 참선하고 있으니, 필시 불가와 인연이 있기 때문일 것입니다. 나는 장차 장자방張子房이 적송자[12]를 따른 일을 본받아 집을 버리고 스승을 찾으려 합니다. 남해를 건너 관음보살을 찾아뵙고 오대산[13]에 올라 문수보살[14]께 예를 올려 불생불멸不生不滅

꽃꽃꽃꽃

12. **적송자赤松子** 신농씨神農氏 때 비를 다스렸다는 신선. 한나라의 개국공신 장자방, 곧 장량張良이 대업을 이루고 난 뒤 벼슬을 버리고 적송자를 따라갔다는 전설이 있다.

13. **오대산五臺山** 산서성 동북부에 있는 산. 문수보살文殊菩薩을 모신 불교 성지로, 보현보살普賢菩薩을 모신 아미산峨眉山, 관음보살을 모신 보타산普陀山, 지장보살地藏菩薩을 모신 구화산九華山과 함께 중국 불교 4대 명산으로 꼽힌다.

14. **문수보살文殊菩薩** 석가세존의 왼쪽에 앉은, 지혜를 상징하는 보살.

의 도를 얻고 속세의 고락을 뛰어넘으려 합니다. 낭자들과 반평생을 더불어 살다가 하루아침에 이별하려니 슬픈 마음이 자연스레 곡조에 드러났나 봅니다."

낭자들은 모두 전생에 근기[15]가 있는 사람인 데다 속세의 인연이 다했기에 이 말을 듣고 자연히 감동하여 말했다.

"상공께서 부귀영화를 누리는 중에 이토록 청정한 마음을 가지셨으니 장자방이 어찌 견줄 대상이겠습니까? 저희 여덟 자매는 마땅히 깊은 규방 안에서 향을 피우고 예불하며 상공께서 돌아오시기를 기다리겠습니다. 상공께서 이번에 가시면 밝은 스승과 어진 벗을 만나 큰 도를 얻으실 것이니, 도를 얻으신 뒤에 저희들을 먼저 제도해 주십시오."

양소유가 매우 기뻐하여 말했다.

"우리 아홉 사람의 뜻이 같으니 쾌사快事입니다. 내가 내일 떠날 터이니, 오늘은 낭자들과 함께 술에 취해야겠소."

낭자들이 말했다.

"저희가 각각 한 잔씩 올려 상공을 전별하겠습니다."

잔을 씻어 술을 따르려 하는데, 문득 석경石逕(돌길)에 지팡이 부딪는 소리가 났다. 이상하게 여겨 '어떤 사람이 올라오는 걸

---

15. 근기根機 사람이 가지고 있는 근본적인 바탕. 불교에서는 특히 부처의 가르침을 받아들이고 교화될 수 있는 능력을 말한다.

까?'라고 생각했다. 눈썹이 빼어나고 눈이 맑으며 용모가 기이한 한 호승[16]이 엄연히 자리에 이르러 양소유를 향해 예를 표하고 말했다.

"초야에 묻혀 사는 사람이 대승상大丞相께 인사드립니다."

양소유는 호승이 이인異人임을 알아보고 황망히 답례하고 말했다.

"사부께서는 어디에서 오셨습니까?"

호승이 웃으며 말했다.

"승상께서 평생의 친구를 몰라보시니, 귀인이 잘 잊어버린다는 말이 맞나 봅니다."

양소유가 자세히 보니 과연 안면이 익은 듯했다. 문득 깨닫고는 백능파를 돌아보며 말했다.

"제가 일전에 토번을 정벌하던 때 동정 용궁에 가서 잔치를 마치고 돌아오는 길에 남악에서 노닐었는데, 스님 한 분이 법좌[17]에 앉아 불경을 강론하셨습니다. 사부께서는 그 스님이 아니십니까?"

호승이 박장대소하며 말했다.

"맞습니다, 맞아! 맞는 말씀입니다만 꿈속에서 잠깐 본 일은 기억하면서 10년 동안 한곳에 살던 일은 알지 못하니, 누가 양장원楊壯元을 총명하다 하겠습니까?"

✄✄✄✄

16. **호승胡僧** 인도에서 온 승려.
17. **법좌法座** 설법하는 자리.

양소유가 멍하니 말했다.

"제가 열대여섯 살 되기 전까지는 부모 슬하를 떠난 적이 없고, 열여섯 살에 과거 급제한 뒤로는 연이어 벼슬이 있어서, 동쪽으로 연燕나라에 사신 가고 서쪽으로 토번을 정벌하러 나간 일 외에는 서울을 오랫동안 떠나지 않았습니다. 그런데 언제 제가 사부와 10년 동안 함께 지냈다는 말씀입니까?"

호승이 웃으며 말했다.

"상공은 아직도 춘몽春夢에서 깨지 못하셨군요."

양소유가 말했다.

"사부께서 저를 춘몽에서 깨어나게 하실 수 있겠습니까?"

호승이 말했다.

"그야 어렵지 않지요."

호승이 손에 쥔 석장錫杖(지팡이)을 들어 돌난간을 두어 번 두드리자, 갑자기 사방의 산골짜기에서 구름이 일어나 대臺를 자욱이 감싸더니 지척을 분변할 수 없었다. 양소유는 정신이 아득해져 마치 술에 취해 꿈을 꾸고 있는 듯하더니 한참 뒤에야 소리쳤다.

"사부께선 왜 저를 정도正道로 인도하지 않으시고 환술18로 희롱하십니까?"

말을 마치기도 전에 구름이 걷히더니 호승이 간 곳 없이 사라

꙳꙳꙳
18. 환술幻術 사람의 정신을 현혹하거나 눈을 속이는 마술.

졌다. 좌우를 돌아보니 여덟 낭자도 간 곳 없이 사라졌다. 매우 놀랍고 당황스러워 하는데 높은 대와 많은 집이 일시에 사라지면서 자신의 몸이 작은 암자 속 포단 위에 앉아 있었다. 향로에는 이미 불이 꺼졌고, 지는 달이 창에 비쳤다. 스스로 제 몸을 보니 일백 여덟 낱 염주가 손목에 걸렸고, 머리를 만져 보니 갓 깎은 머리털이 까칠까칠해서 완연히 젊은 승려의 몸이요, 더는 대승상大丞相의 위의威儀가 아니었다. 정신이 아득해 있다가 오랜 시간이 지난 뒤에야 비로소 자신이 연화도량蓮花道場의 성진 행자[19]임을 깨달았다. 성진은 생각했다.

'처음에 스승님께 질책을 받아 풍도酆都에 갔다가 인간 세상에 태어나 양씨 집 아들이 되고, 장원급제해서 한림학사가 되고, 나가면 장수가 되고 들면 정승이 되어 공을 이룬 뒤 은퇴하고, 두 공주, 여섯 낭자와 더불어 즐기던 것이 다 하룻밤 꿈이었구나!'

또 생각했다.

'필시 사부님께서 내가 그릇된 생각을 품은 것을 아시고 나로 하여금 이런 꿈을 꾸어 인간세계의 부귀와 남녀 간의 정욕이 다 허사임을 알게 하신 것이다!'

성진이 급히 세수하고 의관을 정제한 뒤 방장方丈에 나아가니, 다른 제자들이 이미 다 모여 있었다. 육관대사가 큰소리로 물었다.

꽃꽃꽃꽃
19. 행자行者 불도를 닦는 사람.

"성진아! 인간세계의 부귀를 겪어 보니 과연 어떠하더냐?"

성진이 머리를 조아리고 눈물을 흘리며 말했다.

"제가 이미 깨달았습니다! 불초한 제가 그릇된 생각을 품어 죄를 지었으니 인간 세상에 윤회하는 것이 마땅하거늘, 자비로운 사부님께서 하룻밤 꿈으로 제 마음을 깨닫게 하시니, 천만 겁[20]이 지난들 사부님의 은혜를 갚기 어렵습니다."

육관대사가 말했다.

"네가 흥이 나서 갔다가 흥이 다해 돌아온 게지 내 무슨 관여함이 있겠느냐. 너는 또 '인간 세상에 윤회하는 꿈을 꾸었다'고 하는데, 이는 인간 세상의 꿈을 다른 세계라고 한 것이니, 너는 아직도 꿈에서 채 깨어나지 못했구나. 장주莊周가 꿈에 나비가 되었다가 나비가 장주가 되니, 어느 것이 거짓이고 어느 것이 참인지 분변하지 못하거늘, 이제 성진과 양소유 중 어느 것이 꿈이고 어느 것이 꿈이 아니냐?"

성진이 말했다.

"제가 어리석어 꿈과 참(眞)을 알지 못하니, 사부님께서는 자비를 베푸시어 설법說法으로 저를 깨닫게 해 주십시오."

육관대사가 말했다.

"이제 『금강경』金剛經 큰 법을 일러 너의 마음을 깨닫게 하려니

✂✂✂✂

20. 겁劫 천지가 한 번 개벽하여 다음 번 개벽할 때까지의 시간.

와, 새로 오는 제자가 있을 것이니 잠깐 기다려라."

그때 문지기 도인이 들어와 아뢰었다.

"어제 왔던 위부인魏夫人 휘하의 선녀 여덟 사람이 또 와서 사부를 뵙고자 합니다."

육관대사가 들어오라 하니, 팔선녀가 대사의 앞에 나와 합장하고 머리를 조아려 말했다.

"저희 제자들이 비록 위부인을 모시고 있으나 제대로 배우지 못하여 세속의 정욕을 잊지 못하고 있다가 대사의 자비하심을 입어 하룻밤 꿈에 크게 깨달았습니다. 저희들이 이미 위부인께 하직하고 불문佛門에 돌아왔으니, 사부께서 끝까지 가르쳐 주시기를 바라옵니다."

육관대사가 말했다.

"선녀들의 뜻이 비록 아름다우나 불법은 깊고 멀어서 큰 덕량德量과 큰 발원發願이 아니면 이를 수 없네. 그러니 선녀들은 모름지기 스스로 잘 헤아려서 하게."

팔선녀가 물러가 얼굴에 바른 연지와 분을 씻어 버리고 각각 소매에서 금전도²¹를 꺼내 구름 같은 검은 머리를 깎고 들어와 아뢰었다.

"저희들이 이미 얼굴 모습을 고쳤습니다. 맹세컨대 사부님의

❧❧❧
21. **금전도金剪刀** 금으로 만든 가위.

가르침을 게을리 하지 않겠사옵니다."

육관대사가 말했다.

"좋구나, 좋아! 너희 여덟 사람이 그리 할 수 있다니, 참으로
좋은 일이다!"

드디어 법좌法座에 올라 불경을 강론하니, 백호의 광채[22]가 온
세계를 비추고 하늘에서 꽃비가 내렸다. 육관대사가 설법을 마치
면서 네 구절의 진언眞言(게偈)을 외웠다.

　　세상의 모든 존재와 현상은
　　꿈과 허깨비 같고 물거품과 그림자 같으며
　　이슬과 같고 또한 번개와 같나니
　　응당 이렇게 보아야 하리라.[23]

성진과 여덟 여승女僧이 일시에 깨달아 불생불멸不生不滅하는 정
과正果를 얻었다. 육관대사가 성진의 계행戒行이 높고 순수함을 보
고, 이에 대중을 모아 말했다.

꿀꿀꿀꿀

22. 백호白毫의 광채　불광佛光. 백호. 곧 석가세존의 미간에 있는 흰 털에서 뻗어 나오는 광채.

23. 세상의 모든~보아야 하리라　『금강경』 제32장에 나오는 게송偈頌으로, 한문 원문은 다음과
　　같다. "一切有爲法, 如夢幻泡影, 如露亦如電, 應作如是觀." '세상의 모든 존재와 현상'은 원문
　　의 '유위법'有爲法을 번역한 것이다. '유위법'은 세상의 모든 존재 및 그 존재가 일으키는 변
　　화 일체를 뜻한다.

"내가 본래 도를 전하기 위해 중국에 들어왔거늘, 이제 정법[24]을 전할 곳이 있으니 나는 돌아가노라."

육관대사는 염주와 바리와 정병[25]과 석장錫杖과 『금강경』 한 권을 성진에게 주고 서천[26]으로 갔다.

그 뒤 성진이 연화도량蓮花道場 대중을 거느려 크게 교화를 베푸니 신선과 용과 사람과 귀신이 성진을 육관대사와 똑같이 존숭했다. 여덟 여승 역시 성진을 스승으로 섬겨 보살대도[27]를 깊이 얻더니, 마침내 아홉 사람이 함께 극락세계로 갔다.

---

24. **정법淨法** 번뇌에 오염되지 않은 청정한 불법, 곧 부처의 가르침.
25. **정병淨瓶** 불전에 올릴 깨끗한 물을 담는, 목이 긴 형태의 물병.
26. **서천西天** 인도, 혹은 서방 정토淨土의 극락세계.
27. **보살대도菩薩大道** 깨달음을 구하고 중생을 교화하는 대승大乘의 큰 가르침.

작품 해설

    ••• 『구운몽』九雲夢은 『금오신화』金鰲新話·「운영전」雲英傳과 더불어 우리 고전소설의 최고봉에 해당하는 작품이다. 작품이 세상에 나온 17세기 후반 이래로 조선 후기 내내 폭넓은 독자층을 가지며 후대의 소설에 지대한 영향을 끼쳤다. 사대부가의 여성들은 물론이고 국왕 영조英祖 또한 신하들과의 대화 중에 몇 차례나 『구운몽』을 언급하며 작자가 누구인지 묻고 "진정한 문장가의 솜씨"(眞文章手)라고 칭찬했을 정도로 『구운몽』의 인기는 대단했다.

    『구운몽』은 서포西浦 김만중金萬重(1637~1692)이 1687년경 유배지 평안도 선천宣川에서 지었다. 김만중은 예학禮學의 대가로 알려진 사계沙溪 김장생金長生의 증손이요, 이조참판을 지낸 김반金槃의 손자다. 부친 김익겸金益謙은 1636년 병자호란 때 강화도를 방어하다가 23세의 젊은 나이로 순절하여 충정忠正이라는 시호를 받았다. 당시 김만중의 형 김만기金萬基(1633~1687)는 네 살에 불과했고, 김만중은 이듬해 유복자로 태어났지만, 모친 해평 윤씨海平尹氏와 외가 어른들의 훈육을 받아 훗날 형제가 모두 문형文衡에 오르는 영예를 누렸다.

노론 老論의 주도적 인물로서 정쟁의 한가운데 있던 김만중은 51세 때인 1687년(숙종 13) 9월 14일 유배형 처분을 받고 유배지인 선천으로 떠났다. 김만중의 후손이 작성한 『서포연보』西浦年譜에 이와 관련한 중요한 기록이 실려 있다.

부군府君(김만중)께서 유배지에 도착하신 뒤 윤부인尹夫人의 생신을 맞아 이런 시를 지으셨다.

어머니는 멀리서 두 아들 생각에 눈물 흘리시겠지
하나는 죽어 이별 또 하나는 생이별.

부군은 또 모친께 책을 지어 보내 소일거리로 삼게 하셨는데, 그 뜻은 일체의 부귀영화가 모두 꿈이요 허깨비라는 것으로, 마음을 넉넉히 하고 슬픔을 위로하기 위한 것이었다.

김만중이 유배지 선천에서 모친에게 지어 보낸 책은 분명 『구운몽』 일 터이다. 인용문 중의 시는 「9월 25일 유배 중에 짓다」(九月二十五日謫 中作)라는 제목으로 『서포집』西浦集에 실려 있다. 작년 어머니 생신에는 두 형제가 나란히 어머니께 축하주를 올렸는데, 올해 생신은 3월에 장 남 김만기가 세상을 뜬 데 이어 차남인 자신마저 변방 유배지에 있는 상황에서 맞이하게 되었다는 비감 어린 내용이다. 요컨대 김만중은 1687년경 유배지인 평안도 선천에서 모친 해평 윤씨를 위로하기 위해

『구운몽』을 창작했다는 것인데, 다만 작품의 창작 동기에 대해서는 좀 더 생각해 볼 여지가 있다.

김만중은 당대 정치와 문학 양 분야에서 핵심적인 위치에 있던 인물이다. 널리 알려진 대로 김만중은 50대로 접어들던 시기에 노론 계열을 대표하여 숙종肅宗이 남인南人을 중용하려는 시도에 반대하며 장희빈 일가를 혹독히 비판하다가 결국 유배형을 받기에 이르렀다. 당시의 정권 교체는 평화적인 방식이 아니라 상대 정파의 대표자들을 죽음으로 몰고 갈 만큼 지극히 폭압적인 방식으로 이루어졌다. 왕의 면전에서 극언을 퍼붓다가 유배 간 김만중 또한 자신의 안위를 장담할 수 없는 심각한 위기 상황이었다. 권력투쟁의 한가운데에서 지극히 위태로운 처지에 빠진 김만중이 유배지에서 상당한 시간과 노력이 요구되는 장편소설 창작에 나선 이유는 무엇일까? 어머니를 즐겁게 해 드리려는 지극한 효성만으로는 설명하기 어려운 점이 있다. 『구운몽』 창작을 결행하게 한 좀 더 근본적인 동기는 다른 데서 찾아야 하지 않을까 한다. 『구운몽』은 그 자체로 군더더기 없는 세련된 형식에 흥미진진한 스토리를 담은 작품이다. 그러나 김만중이 당대의 조선 사회에 반드시 남겨야만 했던 메시지를 『구운몽』 속에 숨기고 있다는 의심을 품고 정독하면 더욱 다양하고 풍성한 작품 해석에 이를 수 있다고 본다.

••• 김만중은 『구운몽』을 한문으로 창작했을까, 한글로 창작했을까? 어머니를 위로하기 위해 지었다는 점에서, 또 김만중

이 여러 편의 한글소설을 썼다는 김춘택金春澤의 말에 근거해서『구운몽』원작이 한글로 창작되었다고 보는 견해가 있으나, 결론부터 말하자면 지금 상황에서는 한문으로 창작되었을 것으로 추정된다.

우선『구운몽』의 최초 독자가 어머니이므로『구운몽』을 한글로 창작했다는 생각은 설득력이 부족해 보인다. 김만중의 모친 해평 윤씨는 윤두수尹斗壽의 4대손이자 영의정 윤방尹昉의 증손녀요, 이조참판 윤지尹墀의 딸로서 두 아들에게 한문 기초 고전을 직접 가르칠 정도로 높은 학식과 교양을 가진 인물이었다. 김만중이 어머니의 일생을 쓴 행장行狀에 의하면 김만중 형제는 어린 시절 다른 스승 없이 어머니에게『소학』小學·『사략』史略·당시唐詩를 배웠다고 했다.『십구사략』十九史略과 당시를 가르칠 수준이라면 한문소설을 읽는 데 어려움이 없었을 터이다.

『구운몽』은 17세기 후반에 창작된 이래로 20세기 초에 이르기까지 한문본과 한글본이 동시에 널리 읽혔다. 오해의 소지가 있지만 문제를 최대한 단순화해 보면 현재 전하는『구운몽』은 '원작계열본'과 '한역개작본'漢譯改作本으로 나뉜다. '원작계열본'은 원작에 가까운 형태의 초기본을 말하는데, 한문본과 한글본이 모두 존재한다. 한문본은 학계에서 이른바 '노존B본'이라 불리는 강전섭 교수 소장본이고, 한글본은 바로 서울대 규장각한국학연구원에 소장된 '규장각본'(서울대본)이다. 한역개작본은 원작자 김만중이 아닌, 후대의 누군가가 원작 계열 한문본이 아니라 한글본을 한문으로 번역하면서 내용을 대폭 확장한 것이다. 한글을 다시 한문으로 번역하다 보니 원작 계열 한문본과 문장 표현이 달라졌고 추가된 내용도 많아『구운몽』원작과는 상당한 거리가 있다. 하버드대학 소장본을 비롯하여 이른바 '노존 A본' 계열로 불리는 한문 필사본들, 그 뒤 '노존 A본'에 약간의 변개가 이루어진 상태에서 1725년 목판으로 간행된 '을사본'乙巳本이 모두 한역개작본에 해당한다. 이 관계를 도식으로 나타내면 다음과 같다.

현재 전하는 초기 이본을 종합 검토한 결과에 의하면『구운몽』은 한문으로 창작된 것으로 추정된다. 한문 원작에 가장 가까운 것은 '노존 B본'이다. 그런데 현재 전하는 노존 B본은 원작계열본으로서 불완전하다. 서두·중간·결말부에 결락이 있는 원작 계열 한문본을 저본底本으로 삼고 결락 부분을 한역개작본(노존 A본)으로 채웠기 때문이다.

한편 한문 원작이 한글로 번역되어 그 뒤로 몇 차례의 필사가 거듭되는 과정에서 이루어진 것이 현재 전하는 최고最古의 한글본인 '규장각본'이다. 규장각본 또한 한문 원작으로부터 직접 번역된 최초 형태는 아니기에 한문본과 비교할 때 일부 빠진 구절이 있다. 한글본은 직역의 형태로 한문본을 충실하게 번역했는데, 번역 수준이 대단히 높다.

원작에 가장 가깝다는 노존 B본이 불완전한 상태이기 때문에 어떤 책을『구운몽』연구의 대상으로 삼아야 할지 사정이 복잡하다. 우선 원작의 모습을 거의 그대로 지닌 것으로 보이는 작품 대부분에 대해서는 노존B본을 저본으로 삼되 규장각본을 참조하여 부분적인 탈락을 보충해야 한다. 노존B본 중 원작이 아니라 '한역개작본'이 그대로 옮겨진 서두·중간·결말의 일부 단락에 대해서는 원작 계열 한글본인 규장각본을 텍스트로 삼아야 한다. 이 세 단락에서는 한문 원작의 모습에 가장 가까운 본이 한문본이 아니라 한글본이라는 기이한 실상 때문이다. 특히 결말부는 원작계열본과 한역개작본의 차이가 대단히 커서 규장각본이 전하지 않았다면 김만중 원작 『구운몽』의 본래 면모를 전혀 짐작하기 어려웠을 것이다.

결국 『구운몽』 원작 연구의 텍스트는 노존B본을 기본으로 삼되 노존B본의 결락을 규장각본으로 보충하는 형태로 재구성되어야 한다. 노존B본만을 대본으로 삼은 현대어 번역본은 원작계열본에 한역개작본이 일부 삽입된 결과인바 『구운몽』 원작의 면모와 그만큼의 거리가 있는 셈이고, 규장각본만을 대본으로 삼은 현대어 주석본도 노존B본과 규장각본의 비교를 통한 결락 보충이 이루어지지 않았기에 부분적인 결함을 가지고 있다. 이 때문에 현시점에서 『구운몽』 원형의 재구성과 새로운 번역·주석의 두 가지 작업이 요구되었던 것인데, 그 요구에 부응한 결과물이 바로 이 책이다. 번역서이기는 하나 한문본과 한글본의 부분적인 결함을 채웠다는 점에서 『구운몽』 원작에 가장 가까운 현시점의 정본定本으로서 이용되기를 기대한다.

••• 『구운몽』의 주인공 양소유楊少遊는 참으로 다채로운 매력을 가진 캐릭터다. 중세의 세계 문학을 통틀어 누구나 갖고 싶

은 재능을 한 몸에 다 가진 남자, 누구나 사랑하지 않고는 못 배길 매력 만점의 남자를 이처럼 멋지게 형상화한 예는 그리 많지 않을 것이다.

양소유를 알기 위해서는 우선 참된 본성을 지닌 젊은이 '성진'性眞으로부터 이야기를 시작해야 한다. 성진은 중국의 5대 명산 중 남쪽을 대표하는 형산衡山의 연화봉蓮花峰에서 수도하는 승려다. 그런데 성진은 속세의 승려가 아니다. 성진의 스승 육관대사六觀大師는 인도에서 왔다고 했는데, 중국의 유명한 신선인 위부인衛夫人과 인사를 나누는 사이다. 동정호洞庭湖의 용왕이 육관대사의 설법을 듣기 위해 찾아오고 그 답례로 성진이 용궁을 방문하기도 하니, 육관대사와 성진은 모두 천상계의 신이한 존재인 것이다. 성진은 육관대사의 명을 받고 동정호의 용왕을 방문했다가 용왕의 권유로 술을 마신 뒤 돌아오는 길에 위부인의 제자인 여덟 선녀를 만나 잠시 말장난을 주고받았다. 연화봉으로 돌아온 성진은 불도 수행修行에 회의를 느끼고 인간 세상의 재미와 부귀영화를 꿈꾸었다. 바로 그때 육관대사의 급작스런 호출을 받았다. 육관대사는 성진이 용궁에서 술 마신 일, 여덟 선녀와 수작한 일, 인간 세상의 부귀영화에 마음을 빼앗긴 일을 크게 질책했다. 성진은 결국 염라대왕 앞에 끌려갔다가 저승사자에게 억지로 등을 떠밀려 인간 세상에 태어나는 신세가 되었다. 성진은 안간힘을 쓰며 "구아救我(나를 구하라)! 구아救我!"라고 외쳤는데, 이는 "구해 주십시오!"라는 성진의 목소리이자 "응애응애" 하는 아기 양소유의 울음소리다.

양소유가 태어난 곳은 당나라의 수주壽州 땅이다. '수주'는 지금의 중국 안휘성安徽省에 속하는 곳이다. 양소유는 쉰 살이 되도록 자식이 없던 양처사楊處士와 류부인柳夫人의 아들로 태어났다. 부모의 성이 각각 '양'楊와 '류'柳인 것도, 「양류사」楊柳詞(버들 노래)라는 시를 매개로 첫사랑 진채봉秦彩鳳와 만나는 장면을 생각해 본다면 잘 계산된 설정이다. 수양버들은 예로부터 '춘정'春情의 상징이니, '이 세상에서 잠시 노닌다'는 뜻의 '소유'少遊라는 이름과 잘 어울린다.

양소유는 열 살 무렵 양처사가 푸른 학을 타고 집을 떠나면서 소년 가장이 되었다. 내세울 것 없는 집안 출신이지만 자신의 실력만으로 15세 무렵에 장원급제했다. 양소유가 처음 집을 나선 것은 아버지를 대신해서 가문을 일으키기 위해서였으나 그 뒤 양소유의 삶을 추동한 힘은 사랑을 얻고자 하는 욕망이었다. 양소유는 여덟 선녀의 후신後身인 진채봉, 계섬월桂蟾月, 정경패鄭瓊貝, 가춘운賈春雲, 적경홍狄驚鴻, 난양공주蘭陽公主, 심요연沈裊烟, 백능파白凌波와 차례로 인연을 맺고 여덟 여성의 사랑을 한 몸에 받았다.

양소유는 여러 차례 나라를 위기에서 구하며 20세부터 30여 년간 승상을 지낸 뒤 은퇴했다. 여덟 여성과 함께 부귀영화를 누린 지도 어언 50여 년이 지났다. 그러나 행복의 절정에 서 있던 만년의 양소유는 무엇으로도 채워지지 않는 공허감 내지 무상감을 느꼈다.

양소유가 옥퉁소를 잡고 두어 곡을 연주하는데, 흐느끼는 소리가 원망하는 듯, 하소연하는 듯, 누군가를 그리는 듯, 슬피 우는 듯했다. ……양소유가 퉁소를 내려놓고 부인과 낭자들을 부르더니 난간에 기댄 채 손을 들어 가리키며 말했다.

"북쪽을 바라보면 ……저곳은 진시황의 아방궁이고, 서쪽을 바라보면 ……저곳은 한나라 무제武帝의 무릉茂陵이며, 동쪽을 바라보면 ……저곳은 현종玄宗가 양귀비와 노닐던 화청궁華淸宮입니다. 이 세 임금은 천고의 영웅으로, 사해四海를 집으로 삼고 수많은 이를 신첩臣妾으로 삼아 눈부시게 아름다운 호기豪氣로 백 년도 오히려 짧게 여겼건만, 지금은 모두 어디 있단 말입니까! ……우리도 백 년이 지나면 우리가 노닐던 높은 누대는 무너지고 굽이진 연못은 메워질 것이며 노래하고 춤추던 곳은 시든 풀과 안개로 덮인 황무지로 변할 테니, 나무꾼과 목동이 이곳을 오르내리며 이렇게 탄식하지 않겠습니까?

'여기가 양승상과 그 부인들이 노닐던 곳이야. 하지만 승상의 부귀풍류와 부인들의 아리따운 모습이 지금은 모두 어디로 갔단 말인가!'

그리고 보면 인생이란 얼마나 덧없는 것입니까?"

양소유의 물음은 다음의 물음으로 이어진다. 부귀영화라는 만인의 지상 과제를 완벽하게 현실화한 인물은 과연 완전한 행복에 도달한 것일까? 부귀의 절정에서도 채워지지 않는 허전함을 느낀다면, 인간의 삶은 본원적으로 충족될 수 없는 결핍의 형식을 벗어날 수 없는 것이 아닐까?

행복의 절정에서 모든 것이 덧없다는 생각에 이른 양소유가 여덟 아내에게 불가에 귀의하겠다는 뜻을 밝히는 순간 육관대사가 양소유의 앞에 나타나면서 본래의 '참된 나'인 성진性眞로 돌아가는 길이 열렸다. 이제 양소유는 성진으로 돌아가 자신이 누렸던 양소유의 삶이 모두 한바탕 꿈이었음을 깨달았다. 성진은 양소유의 삶이 허망한 거짓임을 비로소 알겠다고 말하며 하룻밤 꿈으로 인간 세상을 향한 자신의 욕망이 부질없는 것임을 깨우쳐 준 육관대사에게 감사했다. 그러자 육관대사는 이렇게 말했다.

네가 흥이 나서 갔다가 흥이 다해 돌아온 게지 내 무슨 관여함이 있겠느냐. 너는 또 "인간 세상에 윤회하는 꿈을 꾸었다"고 하는데, 이는 인간 세상의 꿈을 다른 세계라고 한 것이니, 너는 아직도 꿈에서 채 깨어나지 못했구나. 장주莊周가 꿈에 나비가 되었다가 나비가 장주가 되니, 어느 것이 거짓이고 어느 것이 참인지 분변하지 못하거늘, 이제 성진과 양소유 중 어느 것이 꿈이고 어느 것이 꿈이 아니냐?

성진이 꿈에 양소유가 된 것인가, 양소유가 꿈에 성진이 된 것인가? 어느 쪽이 꿈이고 어느 쪽이 현실인가? '참'과 '거짓', '있음'과 '없음'의 경계가 허물어지는 오묘한 말씀이다.

육관대사가 서천西天으로 간 뒤 성진은 연화도량을 이어받아 불법을 베풀고, 성진과 성진의 제자가 된 여덟 선녀 역시 결국 불도를 얻어 극락세계로 가면서 작품은 마무리된다.

      • • • 『구운몽』은 이야기 안에 이야기를 담는 '액자 소설'의 형식을 취했다. 성진과 육관대사의 '외부 이야기'가 양소유와 여덟 여성의 '내부 이야기'를 감싸 안은 구조다.『구운몽』은 외부 이야기의 주인공 성진이 꿈속에서 내부 이야기의 주인공 양소유가 되어 다채로운 세상 체험을 한 뒤 꿈에서 깨어나 깨달음에 이르는 구조를 취했다. 작품의 도입부에서 꿈을 꾸고 결말부에 이르러 꿈에서 깨어나는 구조를 '환몽구조'幻夢構造라 부르고, 세상 속으로 뛰어든 주인공이 길을 떠나 이런저런 인물을 만나며 세상사를 섭렵해 가는 구조를 '편력구조'遍歷構造라 부른다.『구운몽』은 '환몽구조'와 '편력구조'를 결합한 당시까지의 수많은 소설들 중에서도 두 구조를 가장 솜씨 있게 얽은 작품이다. '외부'와 '내부'가 이상적이라 할 만큼 긴밀하게 잘 얽혀 있기 때문이다.

 '외부 이야기'와 관련된 환몽구조 내지 환원구조還元構造는『구운몽』당대의 중국 통속소설에서 널리 이용되던 것이었다. '환원구조'란 환몽구조에서 꿈의 요소를 제거한 것을 말한다. 꿈속에서 세계 체험을 한 뒤 꿈에서 깨어 현실세계로 돌아오는 대신, 모든 일이 현실세계에서 벌어지되 다채로운 체험 이후 출발점으로 되돌아오는 형식이다. 체험 이후 '반성과 깨달음'에 이른다는 점에서는 '환몽구조'와 동일하지만, 꿈의 세계를 설정하지 않고 작품 속의 모든 사건이 현실세계 안에서 벌어지는 점이 특색이다. 환원구조(혹은 환몽구조)와 편력구조를 결합하는 방식은 명말청초明末淸初를 전후하여 중국에서 일대 유행했던 소설 형식이고, 유럽의 중세소설에서도 자주 이용되었다. 호색한 유형의 주인공이 여성 편력을 벌이고 결말부에서 반성과 깨달음에 이르는 구조가 대표적이다. 그런데 이러한 결합 구조를 가진 동서양 작품들의 면면을 살펴보면 대개 편력구조 쪽에 작품의 무게중심이 놓여 있다. 이들 작품은 통속적 욕망의 자유로운 추구를 위해 '외부 이야기'에 교훈적 메시지를 담았다. '내부 이야기'의 일탈과 파격을 비난할 경우에 대비하여 '외부 이야기'를 일종의 '알리바이'로 준비해 둔 것이다.

　편력구조를 감싸고 있는『구운몽』의 환몽구조가 노린 제일의 목표 역시 여기서 찾을 수 있다. 물론 양소유의 일탈은 동시기 중국·일본·유럽 편력소설의 일탈에 비하면 '일탈'이라 하기 어려울 정도로 점잖은 편이다.『구운몽』과 비교할 만한 17세기 동아시아 소설의 대표작이 중국의『육포단』肉蒲團과 일본 근세소설近世小說의 효시인 이하라 사이카쿠井原西鶴(1642~1693)의『호색일대남』好色一代男이다. 두 작품 모두 남주인공 1인의 여성 편력을 다루었는데,『육포단』의 미앙생未央生이 여성을 사로잡는 무기로 육체적인 성 능력을 내세웠다면,『호색일대남』의 요노스케世之介는 막대한 유산, 곧 돈이 무기였다.『육포단』은 노골적인 성 묘사 장면을 곳곳에 삽입했고,『호색일대남』은 유곽의 풍속과 일본 각지의 유녀遊女(기녀)에 대한 평판을 기록하며 시종일관 '반성없는 쾌락'을 추구했다. 이에 반해『구운몽』의 양소유는 음악과 문예 능력을 무기로 삼았다. 양소유는 시를 매개로 진채봉과 계섬월을 만났고, 거문고와 통소 연주로 최상층의 두 여성 정경패와 난양공주를 아내로 맞이했다. 시와 음악을 매개로 한 정신적 교감이 강조되는 가운데 시종 양소유의 자상한 마음씨를 미덕으로 내세운 점, 남녀 주인 공들의 향락이 점잖은 상층 예법體法의 테두리를 넘어서지 않게끔 시종일관 주의를 기울인 점 등이 다른 두 작품과의 큰 차이다.

사정이 이렇지만, 그럼에도 불구하고 병자호란 이후 17세기 내내 상하 수직적인 질서의 구현 형식인 예법이 강조되고 도학道學에 입각한 '금욕적 인간형'이 이상으로 설정되던 조선 사회에서라면 오로지 애정 욕구 실현만이 지상최대의 과제인 양소유를 꾸짖는 독자가 존재하지 않을 리 없다. 이때 『구운몽』의 작자는 독자 앞에 성진을 '알리바이'로 내세울 수 있다. 그런데 결말부를 읽어 보면 『구운몽』의 작자는 여기서 한 걸음 더 나아가 있다. 오늘날 환몽구조와 편력구조 중 어느 쪽에 무게중심이 놓여 있느냐는 논란이 벌어지고, 상반된 두 입장을 통합적으로 이해해야 한다는 모범답안이 제출된 것 또한 『구운몽』이 누구도 고안해 내지 못했던 '최상의 알리바이'를 발명했기 때문이다. 이 점에서 『구운몽』은 유사한 구조의 소설 형식을 총결산하여 환몽구조와 편력구조의 결합 효과를 가장 높은 수준으로까지 끌어올린 작품으로 평가된다.

        ••• 다시 『구운몽』의 창작 동기로 돌아가 보자. 앞서 『구운몽』을 통해 김만중이 당대의 조선 사회에 남기고자 한 메시지가 있을 것이라고 말했다. 『구운몽』의 여주인공들이 맺은 관계를 통해 문제의 일단을 드러내 보려 한다.

『구운몽』의 여덟 여성 중 핵심은 정경패와 난양공주다. 난양공주는 황태후의 외동딸이요, 황제와 월왕越王 형제의 하나뿐인 여동생이다. 『구운몽』에서 양소유보다 지위가 높은 존재는 황태후·황제·월왕뿐이니, 정경패가 비록 몇 대에 걸쳐 재상을 배출한 가문의 무남독녀라고는 하나 난양공주의 존귀함에 비할 바는 아니다. 그러나 『구운몽』에서 양소유의 정실부인 두 사람 중 제1부인의 지위는 정경패가 차지했다.

정경패를 중심에 두기 위해 작품에는 몇 가지 조작이 가해졌다. 『구운몽』에서 갈등이 가장 고조된 대목은 양소유가 정경패와 정혼한 상태에서 난양공주와 혼인하라는 황태후와 황제의 압박을 받는 장면이다. 이때 먼저 해결의 실마리를 찾은 사람이 난양공주다. 난양공주는 자신 때문에 파혼을 눈앞에 둔 정경패의 처지를 안타까워하며 직접 정경패를 만나보기로 했다. 신분을 숨기고 정경패와 교유한 뒤 난양공주는 두 사람이 함께 양소유에게 시집가는 것이 유일한 해결책이라고 주장했다. 황태후는 결국 난양공주의 간청을 받아들여 정경패에게 난양공주의 생각을 전했다.

난양공주와 정경패, 두 사람이 모두 양소유의 정실부인이 되는 것이 좋겠다는 황태후의 제안에 정경패는 미묘한 답변을 했다. 정경패는 우선 사대부가의 여성인 자신이 공주 아래에서 첩의 자리에 있는 것만도 영광이라며 자신을 낮추었다. 그러나 본심은 그 뒤에 이어지는 말에 들어 있다. 자신은 이미 양소유와 정혼하여 정실부인의 자리에 있는바, 정실부인을 첩으로 삼는 것은 도리에 어긋난다는 것이다. 정경패가 난양공주와 동등한 위치에서 정실부인이 되는 것도 가당찮은 일이고, 그렇다고 첩의 지위를 받아들일 수도 없는 곤란한 처지다.

유일한 해결책은 정경패가 난양공주와 동등한 자격을 획득하는 것뿐이니, 그러자면 정경패 역시 공주가 되어야 한다. 그런데 이 불가능한 일이 태후의 배려에 의해 실현됐다. 태후는 정경패를 양녀로 삼아 영양공주榮陽公主에 봉함으로써 모든 문제를 해결했다. 더욱이 정경패는 난양공주보다 한 살이 더 많다는 이유로 난양공주의 언니가 되어 윗자리에 앉았다.

처음부터 『구운몽』의 중심에는 정경패가 있었다. 양소유가 결연에 가장 큰 공을 들인 여성도 정경패요, '귀신 놀음'을 계획하여 양소유를 웃음거리로 만든 장본인도, 훗날 여성들이 모여 담소하는 자리에서 양소유를 '색중아귀'色中餓鬼(여색에 굶주린 귀신)라며 조롱한다거나 감쪽같이 여장女裝를 했던 양소유를 두고 장부의 기골이 부족하다고 놀린 사람도 모두 정경패였다. 더욱이 양소유의 6남 2녀 중 적장자嫡長子 양대경楊大卿은 바로 정경패의 아들이다. 난양공주 역시 아들을 두었지만 적경홍狄驚鴻와 가춘운賈春雲 소생에 이은 넷째아들에 불과하다. 사대부가의 여성인 정경패가 황제의 누이동생인 난양공주를 제치고 명실상부하게 여덟 여성의 중심에 섰다.

왜 하필 정경패가 여성들 중 가장 윗자리를 차지해야 했을까. 정경패가 사대부가의 여성이기 때문이다. 양소유가 천하제일의 남자로서 천하제일의 여성들을 모조리 휘하에 둔 것도, 황제의 아우인 월왕과 낙유원에서 벌인 세력 대결에서 승리한 것도, 황제 이상의 예술인 집단을 거느렸던 것도 모두 같은 맥락에서 이해된다. 『구운몽』에서 세상의 중심은 사대부다. 군주보다 우월한 사대부라니, 중세의 군주국가에서 이해하기 어려운 발상이다.

　그런데 이런 생각은 당대 집권 세력이었던 서인西人의 발상과 상통하는 바 있다. 인조仁祖의 차남으로서 왕위를 계승한 효종孝宗의 지위를 어떻게 규정할 것인가 하는 문제를 두고 현종顯宗와 숙종肅宗 때 두 차례에 걸쳐 예송禮訟(예에 관한 논란)이 벌어졌다. 예禮의 두 축인 '친친'親親(부자 관계)과 '존존'尊尊(군신 관계) 중 서인은 '친친'을 중심에 두어 천하의 모든 사람이 같은 예를 따라야 한다는 주장을 폈고, 남인南人은 '존존'을 중심에 두어 군주는 사대부나 일반 백성과 달리 특별한 예를 적용받는다는 주장을 폈다. 서인에 의하면 효종은 엄연히 인조의 차남이고, 남인에 의하면 효종은 군주의 적통을 이었으니 인조의 장남으로 보아야 한다. 서인의 입장은 국왕을 포함한 세상의 모든 존재가 동일한 규정을 따라야 한다는 '보편주의'에 가깝다. 서인의 한 갈래인 노론의 대표 주자였던 김만중 역시 이 노선을 지지했다.

　이런 관점에서『구운몽』여성들의 위계位階를 다시 조명해 보면 국왕과 사대부 사이의 '차등'이 교묘한 방식으로 허물어져 있음을 알 수 있다. 난양공주와 정경패에게 '보편주의'를 적용하여 평등한 관계를 이루도록 한 것이 그 1차적 결과물이다. 황실의 배려 혹은 시혜의 형식을 빌려 양소유와 정경패를 대표자로 삼는 사대부 계급은 국왕과 대등한 위치에 올라서더니, 어느 순간 세상의 중심에 사대부가 있다고 선언하기에 이르렀다. 그런데 난양공주와 정경패만 '보편주의'의 적용을 받아 평등한 관계를 이루고, 나머지 여섯 여성들에 대해 '차등의 질서'를 강조하는 것은 불합리하다. 수미일관 '보편주의'를 적용해야 옳다. 정경패가 선두에 서서 여덟 여성의 신분 차이를 허물어뜨리고 모두 같은 근본을 가진 평등한 존재임을 선언하는 장면은 이 때문에 반드시 필요하다. 사대부가의 여성이 공주와 대등하거나 우월한 위치에 서고, 나머지 여섯 여성까지 평등한 존재로 인정하는 파격적인 생각은 여덟 여성 모두가 선녀의 후신이라는 설정 덕분에 큰 저항감 없이 받아들일 수 있다. 역시 '보편주의'의 충격을 완화하기 위한 교묘한 설계의 결과다.

『구운몽』에서는 슬픔을 안고 살던 모든 존재가 위로 받고 신명나게 한데 어울려 화락和樂의 세계를 펼쳐 보인다. 웃음과 교양으로 가득한 『구운몽』의 조화로운 세계는 대단히 매력적이다. 그러나 그 이면을 들춰보면 여성들 간의 지음知音 관계는 남성의 일부다처 욕망, 혹은 남성 중심의 세계관을 합리화하는 데 쓰이고, 여성 간의 위계는 사대부 우위의 세계관을 은밀히 드러내는 데 이용된다. 여유롭고 유쾌한 걸작 『구운몽』을 온전히 읽어 내기 위해서는 이 두 가지 측면, 곧 원만하고 여유로운 예술가 김만중의 세계와 완강하고 비타협적인 정치가 김만중의 세계를 동시에 파악해야 한다.*

* 이 글은 『한국 고전문학 작품론』(휴머니스트, 2017)에 실린 「구운몽—17세기 동아시아 소설의 절정」을 일부 보완한 것이다.